APOLLINE

Apolline vient d'obtenir son bac. Elle saute dans le premier train en direction de Paris et quitte pour toujours Le Fayet, son village natal. Échappant à une vie de petite paysanne, à un père despotique et à un futur mari qu'elle n'a pas choisi, la jeune fille se heurte à la vraie vie. Tour à tour bonne à tout faire, vendeuse dans une grande surface puis dans un magasin luxueux, confrontée aux harcèlements de chefs de rayon abusifs, elle fait l'expérience d'une dure réalité sociale et humaine. Elle trouve cependant un certain réconfort auprès d'Estibal, jeune soldat en permission qui l'initie à l'amour, et auprès de Louis Soixante-et-Onze, dit « Lulu », historien communard qui fabrique et vend des pipes à l'effigie de Maurice Thorez, et de son ami Othello, bouquiniste spécialisé dans les fausses dédicaces. Guidée par ces deux Parisiens moqueurs et débrouillards, Apolline découvre la fraternité et une ville, Paris, qui chasse ses exclus vers les banlieues.

Dan Franck a publié plusieurs romans dont Le Cimetière des fous, Les Calendes grecques, Les Adieux, *ainsi que* Les Aventures de Boro, reporter-photographe, *en collaboration avec son ami Jean Vautrin. Il a reçu le prix Renaudot 1991 pour* La Séparation, *roman qui a été traduit dans vingt-cinq pays et porté à l'écran par Christian Vincent.*

Dan Franck

APOLLINE

ROMAN

Éditions du Seuil

La première édition de ce texte a paru aux éditions Stock en 1982.

Nouvelle édition
revue et corrigée par l'auteur

TEXTE INTÉGRAL

ISBN 2-02-030745-6
(ISBN 2-234-01579-0, 1re publication)

L'excentricité est le grand remède
des grands désespoirs.

NABOKOV

Rentré chez lui, il se prit à méditer
et médita si bien qu'il en mourut.

GOGOL

À trente-cinq ans, elle avait appris à faire semblant de dormir. Mieux que quiconque, elle savait amplifier sa respiration, immobiliser ses paupières, transformer son corps en banquise. Pour parfaire encore la qualité de ses assoupissements fictifs, elle s'allongeait dans la journée, s'entraînant à bien ronfler. Et comme cela ne suffisait pas, elle avait renforcé les bretelles de ses soutiens-gorge, acheté une culotte qui lui descendait jusqu'à mi-cuisse, et fabriqué une chemise de nuit lacée aux chevilles et aux poignets. Enfin, chaque soir, elle enduisait sa poitrine d'un onguent acquis par correspondance, censé garantir l'inviolabilité de sa personne.

Mais il recommençait toujours.

Elle en avait parlé à M. le curé qui, lorsqu'elle le retrouvait dans le confessionnal, ne pouvait s'empêcher de soupirer : « Il vous a encore prise, n'est-ce pas ? »

Elle avouait.

Et racontait.

Il se déshabillait en soufflant, jetait chemise et pantalon sur le dossier d'une chaise, éteignait la lumière, se couchait. Lorsque, miracle, son cul repoussait le sien jusqu'à l'extrême bord du lit, elle s'abîmait dans un sommeil sans rêves dont elle s'éveillait au milieu de la nuit, transie (car les couvertures avaient glissé) ou paralysée (car elle ne voulait pas même l'effleurer de crainte d'allumer ses désirs), mais satisfaite : M. le curé serait fier d'elle.

Souvent, trop souvent hélas, après avoir pincé son avant-bras, il marmonnait la phrase rituelle : « On sait que tu ne dors pas. » Alors elle frissonnait, se ramassait sur elle-même, redoutant le pire. Et comme nulle image ne lui paraissait plus monstrueuse que celle de son époux en rut, elle s'essayait au facteur, à l'employé des postes, au percepteur.

Il posait sa jambe sur la sienne, arrachait les nœuds de la chemise de nuit, remontait jusqu'à ses cuisses qu'elle barricadait l'une sur l'autre.

Elle simulait le réveil.

« Je suis fatiguée.

– Moi pas.

– J'ai pas envie.

– Moi si.

– T'es trop soûl.

– Ça n'en sera que meilleur. »

Et ainsi de suite.

Il rejetait les draps, elle fermait les yeux, il arrachait sa culotte (« Je la recoudrai plus serrée »), soufflait ainsi qu'un cheval de labour, remontait le soutien-gorge sans même prendre le temps de le dégrafer et, comme il se soulevait, elle s'efforçait de penser à autre chose, par exemple à la manière dont elle se vengerait le lendemain, en laissant du poil sur la couenne du lard ou en oubliant d'acheter du vin.

Il bloquait ses avant-bras contre les seins, immobilisant à la fois le corps et le désir de son épouse, écartait les jambes et s'introduisait.

« Bouge ! »

Et elle montait, descendait, d'abord lentement puis de plus en plus vite, tournait la tête à droite et à gauche, comme dans les films, fermait les paupières pour ne pas distinguer, entre deux assauts, la face congestionnée et suante du paysan.

S'aidant peu à peu de l'esprit pour faire gonfler son ventre, elle transformait son mari en Adonis, ses exhalaisons vineuses en effluves printaniers et, renversée sur les sièges d'une 203 décapotable, étreignait le corps de l'homme pour espacer et prolonger la cadence, recevait une gifle dont elle faisait la plus émouvante des caresses puis, comme le butor lui pétrissait la poitrine tout en la brûlant d'une semence qu'elle croyait infectieuse, elle abandonnait son Parnasse et accueillait son seigneur et maître entre ses bras en murmurant : « Oui. »

Car à trente-cinq ans, elle savait feindre mieux que personne : le plaisir comme le sommeil.

Lorsqu'elle fut enceinte, son époux la félicita : « Au moins, fais-nous un garçon ! »

Hélas, ce fut une fille.

Jusqu'à l'âge de douze ans, Apolline fut élevée comme le mâle qu'elle aurait dû être. Elle ne fut pas souillon mais garçon de ferme. C'était à elle de ramener les vaches du pâturage, de nettoyer l'étable, de retourner la terre sur laquelle poussaient les salades familiales ; à elle d'allumer le feu, de ramasser le bois et de déboucher les bouteilles lorsque son père revenait avec ses amis du village. Mais jamais de vaisselle, de ménage, de couture : Maman s'en chargeait.

Papa lui allongeait fréquemment de grandes claques dans le dos qui atteignaient non seulement le périmètre de son corps mais également le champ, moins circonscrit, de sa conscience.

Elle découvrit le lycée par la petite porte, trois semaines après la rentrée officielle : ses parents avaient négligé de l'inscrire. Le maître d'école qui se chargea des formalités expliqua à M. le proviseur combien il avait dû insister pour exiger du père et de la mère qu'ils se soumissent à la règle de l'enseignement obligatoire.

Elle redoubla sa cinquième.

« Pas de chance », dit Maman.

« Dans trois ans elle est à nous », renchérit Papa.

Apolline se renseigna : l'enseignement ne la protégerait que jusqu'à seize ans. Elle eut peur. En septembre, elle considéra avec désarroi son quatre en mathématiques et son cinq en histoire-géo. Papa applaudit à la médiocrité des moyennes et refusa de signer le livret.

« Mais que vont-ils dire au lycée ? demanda la fillette.

– Ils te renverront, gloussa la mère ; tant mieux pour les salades ! »

Ce soir-là, Apolline attendit qu'ils fussent couchés pour rallumer la lumière de sa chambre ; prit le carnet qu'elle posa sur le sol, une feuille sur laquelle elle s'exerça pendant une heure. Puis, après avoir vérifié la plume de son stylo sur le dos de la main, elle entreprit de reporter sur le carnet la signature que ses parents venaient de lui refuser.

Sa vie changea. Elle abandonna le préau du lycée pour des salles de classe vides où, entre les cours, elle s'efforçait de comprendre. Le soir, dans le car qui la ramenait de Château-Thierry au Fayet, elle ouvrait livres et cahiers qu'elle refermait peu avant l'intersection où il lui fallait descendre. Et avançait vers la maison, tantôt ralentissant, tantôt accélérant, prise entre le désir d'arriver pour se remettre au travail et celui de flâner pour éviter la rencontre avec la famille.

Il lui fallut deux mois pour atteindre la moyenne, quatre pour la dépasser. Chaque quinzaine, allongée sur le sol de sa chambre, elle mesurait ses progrès, établissant un graphique par matière et se jurant de monter encore : à seize ans, elle devrait être la meilleure.

Le soir, la famille se retrouvait autour de la table. On branchait la télévision, Papa débouchait une bouteille, Maman s'occupait de la soupe et Apolline travaillait sur la toile cirée. Les seules questions qu'on lui posait concernaient le bois et les vaches – et oui, elle les avait bien rentrées, et bien bouclé l'étable, et vérifié les mangeoires, car elle savait que l'école n'était concevable qu'à ce prix.

Un jour, elle réclama de l'argent de poche à son père – une « semaine », comme disaient ses camarades. Il la regarda, hilare : « On te nourrit, on te loge, et en plus on devrait t'entretenir !

– Très bien », dit-elle.

Quand on commença de se réunir dans les bistrots, elle but des cafés dont elle détestait le goût mais que payaient les cinq francs dérobés dans le porte-monnaie maternel (buffet, tiroir de gauche). Et comme elle rentra plus tard à la maison, on la traita d'idiote, « idiote le matin et idiote le soir, vas-tu oui ou non renoncer à tes bêtises ? ».

Elle aima le lycée, lieu protégé où ses parents ne venaient jamais. Surveillant l'espace qu'elle-même s'était octroyé, elle mesurait son indépendance au cadran de l'horloge : libre de huit heures à dix-sept heures trente. Et quand cela ne lui suffit plus, elle ajouta des cours de français au bas de ses emplois du temps, heures obligatoires car, rappelait-elle parfois à sa mère, vous ne pourrez pas me retirer de l'école avant seize ans. « Idiote ! » rétorquait l'autre en haussant les épaules. « Les idiots ne sont pas tels que vous croyez », songeait Apolline qui venait de découvrir dans le prince Muichkine un modèle secret qu'elle opposait à sa famille ; si les idiots étaient ainsi, elle avait toutes ses chances…

À quinze ans, elle était belle. Les garçons lui firent découvrir cette vérité qui ne l'avait jamais frappée : elle ne s'était pas intéressée à son corps. Elle prit l'habitude de se regarder dans la glace, d'abord furtivement puis de plus en plus longuement. Ses yeux étaient verts, ses cheveux brun-roux, retenus par une natte – cette concession aux exigences maternelles lui avait évité les ciseaux du coiffeur.

Un soir qu'elle s'observait ainsi, en cachette, son père pénétra dans l'ancienne chambre transformée en salle d'eau. Il ne la gronda point, mais siffla d'admiration : « Tu seras bientôt une sacrée belle poule ! »

Plus tard, à certaines de leurs allusions, la jeune fille comprit que ses parents redoutaient le jour où un fils de notaire (ou d'un quelconque citadin) l'emporterait, privant la famille d'un solide élément de main-d'œuvre. Le risque était en réalité si grand que les géniteurs décidèrent de chercher l'élu eux-mêmes. À condition d'aider le père à la ferme, celui-ci recevrait les rangs de salades, les sept vaches et la fille de la famille.

Premier et unique critère : le muscle.

À table, on parla longuement de ce mâle qui assurerait la descendance ; on se prit à l'aimer comme on eût aimé le fils tant désiré. Papa tendit sa canne à pêche, Maman surveilla les clapotis et, en guise d'hameçon, on accrocha la jeune fille.

Pour son anniversaire, on lui offrit une seconde robe. Un peu trop courte à son gré. Mais c'était une robe et, jusqu'au moment où Apolline s'avisa qu'après avoir voulu la travestir en garçon de ferme, on désirait à présent l'afficher comme femelle à pourvoir, elle la porta avec un certain plaisir. Sa mère, qui lui avait jusqu'alors interdit l'usage de ses armoires personnelles, laissa traîner eau de Cologne et poudre de riz.

« Laisse pousser tes cheveux, disait-elle. Égaie tes joues par des couleurs… »

La jeune fille se coupa la natte qu'elle avait d'abord protégée comme unique symbole de sa féminité, et jeta les pinceaux à maquillage que son père lui rapporta un jour de la droguerie du village. Mais elle eut un flirt avec un fils d'avocat car de lui, elle le savait, personne ne voudrait. Puis, jour après jour, elle construisit sa résistance.

Ils se vengèrent sur la poupée Rosalie, Rosalie, emmitouflée dans des chiffons et des chutes de couverture qui dissimulaient un corps plastique, effrayant de pacotille. Rosalie brûla dans la cheminée. Bien pis qu'un soudain embrasement, son corps fondit à la chaleur : les pieds basculèrent, le ventre se gonfla, Rosalie devint difforme.

« On dirait une femme qui accouche », s'esclaffa Papa. Et comme Apolline se détournait, il la retint aux épaules en disant : « Regarde ce que je fais des poupées. » Puis, après un silence : « On gardera les yeux.

– Pas les miens », répondit la jeune fille en fixant son père.

« Baisse le regard. » Elle ne cilla pas, dévisageant

l'alcoolique qui venait vers elle, qui ordonna encore et à qui elle refusa d'obéir, recevant, pour prix de sa liberté, trois gifles magistrales.

Elle chancela, mais pas plus.

Ses amies lui déconseillèrent de quitter Le Fayet : sans mari, une femme ne se débrouille pas. Cette remarque la plongea dans le désarroi : ainsi, elles y pensaient toutes ; ainsi, adolescentes, elles se vivaient déjà comme futures épousées ! Étrangère à sa famille, Apolline sortit du rang de ses camarades. Abasourdie, elle vit ses amies d'hier entrer dans le monde des adultes, sagement, un pied devant l'autre. Grand-mère avait montré l'exemple, il suffisait d'emprunter ses chaussons, déjà rodés par la mère.

Et moi ? s'interrogeait la jeune fille.

Pour les dix-sept ans de leur unique enfant, ses parents invitèrent Julien, puis Jean, Maurice et Jean-Marcel. Mais Julien était trop délicat, Jean trop indécis, Maurice pas assez fier et Jean-Marcel pris ailleurs. Ignorant ces réunions où l'on parlait d'elle comme d'une brebis à vendre, Apolline persista à signer son carnet de notes à la place de son père, et lorsque celui-ci la menaça de la retirer du lycée, elle dit : « Mariez-moi, j'arrêterai ensuite. » Il suffisait de gagner du temps.

Papa et Maman fouillèrent la campagne à la recherche d'un bon parti ; puis ils rappelèrent Jean-Marcel, qui s'était libéré de ses engagements, et convoquèrent d'autres candidats. En demi-finale, restaient en lice un certain Maurice, employé de ferme à Viels-Maison, Christian-Marie, dont le prénom double laissait à penser que ses parents avaient peut-être désiré une fille (ce qui créerait des affinités avec la belle-famille), Jean-Charles, fils du plus gros métayer de la région, et Antoine, agriculteur dans un village voisin.

Lorsque les deux derniers durent se partager l'enjeu en finale, Papa et Maman demandèrent à Apolline ce qu'elle en pensait.

Elle n'en pensait rien de bon.

Primo, parce que les deux athlètes témoignaient à son égard de velléités digitales qui l'incommodaient (Jean-Charles fut griffé au bras, Antoine au visage) ; secundo, parce qu'à leur cheval de labour, la jeune fille préférait un destrier motorisé, de marque indifférente mais suffisamment rapide pour l'emporter au plus vite loin du champ de course.

Elle dit : « Je passe mon bac, je choisis ensuite. » Et comme cette phrase témoignait d'un sens de la décision qu'ils avaient jusqu'alors prêté aux seuls forts en couilles, Papa et Maman songèrent que leur fille serait peut-être capable de leur trouver un gendre *ad hoc* sans qu'ils eussent à intervenir. On dit à Apolline qu'à dix-huit ans elle devrait présenter à ses parents l'élu de leur cœur, faute de quoi on lui attribuerait Jean-Charles ou Antoine. Et on prévint ces derniers d'avoir à patienter quelque peu.

Apolline se leva chaque matin à quatre heures, travaillant son examen dans la moiteur des draps. Certes, elle eût pu abandonner livres et cahiers, attendre ses dix-huit ans et quitter Le Fayet la tête haute, sans craindre les poursuites. Mais rien ne lui semblait plus nécessaire que cette double revanche qu'elle prendrait à la fois sur ses parents et sur elle-même en partant de la maison munie d'un diplôme qu'elle aurait gagné seule, contre les autres.

Durant plusieurs semaines, elle révisa. Quand elle eut dix-sept ans et demi, Papa demanda : « Alors ? » Apolline répondit : « Dans six mois. »

Elle fut reçue en juin. En septembre, son père lui confia le soin du jardin potager ; et précisa que le 6 janvier, jour de son anniversaire, elle aurait à présenter un époux à la famille. « Bien », dit Apolline.

Elle bêcha, bina, piocha et, la veille de ses dix-huit ans, prit le train pour Paris.

Maman se plaignit que sa fille n'eût pas même laissé un mot d'explication ; Papa tempêta pendant deux semaines. Puis, dans une librairie spécialisée de Château-Thierry, il acheta un ouvrage qu'il lut, relut et annota avant de le soumettre à l'autorité de son épouse : *Sur les mille et une façons d'avoir un garçon,* par le fakir Luhrys.

[illegible] ... Quand il [illegible]

[illegible]

Gare de l'Est

Comme une bille de mercure roulant sur une surface plane, Apolline se promena dans Paris. La ville lui sauta au visage. Chaque bruit lui parut une explosion, chaque mouvement une déchirure. Pourquoi suis-je venue là ? se demandait-t-elle. Mais comme on ne choisit pas ses itinéraires de fuite, elle resta. La ville, après tout, valait bien le déplacement.

À condition de pouvoir y survivre. En quinze jours, la jeune fille avait épuisé ses quelques billets.

À certains attouchements, clins d'œil appuyés, sourires explicites, propositions d'échange (offre gîte et couvert contre présence allongée), elle comprit que le podium sur lequel étaient montés Jean-Charles et Antoine ne demandait qu'à être occupé. Ce qui ne lui convenait pas.

Elle acheta les journaux et parcourut les petites annonces. Fut reçue dans de somptueux bureaux avec vue sur la Seine, dans des cagibis où l'examinèrent des contremaîtres promus sergents recruteurs, dans des halls de marbre où trônaient de superbes machines de Bakélite, standards à deux cents lignes, il suffit d'appuyer sur le bouton qui clignote. Mais elle pouffa en déclamant : « Ici la société Machin, pour vous servir, j'écoute » ; les usines n'embauchaient pas de diplômés en raison de leur influence néfaste sur la conscience prolétarienne, et mieux valait savoir taper à la machine pour fouler les moquettes des tours d'ivoire.

Elle s'essaya à la bourgeoisie, côté entrée de service, et fut engagée comme bonne à tout faire – non déclarée, mais logée, nourrie, blanchie. « Et payée ? demanda-t-elle.

– Bien sûr, lui répondit-on. Mais pas trop, puisqu'on assure la chambre et les repas. »

Elle n'y avait pas songé.

Elle travailla quinze jours. Le temps d'admirer la prestance de Madame, qui faisait sécher la laque de ses ongles dans le compartiment supérieur du réfrigérateur ; de découvrir les machines à laver et les fours encastrés (« De nos jours, lui expliqua Monsieur, les gens de service sont de véritables ingénieurs ») ; de veiller à la toilette des petits, qui se lavaient quand ils le voulaient, s'écharpaient en douce et minaudaient devant les invités ; de sortir le pinscher à rubans, qui conchiait en soupirant, yeux fermés face à la lune.

Chaque soir, Madame lui disait : « Bonne nuit, Apolline. Ah ! j'allais oublier : avant d'aller vous coucher, n'oubliez pas de nettoyer la pissette de Gonzague (c'était le petit nom du barde excrémentiel). Demain matin… »

Elle envoyait Jo et Zette à l'école, pressait les oranges de Monsieur, lavait les raisins de Madame, préparait le thé, aspirait, dépoussiérait, repassait, cuisinait, servait, desservait, nettoyait, rangeait, cousait, sortait Gonzague, dressait le couvert, priait Jo et Zette de passer dans la salle de bains, recevait sans broncher les « Apolline, t'es une conne » des deux pré-pubères, marmonnait : « Madame est servie », débarrassait, dormait.

Le premier samedi, Monsieur lui fit un cours sur l'art et la manière de graisser ses bottes de cheval, Madame sur l'art et la manière d'entretenir ses clubs de golf, les moutards sur la nécessité de fermer sa gueule après qu'on lui eut fait une bonne farce (découpage de robes à la lame de rasoir, crocs-en-jambe, eau salée…).

Le dimanche après-midi, Apolline employa son quartier libre à se reposer et, le lundi, après avoir oint Madame, manucuré Monsieur et pansé son bras car le Gillette avait glissé, pria ses patrons de lui faire son compte. « Apolline, vous n'y pensez pas ! » Elle y pensait si bien que le dimanche suivant, lorsque la famille revint de la messe, la bonne à tout faire avait décampé. Après avoir dessiné un zéro-plus-zéro-égale-la-tête-à-toto sur le Carzou de service.

Elle chercha du côté des grandes surfaces et découvrit un magasin qui lui offrit les charmes de sa boulangerie, entre les jouets et les papiers peints. Elle accepta les huit heures quotidiennes, les six jours hebdomadaires et la blouse rose qu'un lundi, aux trois quarts endormie, elle enfila.

Elle s'éveillait à sept heures chaque matin dans un meublé de la rive droite. Puis se lavait, s'habillait et gagnait un bistrot où elle déjeunait d'un chocolat et d'une tartine. Enfin, un peu moins cafardeuse que la veille au soir car elle voyait le monde (rien ne lui semblait plus affligeant que le retour à l'hôtel, où elle se bouclait comme une nonne), elle descendait dans le métro, circulait le long de trottoirs qu'elle ne remarquait même plus, patientait devant des voitures bondées, trouvait sa place entre mains et genoux, parvenait à Saint-Sulpice d'où elle remontait la rue de Rennes jusqu'au Grand Magasin. Lorsqu'un vendeur un peu plus affable que les autres lui apprit qu'en poussant jusqu'à Montparnasse elle gagnerait du temps, Apolline décala d'un quart d'heure l'aiguille de son réveil.

Avant de s'endormir, elle prenait le temps de suivre les dessins du papier peint, des fleurs aux courbes symétriques et aux teintes délavées qui pénétraient ses songes et qu'elle retrouvait, au matin, avant de poser le pied sur les alluvions de sa vie active.

Pendant un mois, elle ne desserra pas les dents. Ses « collègues » (elle découvrit ce mot) le lui reprochèrent. Elle réalisa alors que sa place n'était pas ici ; qu'elle se moquait éperdument de savoir si la baguette était plus fraîche que le bâtard ; qu'elle méprisait son chef de service lorsqu'il venait aux « nouvelles », soit pour contrôler la caisse, soit pour vérifier les plis de la blouse – et c'était la même humiliation. Pis : les chemises de son enfance n'étaient pas plus piquantes que ce nylon rose enfermé dans un cagibi de fer portant son nom.

Un matin, elle décida de travailler sans uniforme ; ses collègues ricanèrent et dirent : « Vas-y. » Elle n'alla pas plus loin que le bureau de la direction, où on la somma de se rhabiller. Premier avertissement. Gênés, les vendeurs ne bronchèrent pas ; elle passa pour une originale.

De la caisse enregistreuse, elle fit une machine à sous, imaginant que la tirette rouge et les quatre tirettes noires rapporteraient gros. Ainsi jouait-elle en tendant le pain, et elle prenait l'argent, tournait la manivelle, encaissait, rendait la monnaie, dring-ploc – mais elle n'avait rien gagné. On s'étonna de la voir rire ; elle expliqua qu'une tirelire vaut mieux qu'une machine à compter. Elle était folle (idiote ?) : en confondant la caisse avec un flipper, elle risquait de se tromper dans ses comptes. Deuxième avertissement.

Elle décida de prévenir le troisième, le temps, du moins, de trouver un appartement.

Des agences l'accueillirent. On lui proposa un trois-pièces à Neuilly, puis un deux-pièces à Montparnasse, enfin un duplex dans le XVIIe.

« Un duplex ?

– Salon en bas, chambre en haut, salle de bains, cuisine, W.-C., parking. »

Hélas, c'était trop cher. « Combien gagnez-vous ? » Elle avait oublié. Son loyer, lui expliqua-t-on, ne devait pas excéder le quart de ses revenus. « Mes revenus ?

– Votre salaire, quoi !

– Ah, mon salaire ! » Elle divisa trois mille trois cents par quatre, obtint huit cents ; on lui dit que la base ne se calculait pas d'après le brut mais d'après le net. Elle recommença et abandonna Neuilly, Montparnasse et la porte Champerret pour échouer, finalement, à la gare de l'Est. Où il y avait beaucoup de bruit.

Debout dans le bureau vitré de son chef de service, elle sollicita une augmentation qui lui fut refusée, mais que l'on proposa d'échanger contre un dîner, un soir de la semaine. « La prochaine », répondit Apolline qui n'osa décliner.

Sa chambre mesurait quatre pas dans un sens, trois dans l'autre. Après avoir dérangé puis réinstallé le matelas, plié puis déplié la table, la jeune fille estima qu'il valait mieux décorer son meublé plutôt que de modifier la disposition des volumes. Elle l'habilla d'une toile de jute vert pomme et la chaussa d'un tapis mité découvert dans un surplus. Le robinet fuyait, la porte battait, mais tout cela était à elle.

Se glissant entre les draps, Apolline éprouvait le même sentiment de joie que lorsqu'elle enfilait sa première robe, quatre ans plus tôt.

Chaque soir, à huit heures, un paquet de nouilles et une tranche de jambon sous le bras, la jeune fille montait « ses » six étages, tournait à droite au fond du couloir, puis à gauche, encore à gauche, allumait la minuterie, déposait ses provisions sur le sol, cherchait la clé dans son sac et pénétrait chez elle.

Avant de s'endormir, elle lisait – Dostoïevski la plupart du temps. Lorsque le sommeil s'emparait d'elle, les convois de la gare de l'Est roulaient dans ses rêves et souvent, au réveil, alors que crissait une locomotive, elle songeait à ses parents. Sans nul désir de les revoir.

Un matin (ordinaire), Apolline s'engouffra dans le métro, direction le Grand Magasin. Elle suivit des couloirs graffités, attendit devant le guichet, au portillon, à l'entrée du quai, devant la voiture. Mais elle fut bousculée et la rame partit sans elle. Une autre arriva. La jeune fille se précipita. On lui marcha sur les pieds, on tira son sac ; le métro s'ébranla sans qu'elle y fût montée. Elle s'assit sur un banc. Et s'endormit.

Elle s'éveilla. On parlait à côté d'elle. Elle ouvrit les yeux : deux hommes, un à sa droite, un à sa gauche.

« J'ai rêvé de Mac-Mahon, disait le premier. Il avait ôté toutes les vis cruciformes du tableau et s'apprêtait à défaire le cadre lorsque Louise Michel est arrivée. Elle l'a flanqué dehors en hurlant : "Souviens-toi, charogne, des feuilles rouges du Luxembourg."

– Dis-moi ce que cache le tableau, demanda son compagnon (mais, gênée d'écouter une conversation qui ne la regardait pas, Apolline ferma les yeux, s'efforçant – vainement – de retrouver le sommeil)...

– Non, mon cher. C'est un secret historique. »

L'homme leva les bras, et une manche vint chatouiller le nez d'Apolline, qui ne put se contenir : elle éternua.

« Bonjour, mademoiselle. »

Elle ouvrit les yeux.

« Excusez-nous de vous avoir éveillée.

– Je ne dormais pas vraiment.

– Tant mieux, dit l'homme de droite en tendant la main. Moi, c'est Louis Soixante-et-Onze, dit Lulu, et lui, c'est Othello.

– Moi, Apolline, répondit Apolline en serrant les mains de Lulu et d'Othello.

– Enchanté, firent-ils.

– Je ne voudrais pas vous interrompre, dit la jeune fille. Je peux changer de banc.

– Restez, répondit Othello. Mon ami me racontait une histoire.

– Poursuivez donc…

– Allons plutôt boire un verre », dit Othello.

Une rame approchait.

« Impossible, répondit Apolline en se levant. Mais nous nous reverrons peut-être puisque je prends toujours le métro à Gare de l'Est.

– Cela nous arrive aussi », dit Lulu.

Ils se souhaitèrent une bonne journée, et Apolline grimpa dans une voiture.

Le soir même, elle dîna avec son chef de service. Il l'emmena dans une taverne allemande, quelque part entre la Concorde et la place de l'Étoile. Il se nommait Guénelon et, en l'honneur de ce repas « qui fera date dans nos relations », pria la jeune fille de l'appeler Robert, Bob ou Bobby. Elle le regarda ; l'écouta ; s'ennuya.

Il était marié mais n'aimait plus sa femme. Avait un garçon dont il lui montra les photographies. Se passionnait pour sa collection de timbres et pour son métier, qui lui apportait des satisfactions tangibles et méritées. Tangibles à la fin du mois et méritées parce qu'il s'y dépensait sans compter.

« Sans compter quoi ? demanda Apolline.

– Sans compter que… », éluda Guénelon.

Chaque année, il partait en vacances, une caravane trois places attelée à sa voiture. Faisait la route d'une traite, en moins de dix heures, avec deux arrêts-pipi, pas plus. Son automobile était une des plus rapides de sa catégorie ; il envisageait d'en changer, comptant sur une augmentation. (« De salaire ? » interrogea Apolline. « Non, de revenu. ») Bientôt, il ferait construire un pavillon dans la banlieue sud, un ami architecte lui en dessinait les plans…

Apolline but beaucoup. Autour d'elle, les dîneurs parlaient bruyamment ; des trompettistes essayaient leur instrument. La jeune fille regarda les chemises rouges et les culottes de peau des musiciens.

« Ils sont allemands, expliqua Guénelon. Ils viennent du Tyrol. »

On parla donc Tyrol, puis voyages ; on revint à l'Épouse et au Fils, qui ressemblait à son père, lequel espérait bien le lancer sur une voie royale, c'est-à-dire (il s'étendit longuement là-dessus) l'entreprise et le commercial.

L'orchestre avait commencé à jouer. Les dîneurs l'accompagnaient, certains remuaient en mesure tout en s'époumonant sur des « heili-heilo » tonitruants qu'Apolline oublia en buvant un peu plus.

Ils mangèrent une choucroute et étudièrent les arcanes d'une vaste entreprise tel le Grand Magasin, qui faisait parfois appel à d'autres sociétés, par exemple à l'une de celles que dirigeait le propre beau-frère de Guénelon, un homme remarquable qui eût sans doute pu faire beaucoup pour la petite boulangère à condition, bien sûr, qu'elle y mît du sien.

À cet endroit de la discussion, Guénelon posa son pied sur celui de sa subordonnée.

« Vous verrez, dit-il, mon beau-frère est un grand bonhomme. D'ailleurs, et je puis vous le confier, j'entre à son service le mois prochain. Je dirigerai une petite officine qu'il vient de monter... »

Elle promit le secret. Il parla de participations immobilières, de sociétés de vidage, « pour le sport, hein, rien que pour le sport », de certaines filles dans certaines rues, « si ça vous intéresse, je vous trouve un job rue Pasquier »...

Elle suivait le mouvement de sa main, écoutait le tumulte devenir chahut, commençait à voir trouble. Guénelon applaudissait les dîneurs qui, s'étant crochetés par les coudes, se balançaient en cadence. Hilare, il reprit les heili-heilo beuglés par les autres.

En proie à des vertiges douloureux, Apolline inclina la tête. Son hôte lui prit la main ; elle la retira ; il la reprit ;

elle la lui laissa : ces phalanges osseuses constituaient une sorte de point fixe dans la tourmente.

« Partons », dit-elle.

Guénelon paya, se leva, soutint Apolline jusque dans la rue où elle prétendit rentrer par le dernier métro.

« Vous n'y songez pas ! Je vous ramène. *Let's go.* »

Il l'entraîna dans sa voiture, sur des routes lointaines. Lui expliqua (mais elle ne conserva de ces instants qu'une vision floue et embrumée) qu'il ne pouvait l'emmener chez lui, qu'il avait mieux... Le mieux en question se trouvait au fond d'un jardin d'amis, sous une bâche qu'il souleva avant d'ouvrir une porte. Et c'est là que, malade et titubante, Apolline fit les frais de sa première garçonnière : une caravane.

Elle devait se souvenir longtemps des paroles prononcées par son chef de service alors qu'il la reconduisait chez elle. Les mots s'inscrivirent si bien dans sa mémoire qu'en d'autres lieux et à une époque très différente, cet ordre qu'il proféra en anglais – la première fois en quittant le restaurant et la seconde en sortant de la caravane – devait lui revenir comme un boomerang dont elle n'avait pas imaginé suivre la trajectoire. Comment, alors que le pinceau des phares projeté contre la nuit fouaillait son corps d'autant de reflets brutaux, eût-elle imaginé hasards si malheureux ?

Une région de son ventre avait basculé dans un gouffre sans fond. Cette région ne comprenait pas seulement les chairs qu'il avait pénétrées, la bouche qu'il avait mordue, les mains qu'il avait broyées, les seins griffés, l'oreille déchirée, mais encore tous ses sens – ceux qui avaient vu, senti et entendu les soupirs, l'étreinte et le tutoiement d'après.

Tout en regardant la route, Apolline souhaitait foncer vers les peupliers aussi vite et aussi bien que les insectes surgis des ténèbres, projetés contre la vitre, balayés par le mouvement lent et inexorable des essuie-glaces.

Quand il la déposa au bas de chez elle, la jeune fille accepta le baiser qu'il lui donna sur la joue, mais lorsque, vaguement inquiet, il lui dit : « Tu verras, la prochaine fois nous ferons ça mieux », elle répondit : « On ne refera rien. »

À cinq heures, elle s'endormit. Et s'éveilla à six. Elle se leva, fit sa toilette, ferma la fenêtre et sortit. À huit heures elle était devant le Grand Magasin, et à neuf, elle avait démissionné. Le chef de service en personne reçut sa démission. Dans le même bureau où il l'avait invitée à dîner. Lui assis, elle debout. Lui la vouvoyant (la nuit n'est jamais qu'un jour clandestin) et elle le tutoyant.

Elle quitta le supermarché sans préavis, perdant du même coup un mois de salaire.

« Mademoiselle,

« Vous êtes jeune, jolie et pleine d'avenir. Ici, vous pouvez faire votre place. Ce n'est pas tous les jours que nous rencontrons une fille de la campagne… une si charmante jeune fille, bachelière qui plus est… »

Ainsi parla le directeur d'un bazar proche des Champs-Élysées, qui l'engagea comme vendeuse de disques une semaine après son départ du Grand Magasin. Et comme Apolline se redressait, prête à faire connaissance avec son rayon, M. le directeur la pria d'attendre qu'il eût terminé.

« Notre entreprise est grande et généreuse. Grande par sa taille, généreuse par les émoluments qu'elle accorde à ses employés, surtout lorsque ceux-ci sont méritants. Dans quelques années, après avoir été conseillère – car les vendeurs sont des conseillers –, vous pourrez devenir chef… cheftaine de rayon. Puis responsable de secteur. Enfin, contrôleuse au siège. Et si vous vous révélez aussi compétente que me le souffle mon intuition, rien ne vous empêchera d'être nommée à la direction d'un magasin tout comme je le fus moi-même l'an dernier, après dix-sept ans de bons et loyaux services. »

Sur ces mots, M. Le directeur claqua les talons, s'en fut vérifier que la porte était bien fermée et, s'étant incliné vers sa nouvelle recrue, murmura dans un souffle parfumé : « Quand dînons-nous ensemble ? » Apolline se redressa et répondit :

« Quand je serai contrôleuse au siège. »

Le bazar n'était pas le Grand Magasin – tant s'en fallait. L'ambiance y était beaucoup plus détendue, les chefs plus aimables et, surtout, on n'y vantait pas sans cesse lessives et cirages. L'atmosphère était presque distinguée.

Apolline découvrit le gouffre qui sépare ce qu'elle appelait le peuple de ce qu'elle nomma la bourgeoisie. Dans les cafés du Fayet, le peuple jouait à la belote. À Montparnasse, les petits bourgeois achetaient des couches (ouatées, matelassées, ignifugées), des saucissons (aussi secs que les couches) ou des livres reliés plein Skaï, à trois cent quarante francs le mètre. Au bazar, compassée et subtile, la grande bourgeoisie écoutait la musique offerte ; allumait ses cigarettes avec des briquets d'or ou d'argent ; ne se baissait pas pour ramasser une pièce de monnaie, chue malencontreusement d'un porte-monnaie en lézard.

Les water-closets étaient divisés en *Men* et *Ladies,* et aucune inscription ne troublait l'harmonie de cet endroit : Madame Pipi – une Portugaise – et Monsieur Caca – un Arabe – y veillaient.

Les vitrines étaient emplies d'objets de huitième nécessité qui stupéfiaient la jeune fille. Pendant les pauses, elle se promenait entre les rayons, se coiffait d'une perruque, comparait les vernis à ongles et s'arrêtait auprès des clientes dont elle écoutait les savants bavardages. Chaque fois, c'était le même émerveillement.

Les conditions de travail du bazar étaient assez douces : on ne pointait pas, et les chefs entretenaient avec leurs subalternes des rapports chaleureux – quoiqu'un brin condescendants. Plutôt que de sanctionner, ils suggéraient : « Apolline, évitez de venir en pantalon ; car la robe est à la femme ce que la cravate est à l'homme » ; « Apolline, comprenez que vous nous êtes indispensable : que faire lorsque vous arrivez en retard ? »

Les premiers temps, la jeune fille fut enchantée de son nouvel emploi. Vendeuse de disques, elle pensa tout d'abord qu'on attendait d'elle le témoignage d'une vocation plutôt qu'une aptitude à écouler la marchandise.

Elle considéra d'ailleurs qu'il ne pouvait en être autrement dans un lieu si raffiné. Et puis les égards dont chacun, clients et patrons, l'entourait plaidaient en faveur d'une nouvelle définition de son statut professionnel. Elle ignorait encore que, quoi qu'elles fassent, les vendeuses ne sont pas plus des conseillères que les bonnes des ingénieurs.

Un jour cependant, M. le directeur vint personnellement la trouver à son rayon pour la prier de rééquilibrer le chapitre des recettes : premièrement en cessant de bavarder avec le public (c'est le terme qu'il employa, signifiant clairement que la vente reste la vente et qu'il n'admettait pas le mélange des genres) ; deuxièmement en ne confondant pas acheteurs et copains. « Des clients, point final », conclut M. le directeur avec un large sourire, une avancée de la tête et un bref shake-hand par lequel il renouvela sa confiance à « sa collaboratrice la plus fidèle ».

Dès lors, l'édifice se lézarda. Au fil des jours, l'aristocratie du VIIIe arrondissement apparut sans fard et sans vernis à la vendeuse de disques.

Côté client mâle : « Savez-vous, mademoiselle, que mon futon japonais est un véritable pays des Mille et Une Nuits dont vous feriez une ravissante Schéhérazade, voici mon téléphone, ma femme est d'accord. »

Côté cliente : « Ah, ma chère ! Figurez-vous qu'hier, en sortant du bureau de mon mari, je passe devant chez Hermès. J'entre, je bababille avec la vendeuse, elle me sort tous les foulards du magasin et subrepticement – car j'ai l'art et la manière –, je glisse le carré in my poquette. Quels frissons ! »

Côté personnel, on parlait peu. Mais on agissait. Les responsables étaient si dévoués à leur entreprise qu'ils ne pouvaient s'empêcher de fumer ses cigarettes, de lire ses livres et d'écouter ses disques. Vendeurs et directeurs se pomponnaient, se cultivaient et se distrayaient bazar. Apolline en vint à considérer le magasin comme un grand dispensateur de plaisirs et songea elle aussi à prélever son tribut.

Elle eut, certes, quelques scrupules. Mais on se chargea de les éliminer. Très gentiment, d'ailleurs. Un soir, le responsable du rayon librairie-disques la pria de bien vouloir comprendre qu'étant donné la modicité de son salaire (pourtant trois fois plus élevé que celui d'Apolline), il ne pouvait envisager de vivre autrement qu'en picorant à droite et à gauche. Comme le lendemain, le responsable du secteur tabac-journaux-gadgets lui tint à peu près le même langage, Apolline comprit que dans l'intérêt de ses camarades de travail, elle se devait de fermer les yeux. Elle les ferma donc.

En échange de sa discrétion, on lui proposa du tabac, les œuvres complètes d'Edgar Poe, un mobile, un service à thé en porcelaine de Gien, des coffrets à bijoux. Elle prit le mobile, qu'elle envoya à ses parents. Troqua le service à thé et les coffrets à bijoux contre une robe de taffetas rouge qu'elle rapporta le lendemain car, tout bien réfléchi, elle ne l'aimait pas. Préféra, finalement, un chemisier en soie assorti d'un foulard de tulle, plus un loden beige qu'elle obtint contre la modique somme de trois Brassens et un Ferré.

Un soir par semaine (souvent le dimanche), l'équipe du bazar allait dîner au drugstore de l'Étoile. Attablés autour de mixed sandwiches arrosés de chiantis empaillés, vendeurs et chefs de rayon dressaient le bilan de la semaine écoulée et préparaient la suivante. Par des informations venues d'en haut et répercutées vers le bas (grâce à la collaboration occulte de M. le directeur), on savait que la maison mère ne se plaignait pas encore de ces prélèvements qui n'entraînaient pas de gros déficits.

Lorsqu'elle quittait ses nouveaux amis, Apolline s'arrêtait dans l'un des bistrots qui bordent la gare de l'Est. Assise sur un tabouret de bois, elle avalait un café tout en regardant le mouvement des voyageurs. Ces trains-là, pensait-elle souvent, vont jusqu'à Château-Thierry...

Un soir, un inconnu l'aborda. Elle ne l'entendit pas venir, mais sentit une main sur son épaule. Elle se retourna brusquement et vit un jeune garçon qui souriait en désignant une place libre, face à la jeune fille.

« Puis-je m'asseoir ?
– Non.
– J'y vais quand même, dit le nouveau venu en déplaçant la table : tous les sièges sont pris. »

Apolline voulut se lever, mais il la retint. Ils se dévisagèrent, elle avec violence, lui placidement. Elle reprit sa place et acheva son café. Il lui en proposa un second, qu'elle refusa.

« Mademoiselle, dit-il, je suis soldat, en permission pour vingt minutes encore. Alors… »

Elle accepta un Coca-Cola.

Ils se revirent la semaine suivante. Le troisième dimanche, Apolline proposa : « Allons dormir chez moi. » Puis, sans attendre, elle entraîna le soldat Estibal hors de la gare, grimpa ses six étages, le poussa dans la chambre, dont elle verrouilla la porte. Il la regarda, désemparé. Elle s'assit sur le lit et ôta ses souliers, parla d'autre chose en s'efforçant de contrôler sa voix. « Pas encore », dit-elle tout en faisant passer son pull-over par-dessus ses épaules – mais elle ne sut si elle devait enlever le tee-shirt avant le pantalon et souffla, s'arrêta, écarta Estibal, enfin se leva en proposant un verre d'eau car la panique bloquait ses gestes. Il vint à elle. Elle se laissa embrasser, mais comme la main du jeune homme cherchait un point griffé jadis, elle se redressa et dit : « Non, c'est moi, je t'expliquerai. » Elle posa le verre, brossa ses cheveux et ôta le chemisier.

Après, ce fut plus facile. Nue, elle s'allongea sur le lit et, grelottante, dit : « Viens. »

Ils firent l'amour. Ensuite, elle pleura. Mais c'était de soulagement.

Estibal arrivait le samedi. Et repartait le dimanche. Le premier jour, il était heureux d'être là, le deuxième, malheureux de n'y être bientôt plus. « Oublie », disait Apolline.

On essayait. On changeait de quartier. On allait voir les pêcheurs sur la Marne, ou manger des pâtisseries sur les grands boulevards.

À cinq heures, les rues devenaient hostiles. Dans le métro, on rencontrait des bidasses ; il fallait changer de voiture. Les agents, parfois, portaient des fourragères ; on détournait le regard. Et Paris, peu à peu, perdait ses couleurs. On marchait le long de rues sans noms, attentifs, désormais, aux seules places exhibant des pendules. À sept heures, Apolline disait : « C'est tout de même idiot ! Il nous reste cinq heures... Cinq heures, c'est presque le temps qui sépare le petit déjeuner du déjeuner ! » On riait un peu, on mangeait un sandwich, il était huit heures, on n'y pensait pas. Mais à neuf heures, Estibal recouvrait ce ton froid et décidé qui lui permettait sans doute de faire face. Apolline l'imitait. Tout, alors, devenait faux. On parlait plus fort, on marchait plus vite, on racontait des histoires. Et, à minuit, on déboulait du boulevard de Magenta, on tournait dans la rue du Faubourg-Saint-Martin, et la gare de l'Est apparaissait, éclairée au néon, encombrée de taxis, pleine d'une foule bavarde au travers de laquelle on passait pour atteindre des couloirs où convergeaient les crânes rasés et les capotes militaires.

« Salut, disait Estibal, à la semaine prochaine. »

Pendant longtemps, Apolline détesta les dimanches soir.

Un lundi de novembre, elle descendit dans la bouche du métro. Direction bazar. « Une fois encore, songea-t-elle, pour combien de temps et jusqu'à quand ? »

On l'appela. Elle se retourna, surprise. Sur l'autre quai, elle remarqua deux silhouettes qu'elle n'identifia pas immédiatement. « Traversez ! Venez ! » criait-on. Elle réalisa soudain que ces hommes étaient ceux qui l'avaient éveillée un matin, quelques semaines auparavant. Elle leur fit un signe de la main. Ils insistèrent : « On vous attend ! » À droite se tenait le plus grand, maigre, vêtu de noir, un cartable dans la main gauche. L'autre, petit et bedonnant, semblait goguenard. Penchés sur la voie ils ressemblaient à des épouvantails que considéraient les voyageurs, certains avec amusement, d'autres avec réprobation.

« J'arrive ! » cria Apolline. Et elle monta l'escalier qui menait d'un quai à l'autre.

Ils se serrèrent la main. « Cette fois on ne se quitte pas tout de suite ! décréta le plus grand des deux hommes. À propos, et au cas où vous l'auriez oublié, moi c'est Louis Soixante-et-Onze, dit Lulu. Et lui, Othello.

– Moi, Apolline.

– On sait.

– Asseyons-nous », proposa Othello.

Apolline expliqua qu'elle ne pouvait rester : son travail l'attendait.

« Écoutez, reprit Othello. Ce jour est exceptionnel : normalement, le lundi matin, je vends des livres aux Puces de Montreuil. Aujourd'hui je n'y vais pas car m'attend aux

Halles un volume très rare : *Les Confessions* de Jean-Jacques, édition Charpentier, 1841, préface de George Sand. Alors ?

– Croyez-vous, interrogea Apolline, que cette excuse soit suffisante ?

– Pas suffisante : nécessaire.

– Mais mon travail ?

– Allons, allons, risqua Lulu, il suffit de trouver un prétexte !

– Vous pourriez dire que vous avez rencontré deux personnes aimables et que vous préférez rester avec elles plutôt que d'aller travailler…

– Elle va les vexer, objecta Lulu : ils vont croire qu'elle ne les aime pas.

– Mais je ne les aime pas !

– Alors où est le problème ? »

Il n'y en avait pas.

« Je vous accompagne », dit Apolline.

Le métro arrivait. Lulu s'approcha du quai puis s'écarta, et c'est Othello qui souleva le loquet.

« Savez-vous, confia-t-il à la jeune fille, que Monsieur refuse d'ouvrir les portes du métro !

– Oui, enchaîna l'autre lorsqu'ils se furent glissés entre les voyageurs. C'est une vieille histoire… Apprenez donc, mademoiselle, qu'au début du siècle, la direction des chemins de fer berlinois employait des hommes à la fermeture des portières des trains. Ayant constaté que les voyageurs poussaient d'eux-mêmes les battants, les responsables licencièrent les employés. Alors les socialistes firent passer un mot d'ordre : ne touchez plus aux portières. Les voyageurs obéirent et la direction fut contrainte de réembaucher les préposés à la fermeture…

– C'est une belle histoire, reconnut Apolline.

– Réfléchissez, poursuivit Lulu : admettons qu'il y ait vingt-cinq lignes dans Paris, dix rames par ligne, cinq voitures par rame et quatre portes par voiture ; ça ferait environ cinq mille chômeurs occupés. J'ai fait le calcul. »

Il souleva le loquet car ils étaient arrivés.

Ils s'enfoncèrent dans la rue Quincampoix. Non loin, un car gris se rangea à proximité d'une vespasienne flambant neuve. Trois contractuels en descendirent.

« Voilà les dames-pipi ! s'esclaffa Othello.

– Non mais regardez-les, s'indigna Lulu : ils arrêtent une femme ! »

Un des agents demandait en effet ses papiers à une dame qui, fouillant dans son sac, sortit une carte d'identité.

« Elle est drôlement maquillée, remarqua Apolline.

– C'est une travelo, dit Lulu.

– On dit un travelo, coupa Othello.

– Je ne vois pas pourquoi. Après tout, si ces personnes se veulent du genre féminin, on peut dire une travelo.

– Non admis par la langue française.

– C'est quand même incroyable, s'exclama Lulu, qu'on ne puisse pas choisir son genre ! Moi, je suis du genre mâle, comme mon cartable. Mais je peux dire "une personne" au lieu d'"un homme" et "une serviette" au lieu d'"un cartable".

– Il faudrait inventer des synonymes masculins aux noms féminins, reconnut Apolline : ce serait plus juste.

– Il y en a, dit Othello : un caleçon, une culotte ; un travail, une besogne ; un soulèvement, une révolution.

– Un journal, une revue, enchaîna Lulu.

– Un gâteau, proposa Apolline.

– Une pâtisserie.

– Un travelo.

– Une tante ! s'écria Othello qui, s'inquiétant de l'heure, annonça qu'il devait aller chercher son livre.

– Vous êtes libraire ? demanda la jeune fille.

– En quelque sorte. J'achète et je revends. Je prends aux bouquinistes de Paris, parfois aux poubelles des beaux quartiers, et je donne aux Puces de Montreuil.

– Ça marche ?

– À moitié, reconnut Othello. Mais comme pour mon copain, ça marche également à moitié, à nous deux, on fait l'unité. »

Ils s'assirent sur un banc. Lulu ouvrit son cartable et

en sortit une pipe sculptée qu'il montra à la jeune fille. « Voici l'autre moitié. »

Elle prit la bouffarde. Sur le culot était dessiné le visage d'un homme auquel manquait un œil.

« Qui est-ce ? demanda-t-elle.

– Maurice Thorez. »

Apolline montra de petites protubérances qui couvraient le visage.

« Et ça ? »

Lulu bafouilla :

« Ce sont des boutons. »

Il reprit la pipe. « Voyez-vous, je les rate parfois. Celle-ci, par exemple : j'ai mal creusé l'œil. Et puis comme la bruyère était mauvaise, j'ai dû la mastiquer. Le mastic est ressorti.

– Vous vendez ça où ? demanda Apolline.

– Au Père-Lachaise. »

Ils entreprirent de raconter leurs passions à la jeune fille. Si Othello aimait les livres, c'était la faute à son père. « Il était chef du personnel dans une société américaine. Vous voyez le genre !

– Je vois, assura Apolline.

– Vous ne voyez rien du tout. Parce qu'il ne commandait pas à la française, mais à l'américaine. C'est-à-dire comme ça. »

Othello assena une bourrade à la jeune fille, qui toussa. « À force, moi, je ne toussais plus. L'habitude, vous comprenez. Une claque dans le dos, sympathiques copains-copains mon fils, passe ton bac pour prendre la relève. »

Lulu bougonna :

« Je t'imagine en employé de bureau !

– Pas employé de bureau mais coureur de fond. Parcours hebdomadaires dans le bois de Fausses-Reposes, près de Versailles. Survêtements bleu marine et tennis blanches. Regardez. »

Il se leva, fit trois fois le tour du banc à petites foulées avant de se rasseoir. « Le tout consiste à bien respirer ; et hop ! une bourrade, on inspire fortement, on expire régulièrement, prends un chewing-gum, John, c'est bon pour les dents. Ah oui, parce que j'ai oublié de vous dire qu'on m'appelait John. Plus tard, j'ai choisi Othello : j'aime Shakespeare. » Il s'esclaffa. Puis : « Il fallait lire, aussi. Pour la science, *Tout l'univers,* pour la société, le *Reader's Digest,* pour l'art et l'histoire, *Time Life,* et pour le cul, *Play-boy.* À la rigueur Hemingway.

– Il a été en Espagne…, remarqua Lulu.

– Ça fait bien dans le pedigree. Mais pour le reste, pardon ! Je préfère Flaubert…

– Et vous ? demanda Apolline en se tournant vers Lulu.

– Oh moi, dit-il, je ne suis pas intéressant. Othello, raconte la suite.

– Il n'y a pas de suite. Bac, section littéraire puis appariteur au lycée de Saint-Cloud. Après, je suis devenu écrivain public à la Goutte-d'or. Un an plus tard, j'ai rencontré Monsieur. » Il montra son camarade : « Monsieur, qui a eu cinquante-six ans il y a quelques semaines, est mon aîné de cinq ans. Il m'a sorti de l'ornière.

– Du ruisseau, rectifia l'autre… Si on changeait d'endroit ? »

Ils traversèrent le boulevard Sébastopol et gagnèrent la fontaine des Innocents. Othello se déchaussa, trempa ses orteils dans les vaguelettes et soupira d'aise : « Vous direz ce que vous voudrez, mais la vie est foutrement belle : vous vous rendez compte, on peut même faire trempette au mois de novembre !

– Si j'avais de l'argent, je m'offrirais un sauna », dit Apolline.

Lulu n'écoutait pas. Il regardait un pigeon droit dans un œil et jouait à qui-cille-perd. Ses pupilles se chargeaient de substances lacrymales qui affleuraient au bord des paupières, glissant en larmes le long des joues. « Eh quoi ! songea-t-il, on va croire que je pleure ! »

Il cria : « Vive la sociale, Momo ! » et le pigeon s'envola.

« À votre avis, mademoiselle, c'est mixte les saunas ? interrogea Othello.

– Certainement.

– Et vous pensez qu'on peut faire des enfants dans la vapeur ?

– Sans doute.

– Des enfants à la vapeur, ricana Othello en sortant ses pieds du bassin : comme dans les restaurants vietnamiens…

– Ne dis pas d'âneries, répliqua Lulu. Tu ferais mieux d'aller acheter ton livre.

– Ça va, répondit l'autre en se rechaussant. Vous m'attendez ?

– Promis », dit Apolline.

Quand il les eut quittés, elle se tourna vers Lulu : « Louis Soixante-et-Onze, c'est votre nom ?

– C'est celui qu'on m'a donné à l'Assistance publique : Louis parce que j'y fus déposé le 25 août, jour de la Saint-Louis. Soixante-et-Onze parce que j'étais le soixante et onzième de la liste… En vérité, ajouta-t-il après un silence, mon identité officielle, c'est Louis Septonze. Mais je préfère dire Soixante-et-Onze : c'est plus proche de la Commune. »

Apolline sourit. « Pourquoi, demanda-t-elle, vendez-vous des pipes au Père-Lachaise ?

– J'ai repris le travail de mon père. C'était un père spirituel car, voyez-vous, je ne connais pas mon vrai père. Ma mère, oui : c'est Louise Michel.

– Elle vit toujours ? demanda Apolline qui ignorait tout de Louise Michel.

– Non. Elle est morte en 1905.

– Mais je croyais que vous aviez cinquante-six ans !

– Exact. »

La jeune fille se troubla : « Je ne saisis pas.

– Bon, fit Lulu. Je vais vous raconter. »

Tandis qu'Othello s'abîmait dans la littérature, Lulu sombrait dans l'histoire. Non la petite histoire des bulletins de vote et des discours électoraux, mais la grande, la belle, celle qui lui permettait d'évacuer tous les problèmes – sexuels, matériels, métaphysiques – au profit d'un monument en albâtre sur lequel se dressaient les poings de tous les communards du monde. Louis Soixante-et-Onze entretenait lui-même cet édifice et, depuis longtemps, s'était constitué des racines généreuses qui faisaient de lui le clochard de l'Histoire. Certes, il ne croyait jamais totalement à cette identité usurpée, mais, enfant de l'Assistance publique, ignorant par conséquent de quelle cuisse il sortait, Lulu considérait qu'il ne mentait pas vraiment en s'inventant un arrière-grand-père fusillé en juin 1832 par la monarchie de Juillet, un grand-oncle abattu en juin 1848 par les troupes de Cavaignac, un grand-père communard assassiné par la troupe le 1er mai 1891 à Fourmies et, enfin, un père succombant aux coups portés par les forces de l'ordre qui, en août 1927, réprimèrent les manifestations hostiles à la chaise électrique.

Sur la chaise : Sacco et Vanzetti.

Après tout, rien ne prouvait l'irréalité d'une telle ascendance et cette supercherie, si supercherie il y avait, vengeait Lulu de l'abandon dont il avait été l'objet. Il en tirait même une appréciable satisfaction, car rien ne l'eût atteint davantage que de se découvrir un grand-père Versaillais, un père Croix-de-Feu et une mère moins vertueuse que ne le fut la Pétroleuse, la Vierge rouge, celle que Lulu avait parée de toutes les couleurs de la maternité : Louise Michel.

Jadis, il avait été un fin politique. Nul mieux que lui ne connaissait les mille et une façades qui bordent Bastille-République, Nation-Bastille, République-Père-Lachaise. Car, depuis qu'à l'âge de quatorze ans il avait quitté l'Assistance, sa vie était réglée sur un calendrier dont les grandes manifestations parisiennes constituaient les quarts de lune, les demi-lunes et les saisons. Il avait appris à piler le verre et à le mêler à la colle pour que les salopards de l'extrême-droite se déchirent les doigts en arrachant les affiches ; à tracer, sur les murs, des lettres bien calibrées, visibles de très loin ; à desceller les pavés avec une barre à mine ou une corbeille d'arbre ; à couler du citron sur un tampon d'ouate pour ne pas suffoquer sous les gaz. Depuis quelques années, il se reposait. Il avait quitté le bleu de mécano pour revêtir l'habit noir des solitaires. Et il avait émigré à Belleville.

« Belleville, dit-il, c'est le quartier de Louise Michel et de Blanqui ; c'est le lieu où naquit et périt la Commune de Paris. Paris 1871, croyez-moi, c'est mon affaire !

– Et les pipes ? demanda Apolline.

– Ça vient de l'Ancien. Quatre-vingt-deux ans, ami de Caserio, volontaire en Espagne et grand résistant. Un sacré bonhomme ! Il était maître pipier et vendait des pipes sculptées à l'effigie de Thorez devant la tombe du secrétaire général, au Père-Lachaise. Par dérision, bien sûr ! Il m'a appris à dessiner et à tailler la bruyère. Je l'ai d'abord assisté puis, à sa mort, j'ai pris la suite. Maintenant, j'habite chez lui.

– À Belleville ?

– À Belleville. Maison historique. »

Lulu se redressa et, écartant d'un geste son compagnon qui venait d'arriver, il poursuivit : « Quatre étages passage Vilin, le sommet m'appartient. C'est un lieu protégé.

– Je me moque de ton lieu protégé, interrompit Othello. Moi, je n'ai pas mon bouquin, et ça vaut toutes les calamités nationales. »

Il s'assit sur le rebord de la fontaine, épaules basses. « Un Charpentier 1841, vous vous rendez compte ? Ils l'ont vendu… »

Il était désespéré.

Apolline demanda l'heure. Personne n'ayant de montre, ils interrogèrent les passants. Treize heures.

« Il faut que je parte, dit la jeune fille.

– Vous pourriez passer l'après-midi avec nous, suggéra Othello.

– Allons boire un verre, proposa Lulu.

– Un verre mais pas plus », dit Apolline en se levant.

Ils entrèrent dans le premier café, s'assirent, commandèrent : Othello, menthe à l'eau ; Lulu, lait ; Apolline, soda. Pailles pour tout le monde.

Ils toussèrent, sourirent, reniflèrent avant qu'Othello, le premier, se jetât à l'eau : il faisait beau, étonnant pour un mois de novembre. Explication d'Apolline : été tardif justifie bel automne. Réplique de Lulu : lorsque, le 25 octobre 1917, les bolcheviks prirent le Palais d'hiver, la Neva était gelée.

Silence.

Othello : l'hiver n'en sera que plus froid. Apolline : oui-oui. Lulu : on croit ça. Othello. : c'est important de croire. Apolline : ça dépend à quoi. Othello (ravi) : absolument. Othello (dont les orteils se chevauchent dans ses chaussures) : on peut croire aux saisons. Apolline : là où je travaille, on me demande toujours *Les Quatre Saisons*. Othello : c'est de Vivaldi. Il paraît qu'il était curé. Lulu : lorsque le 5 mai 1789, les États généraux se réunirent dans la salle des Menus Plaisirs, les curés sont partis. Apolline : avec la noblesse. Lulu : église et noblesse : même combat. Othello (à Apolline) : excusez mon camarade : il a des idées. Lulu : aujourd'hui, ça devient de plus en plus rare…

Très long silence.

Othello : mademoiselle Apolline, vous ne nous avez pas dit ce que vous faisiez dans la vie… Lulu : question idiote : dans la vie, on fait ce que la vie vous fait faire. Apolline : on a choisi que je serais disquaire. Othello : c'est un beau métier… Lulu : travailler enfermé, mauvais pour la santé.

Il en voulait à Othello de ne pas savoir intéresser leur invitée ; Othello pestait contre Lulu dont les excentricités ne leur permettraient sans doute pas de remporter l'examen de passage au terme duquel il faudrait décider si oui ou non on se reverrait. Et ils avaient beau mâchonner leurs pailles, il fallait bien, de temps à autre, siroter. Chacun regardait le verre de son voisin, surveillant les niveaux : quand il ne resterait rien, que ferait-on ? On se quitterait, évidemment…

Othello aspira puis, ni vu ni connu, fit refluer le liquide dans son verre. Lulu et Apolline agirent de même. Au bout d'une demi-heure, il fallut redemander des pailles : les premières avaient crevé. Lait, soda et menthe à l'eau étant devenus des bouillons de salive, personne ne buvait plus. Lulu se faisait des paris à lui-même : « Si le premier consommateur qui se lève est une petite fille, on se reverra. » Ce fut une femme d'âge mûr. Il se redonna une chance : « Si le premier consommateur qui se lève est un homme blond, on se reverra. » Ce fut un brun. « Troisième manche, songea-t-il : si le premier consommateur qui se lève me dévisage, on se reverra. » Sa chaise se renversa avec un tel fracas que le client qui allait franchir la porte se tourna vers lui. « Ça marche ! » s'exclama-t-il en repoussant son verre. Othello, qui venait de gagner de son côté (« Une minute sans cligner les yeux ») et Apolline, qui s'apprêtait à commander une nouvelle tournée, le considérèrent avec surprise.

« Qu'est-ce qui marche ? demanda Othello.

– Nous, répondit Lulu : j'avais parié que… »

Ils se revirent chaque jour, métro Chaussée-d'Antin, direction Pont-de-Sèvres. D'abord le matin. Mais, comme Apolline ne pouvait rester longtemps, ils se rencontrèrent le soir. Puis matin et soir, sauf les week-ends, que la jeune fille passait avec le soldat Estibal. Lulu et Othello travaillèrent un peu plus afin d'offrir à leur nouvelle amie deux croissants au beurre qu'elle avalait sur la route du bazar tout en écoutant ses camarades lui parler de leurs passions : Lulu, l'histoire, Othello, la littérature. À les en croire, l'historien était le plus redoutable des révolutionnaires et le bibliophage le plus subtil des écrivains. Celui-ci parlait de l'« œuvre en cours », feuillets épars qu'il rassemblerait un jour pour les lire à la jeune fille. Il savait, à l'avance, combien elle apprécierait.

Elle appréciait, en effet. Non pas un ouvrage dont elle ne connaissait que quelques fragments (le bibliophage lui lisant parfois les poèmes qu'il composait entre deux stations de métro), mais la qualité d'une double présence grâce à laquelle elle estima mieux la distance qui la séparait de ses collègues de travail. Ce qui, bien sûr, la conduisit à haïr le bazar où, en dépit des marques d'attention (factice) des chefs et de la clientèle, elle mesurait fatalement sa solitude. Le matin, seul son changement de métro la préoccupait. Lorsque le soir tombait, elle n'avait qu'un désir : descendre à Chaussée-d'Antin.

Elle connut les réprimandes du chef du personnel qui, à cheval sur l'effigie pendule, lui demanda primo de ne pas se présenter à neuf heures quinze quand elle devait y être à neuf heures, secundo de ne pas considérer sa tâche comme les fonctionnaires la leur : « Le bazar, c'est plus intéressant que le bureau, on y fait des rencontres, on y voit le tissu social... »

Apolline résolut une partie du problème en conviant Lulu et Othello à venir lui rendre visite. Ils débarquèrent un mercredi, en fin d'après-midi. Firent le tour des vitrines, admirèrent la qualité des produits, la prestance des vendeurs et l'amabilité de la clientèle. Puis, émus, ils descendirent les trois marches qui menaient au rayon disques. « Qu'elle est belle », songea Othello en voyant Apolline derrière sa caisse enregistreuse. « Qu'elle est belle », songea Lulu en voyant Apolline derrière sa caisse enregistreuse. La jeune fille leur fit de grands signes, alla vers eux, ils s'embrassèrent. « Quel endroit ! » s'exclama Lulu.

Mais ils n'avaient encore rien vu.

Tandis qu'ils visitaient, le chef du personnel vint trouver la jeune fille.

« Ils sont de votre famille ? demanda-t-il.

– Oui, répondit-elle, prise au dépourvu.

– Vos frères ?

– C'est cela : mes frères.

– Écoutez, chère Apolline... »

Elle devait comprendre. Oui, comprendre. Que dans un endroit aussi raffiné, elle ne pouvait embrasser des gens comme ça, devant la clientèle. Un petit baiser à chacun, léger léger sur la pommette, d'accord, mais pas huit bécots bien appuyés, surtout quand un des individus, en plus, la tient par les épaules. Le temps d'échanger ces huit baisers, une main peut s'emparer subrepticement d'un disque, alors que deux bécots, mettons d'une demi-seconde chacun, ça ne laisse même pas le temps de dérober une cassette.

Bref, le chef du personnel conseilla vivement à la petite vendeuse (petite car inexpérimentée) de ne pas afficher ainsi ses origines provinciales (pour ne pas dire campagnardes) dans un lieu aussi public que le bazar. Si elle désirait vraiment voir les membres de sa famille, Apolline pouvait très bien, exceptionnellement, partir avant l'heure. Parce que au bazar, on est généreux. Suffirait, par exemple, qu'elle reste une heure de plus le lendemain. Fifty-fifty, d'ac ?

« Non », répondit Apolline.

Lorsque Lulu et Othello eurent achevé leur visite, la jeune fille les examina : la chemise du premier était élimée au col ; le manteau s'ouvrait sur une cravate qui pendouillait jusqu'au nombril. Quant au second, il portait un pull marin étriqué, mal dissimulé par une vieille veste de velours. Elle leur conseilla d'aller boire un café au bar. Puis, quelques minutes après la fermeture des boutiques, elle glissa un choix de Beatles-Rolling Stones-Gainsbarre sous son imperméable et les troqua, à l'habillement, contre deux chemises de popeline blanche assorties de nœuds papillon, l'un grenat, l'autre noir. S'en fut au bar, tira ses amis hors du bazar et leur offrit ces vêtements. « Cadeaux », fit-elle.

Ils revinrent. Apolline les installait généralement sur une banquette près de l'entrée, non loin d'un haut-parleur qui diffusait la musique qu'elle choisissait. On ne les remarqua plus : ils prirent l'habitude de s'habiller, de se raser et de se coiffer avant d'entrer. Bien sûr, certains de leurs gestes les trahissaient encore : même sanglés et harnachés dans des chemises de popeline et des cravates en soie, ils ne surent jamais adopter la condescendance narquoise des jeunes loups ou l'élégance tirée à quatre épingles des vieux beaux. Ils se recroquevillaient sur eux-mêmes, gênés par le scintillement des lampes sur le marbre blanc, par le luxe des fourrures et les clins d'œil amusés de Dame-pipi, à qui on ne la faisait pas.

La chanson française leur parut vide. Ils demandèrent à la jeune fille de leur mettre autre chose. Ce fut Monteverdi, puis Beethoven, qui les plongea dans un tendre bonheur. Aux accents de la *Pathétique,* Lulu s'imagina marchant dans une ville dévastée par les obus versaillais, une sylphide tremblant d'une passion neuve et fragile à ses côtés. Quant à Othello, il se vit offrant les œuvres complètes de Victor Hugo, édition Hetzel Quantin, Paris, 1885, à une déesse éperdue d'amour.

Exaltés par leurs rêves – eux-mêmes exacerbés par la musique –, les deux hommes en vinrent à chercher l'âme sœur parmi la clientèle du bazar. Assis sur leur banc, ils repéraient, jaugeaient, estimaient. Ce faisant, apparut le mal du désir qui, trois ou quatre fois l'an, les entraînait dans de profondes mélancolies. Car l'un et l'autre souffraient d'une abstinence dont Lulu parlait en termes de boycott (l'autre sexe nous a mis en quarantaine) tandis qu'Othello se consolait en cherchant dans les textes les signes d'une misère qui en frappait d'autres, et pas seulement eux-mêmes. À l'en croire, si Ulrich aimait sa sœur, c'était parce que aucune autre femme ne voulait de lui ; le vicomte de Valmont était impuissant ; Bouvard avait séduit le Pécuchet…

Lorsque le mal résistait à ces rectifications très personnelles, Othello décidait que la femme dont il rêvait n'existait pas. Les jolies tailles dissimulaient un égoïsme auquel mieux valait ne pas se frotter. Tout compte fait, la rencontre des corps ne l'intéressait pas : du moins essayait-il de s'en convaincre et d'en persuader Lulu lorsque ce dernier lui racontait pour la centième fois au moins comment il avait été dépucelé par une marchande de quatre-saisons qui poussait sa voiture dans la rue Mouffetard. « Oublie-la, conseillait le bibliophage. Fais comme moi, qui me moque du coït. » Il expliquait qu'il voulait bien toucher une poitrine à condition qu'elle eût une âme. « Mon type de femme, concluait-il, n'est pas physique : c'est un type de femme femme. »

Lulu se plongeait dans la contemplation des jambes. S'il s'accordait une certaine fortune en ne considérant que les chevilles des dames, leurs visages le désespéraient : trop laids, ils le rebutaient ; trop beaux, ils l'écartaient.

Lulu ressemblait à Céline. Lorsqu'un matin Othello lui avait exprimé cette évidence, il n'y avait pas cru. Mais, après avoir comparé son visage à celui de l'écrivain honni, il avait fini par en convenir : oui, ses cheveux tirés vers l'arrière, ses yeux perçants, les tempes, les joues et le menton taillés à la serpe… tout cela était bien célinien. La honte le conduisit à des tentatives de modifications physionomiques. Il se fit pousser la moustache, puis la barbe, laqua ses cheveux et les coiffa en avant dans l'espoir que les mèches dissimuleraient le front, chaussa des lunettes légèrement fumées et, après s'être efforcé de transformer son visage par tous les moyens connus et possibles, revint à des principes plus naturels : « Après tout, je n'ai aucun lien de parenté avec ce Versaillais. »

De temps en temps, il le regrettait : la notoriété l'eût certainement aidé à passer des mollets aux visages. Surtout au bazar, où le renom devait être apprécié de la clientèle.

Parfois, il se levait et accostait. Ça ne marchait jamais. Il regagnait la banquette, sortait un peigne de sa serviette, se coiffait et disait à Othello : « J'y retourne. Si tu ne me vois pas dans un quart d'heure, tu sauras que c'est dans la poche. »

L'autre ricanait.

Il ne fut accepté qu'une seule fois. Aborda. Demanda : « Puis-je vous accompagner ? », s'entendit répondre : « Chez moi ? » Confirma. Reçut l'approbation. Marcha jusqu'au boulevard. Hésita. Expliqua que tout cela n'était qu'un jeu, qu'il ne fallait pas lui en vouloir. Serra aimablement la main de la matrone qui, avant de s'enfermer dans un taxi, lui cria qu'il était un malotru et qu'en vérité, elle n'aurait jamais voulu se compromettre avec un pouilleux de son genre.

« Moi, pouilleux ?

– Parfaitement. Pouilleux, bouseux, crasseux. Chauffeur : 64, rue de la Pompe. »

Il revenait vers Othello, qui posait invariablement la même question : « Alors ?

– Alors rien.

– Ce sera pour la prochaine fois.

– C'est ça, disait Lulu. Saint-glinglin… »

Les deux hommes ne se sentaient jamais aussi proches

l'un de l'autre que lorsque Apolline leur glissait un mouvement de la *Pathétique*. Alors ils ne parlaient plus. Tandis qu'Othello retrouvait sa déesse éperdue d'amour, Lulu renouait avec sa sylphide. Et de jour en jour, ces belles parmi les belles se précisèrent. Après quelques séances de bazar, elles ne constituaient plus que silhouette et visage communs. Près de trois semaines après l'avoir rencontrée, les deux hommes finirent par comprendre que chacun d'eux aimait Apolline. D'un amour trop exclusif pour être partagé.

Ils découvrirent leur flamme en s'examinant l'un l'autre. D'abord au bazar. Othello détestait la manière dont Lulu le bousculait pour arriver le premier devant la jeune fille. Souvent, très souvent, l'historien gagnait les toilettes où il s'enfermait durant trois minutes, le temps réglementaire pour remplir le bassin et tirer la chasse sans éveiller les soupçons de Dame-pipi. Ainsi voyait-il Apolline deux fois : d'abord en allant aux toilettes (clin d'œil), ensuite en revenant (geste de la main). Deux points.

Othello en profitait pour feuilleter les livres de la librairie, contiguë au rayon des disques. De là, il n'était pas plus difficile de saluer la disquaire – un point – que de lui montrer une illustration. Total de l'opération : deux points. Plus un, facultatif : « As-tu besoin de quelque chose ? »

Lulu regagnait son handicap en passant la tête pardessus la rambarde du rayon – ce que ne pouvait faire Othello, trop petit – pour demander l'heure. Match nul, égalité partout.

Lulu avait remarqué que, parlant à la jeune fille, Othello polissait ses phrases. Il ne disait pas « Super », mais : « C'est véritablement parfait. » Ou encore : « Les choses se décomposent » au lieu de « C'est le bordel ». En revanche, sitôt qu'Apolline avait tourné le dos, les grossièretés affluaient. Lulu n'était pas dupe. Mais, s'il discerna bien un changement chez son ami, il ne s'interrogea pas sur son propre comportement.

Or, lui aussi se transformait. Othello le trouvait moins

rogue, moins assuré et, surtout, d'une maladresse que l'envie de bien faire rendait quelque peu naïve.

Au contact de la jeune fille, les deux hommes se cherchèrent des aptitudes. Othello se découvrit un sens inné de la discussion, un très beau sourire et des dents d'une blancheur de lait. Quant à Lulu, il s'attacha à ses yeux et à ses mains : des yeux très noirs dont il pouvait accroître la profondeur en écartant les paupières ; des mains longues et larges, solides, inspirant confiance. Il les posa sur la table, en évidence. Othello préféra afficher un sourire longuement travaillé devant la glace. À quoi Lulu répondit en écarquillant les yeux, donnant à son regard un merveilleux soupçon de candeur.

« Tu ne trouves pas, demanda-t-il un jour à la jeune fille, que je ressemble à Céline ?

– Céline ? coupa Othello, ravi. Mais c'est pourtant vrai ! »

Et son sourire s'effaça, remplacé par une moue attristée. Lulu, qui venait de voir le piège, ne put l'éviter.

« Céline, poursuivit Othello, mon pauvre vieux ! Quel modèle ! »

Un soir, l'historien n'y tint plus : « Tu l'aimes ou quoi ? demanda-t-il rageusement à son compagnon.

– Mais non, c'est toi ! »

Troublés, les deux hommes y réfléchirent et, le lendemain, chacun savait toute l'importance qu'avait prise la jeune fille dans leurs vies.

On n'en parla plus. Mais on guetta toutes les attitudes d'Apolline. Souriait-elle à Lulu, qu'il marquait un point – perdu sur un mot gentil échangé avec Othello. Chacun rêvait de la même femme, aspirant à un dénouement heureux dont l'autre serait nécessairement exclu.

On compensait par l'attribution de responsabilités affectives, de celles qui ménagent la susceptibilité : Lulu était témoin au mariage, Othello parrain du premier enfant. Celui-ci épousait une parente d'Apolline (elle avait bien une cousine !) et celui-là tombait amoureux fou de l'arrière-petite-fille d'une marchande de quatre-saisons. On habitait ensemble.

Et ainsi de suite. Jusqu'au moment où les deux hommes

comprirent qu'un témoin plus un parrain plus une aventure plus un cadeau n'ont jamais donné un mari et que, faute de lots de consolation, mieux valait procéder autrement. Ce qu'ils firent, allant jusqu'à singer l'amitié la plus parfaite dans l'espoir qu'une feinte indifférence tarirait la passion de l'autre.

Lorsqu'ils se retrouvaient le matin, les deux hommes parlaient du marché aux Puces, des cimetières parisiens, entrées et sorties, flux et reflux, on va aux Halles ou ailleurs, sans jamais mentionner le nom d'Apolline. Pas une seule fois ils ne songèrent à la rencontrer l'un sans l'autre.

Mi-novembre, à la suite d'un rêve que fit l'historien et d'une lettre écrite par le bibliophage, ils décidèrent de monter à l'assaut.

Lulu avait rêvé qu'il annonçait son prochain mariage à Louise Michel, de retour de Nouvelle-Calédonie. Othello quant à lui avait rédigé une missive ravageuse adressée à « Apolline, mon amour ».

« C'est la poisse, fit Lulu après avoir lu la lettre. Qu'est-ce qu'on fait ?

– On lui parle. »

Le lendemain soir, les deux hommes convièrent la jeune fille dans un café proche du bazar. Othello posa sa main droite sur la main d'Apolline tandis que Lulu se saisissait de sa main gauche. Ensemble, ils pressèrent légèrement les phalanges.

« Ça va, Apolline ? demanda Othello.

– Mais oui ! répondit la jeune fille, étonnée.

– Tant mieux, dit Othello en repliant son bras.

– On boit quelque chose ? proposa Lulu.

– Pour moi, ce sera un Coca, dit Othello.

– Pour moi aussi, dit Apolline.

– Monsieur, trois Coca, s'il vous plaît. »

Othello se racla la gorge.

« Alors Apolline, ça va ?

– Mais oui ! répondit-elle, de plus en plus surprise. Qu'est-ce qui vous arrive ?

– C'est une longue histoire, répondit Lulu.

– Une très longue histoire, balbutia Othello.
– Il y a un problème ? s'inquiéta la jeune fille.
– Petit, répondit Othello.
– Très petit, confirma Lulu.
– Si petit, souffla Othello, qu'on pourrait peut-être en parler un autre jour… »

Lulu lui décocha un coup de pied dans les tibias.

« Lâche ! » gronda-t-il.

On apporta les boissons. Ils burent.

« Bon, ce Coca ! admira Othello. C'est fou ce que c'est bon, le Coca. On ne le dira jamais assez.
– Pour sûr, fit Lulu. Sauf que c'est chimique.
– C'est un excitant, dit Apolline.
– Comme si j'avais besoin d'un excitant en ce moment ! s'écria Lulu.
– Prends autre chose, proposa aimablement Othello.
– Je suis assez grand pour savoir ce que j'ai à faire.
– Dites, intervint Apolline, vous avez mal dormi ?
– Très mal, dit Othello.
– Très très mal, renchérit Lulu.
– Ah bon, fit la jeune fille en portant son verre à la bouche. Ça arrive à tout le monde.
– Othello a quelque chose à te dire, glissa Lulu.
– Oui, oui, reconnut le bibliophage. Quelque chose dont je me demande si c'est adéquat ou inadéquat.
– Puis-je vous aider ?
– Absolument, s'écria Lulu. Dis-nous que tu nous aimes. »

Elle rit. « Bien sûr que je vous aime !
– Tous les deux ?
– Tous les deux.
– De la même manière ?
– De la même manière.
– Sans aucune préférence ?
– Sans aucune préférence », dit-elle en appuyant son menton dans le creux de sa main.

« Merde », pensa Lulu.

Brusquement inspiré, Othello redressa la tête avant de lancer : « Eh bien nous aussi nous t'aimons !

– Nous t'aimons tous les deux de la même manière sans aucune préférence, enchaîna Lulu, jovial.

– Préférence pour qui ? interrogea Apolline.

– Pour une autre, répondit Othello. Puisqu'il n'y en a pas. »

Il toucha du bois, croisa les phalanges, finit son verre et s'accouda à la table.

« Nous, on t'aime énormément, fit-il. Énormément.

– Un amour comme le nôtre, ça n'a jamais existé, compléta Lulu.

– C'est du niveau d'Héloïse et Abélard, de Tristan et Iseut, de Roméo et Juliette…

– Sauf qu'il y a une seule Juliette pour deux Roméo, objecta Lulu.

– Mais quels Roméo ! » s'exclama Othello.

Apolline, qui avait compris, cherchait en vain un moyen d'endiguer les débordements.

« Le problème, reprit Othello, c'est que nous nous sommes découvert une flamme commune pour une jeune fille…

– … Une jeune fille qui vend des disques…

– Et nous ne savons pas comment lui avouer ça. Qu'en penses-tu ?

– Il faudrait savoir si cette jeune fille n'est pas prise ailleurs…

– Et, demanda Othello en la regardant par en dessous, tu penses qu'elle est prise ailleurs ?

– Je crois bien, répondit Apolline en lui effleurant la main.

– Ça fait trois Roméo », laissa tomber Lulu en se détournant.

Il y eut un silence.

« Alors, souffla Othello, tu aimes et tu ne nous l'as pas dit ?

– Je n'aime pas depuis très longtemps, dit Apolline. Et pour vous, je ne savais pas. Je n'aurais pas voulu que ça arrive.

– Qui est-ce ? demanda Lulu.

– Un soldat. Le soldat Estibal.

– Il est beau ?
– Oui.
– Et gentil ?
– Très.
– Alors on fera avec », conclut piteusement Othello.

Certains lundis, profitant de ses congés, la jeune fille rejoignait les deux hommes chez Othello. Le bibliophage habitait au cœur du XXe arrondissement, rue de la Croix-Saint-Simon, dans une maison que Lulu avait découverte quelques années auparavant. Située en face d'un café muré par les démolisseurs, elle perdait sa toiture, ses vitres, les pierres de ses murs. Mais elle était encore belle. Le lierre y grimpait par endroits. L'herbe, jamais coupée, mangeait les façades, ployait sous les pas, envahissait le jardin minuscule où une table et trois chaises rouillées disparaissaient sous les fougères. Construite en angle, la maison était amputée d'une aile. Les cartons apposés aux fenêtres n'avaient pas empêché l'eau de s'écouler sur les parquets devenus moisis ; et les portes avaient été couchées, les volets étaient dégondés, on avait amassé de très vieux meubles, des matelas, des pneus dans cet endroit qui n'était pas même un débarras.

Othello vivait dans la partie donnant sur la rue. Là, il avait regroupé ses livres, qui s'élevaient en piles, tranches vers l'extérieur, jusqu'à mi-hauteur des murs ; installé un lit et un fauteuil recouvert d'une toile écrue, élimée. Les cloisons ayant été abattues par les locataires précédents, le logis ne se composait plus que d'une pièce aux lambris délicats. Une cheminée de marbre rose surmontée d'un plateau brisé renforçait encore l'aspect suranné de l'endroit où dormait Othello.

Il y avait une table. Ronde, en chêne, polie, lustrée, astiquée : on avait envie d'y passer la main. Othello en avait fait son bureau, et il interdisait qu'on y déposât verres ou bouteilles : ça laissait des auréoles.

Au pied de la table, deux longues boîtes en carton enfermaient des fiches soigneusement remplies. Chacune d'elles correspondait à un livre. Othello y inscrivait les titres de ses ouvrages, leur date de sortie (ventes), les réassorts (achats), le nombre de pages, l'éditeur et l'emplacement des bouquins dans les piles.

Lorsque Apolline arrivait, le bibliophage lui signifiait d'un geste qu'il ne devait pas être dérangé. Il abaissait ses lunettes, repoussait un buvard, mordillait son stylo, réfléchissait et choisissait une fiche qu'il lisait consciencieusement. Le pas de Lulu se faisait entendre. Le bibliophage levait un sourcil, saluait son ami d'un bref signe de tête. L'historien prenait place sur le matelas, à côté d'Apolline, et les deux visiteurs regardaient l'Immense Travailleur.

Othello éprouvait un vif plaisir à tripoter ses lunettes, à compulser et remplir des bristols, à passer sa main sur un buvard vierge et propre et, surtout, à être ainsi admiré alors qu'il s'absorbait dans une tâche qui le donnait pour responsable.

Il grommelait. Ou bien, rejetant une fiche sur le plancher, il se plaignait d'un collaborateur inexistant. Après quoi, il ôtait ses lunettes, demandait à Lulu de sortir la machine du garage, revenait à ses fiches. Enfin, il redressait la tête, disait « C'est fini », prenait un petit paquet de bristols et, arpentant le salon de long en large, demandait son avis à Apolline : « Aujourd'hui, j'emmène Proust, Larbaud, Dumas, Le Clézio, Madame de La Fayette, Maurice Leblanc et Hergé. Qu'en penses-tu ? » Il ne fallait rien répondre mais seulement hocher la tête, un soupçon d'admiration dans le regard – et attendre qu'Othello poursuive par : « Il y a quelque chose qui cloche. Mais quoi ? » Il se rasseyait, recommençait, souriait : « Voilà : Dumas avec Proust, ça ne va pas. Remplaçons Dumas par Kafka. »

Lulu remontait, assurait que la machine fonctionnait bien. Othello disait : « Allons voir », et tous descendaient dans le jardin où, portières ouvertes, moteur tournant, attendait le Caddie.

Othello l'avait dérobé dans un supermarché de La Villette. Il veillait à son entretien avec un soin extrême, vérifiant quotidiennement la maniabilité des roues, l'inaltérabilité des chromes. Il avait garni les poignées d'un molleton recouvert de Skaï noir, et les montants latéraux d'un Klaxon et d'une sonnette. Sur la roue arrière droite, fixé par deux boulons, roulait l'anneau cranté d'une dynamo qui diffusait une lumière visible de très près grâce à deux phares de bicyclette. La machine était conforme aux dispositions du code.

On remontait. Othello prenait ses fiches, commandait à ses amis : « Proust, première pile, troisième volume en partant du haut ; Le Clézio… » Il contrôlait l'aspect des volumes puis, quand le tas était formé, demandait : « On charge ? »

Ils chargeaient.

Lulu fermait la porte, Apolline ouvrait la grille, Othello disait : « Je conduis » et, précautionneusement, poussait le Caddie dans les herbes. Les autres prenaient place à ses côtés. Évitant ornières et cahots, l'engin remontait la rue Croix-Saint-Simon.

À droite il y avait un terrain vague, à gauche des grues, plus loin un café où, l'hiver, Othello buvait des tisanes : le poêle ronflait, il y faisait chaud. Lorsque la patronne les voyait passer, elle quittait son zinc : « Alors, m'sieur Othello, on va travailler ?

– Faut bien », répondait celui-ci.

Il souriait en coin, assurait qu'avec cette femme il avait eu *un petit quelque chose,* puis, silencieux et concentré, suivait les courbes de la route. Jurait aux pavés, râlait aux trottoirs, invectivait les voitures et les deux-roues (« Sale engeance ! »). Enfin, le calme retrouvé en même temps qu'un macadam plus lisse, il désignait à Apolline le menuisier du 31 qui, au fond de son passage, abrité sous une soupente, rabotait en silence. Et la jeune fille regardait les maisons, imaginait les mille et une existences qui avaient dû fleurir derrière les pierres disjointes, les balcons affaissés, les façades parfois béantes. Entre les brèches surgissaient les formes grises et géométriques d'immeubles nouveaux, taudis modernes, salubres mais désespérants, surmontés de grues ferrailleuses qui les coiffaient comme un aigle surmonte un piton. Puis les colonnes de béton armé s'effaçaient, laissant apparaître une maisonnette aux excavations profondes, plantée sur la terre entre deux pans blanchâtres.

Il fallait passer un trottoir. « Doucement ! » hurlait Othello à Lulu, cramponné à l'avant. « Tu m'as fait peur », s'excusait-il aussitôt après tout en poussant sa bécane sur une voie nouvelle. On traversait le boulevard Davout pour pénétrer dans le square de Gascogne. « Ça a été construit par la gauche, pour la gauche, et ça se voit », notifiait Lulu en montrant à Apolline les bâtiments sociaux de l'avant-guerre, immeubles trapus en brique rouge répartis autour d'une sage pelouse. « Ça se voit parce que c'est humain », poursuivait-il avant de s'arrêter devant une plaque sur laquelle il était inscrit : « Ici habitait Émile Reinhard, Président fondateur de l'Amicale des locataires, membre du PCF, assassiné par les nazis le 22 septembre 1942. » Il restait là quelques secondes, les poings crispés. Othello, qui respectait les habitudes de son camarade, stoppait alors le Caddie.

Lorsque Lulu se détournait, les trois amis repartaient vers la porte de Montreuil, où ils parvenaient à huit heures et demie.

Il n'y avait pas grand monde, les marchands arrivant généralement plus tard dans la matinée. Quelques clochards proposaient déjà des objets hétéroclites, ramassés pour la plupart dans les poubelles des beaux arrondissements. On trouvait tout et n'importe quoi : des frusques entassées pêle-mêle, des statuettes brisées, des baigneurs, des chaussures, des outils rouillés, des gravures, des badges, de vieux réveils…

Parmi les marchands, Othello faisait figure d'aristocrate. Quand il abordait le terre-plein, les bras se levaient, on entendait des « salut, Othello ! » et lui, poussant son Caddie, s'arrêtait devant chaque emplacement, commentait les arrivages, s'installait, clamait : « Ça va marcher les gars ! » Puis, tout en discutant, il déballait. Parfois, d'autres marchands proposaient de lui vendre quelques bouquins et, s'il les examinait toujours, il ne se portait jamais acquéreur : « Je ne vais pas t'acheter ça au prix de la clientèle, expliquait-il : tu y perdrais. » Mais il disait « trop cher » ou « pas assez » et tous venaient le consulter : ses livres impressionnaient.

Abandonnant les deux hommes, Apolline s'enfonçait dans les allées du marché aux Puces. Elle découvrait l'histoire, des objets inconnus, des journaux grâce auxquels elle se coulait dans les teintes jaunes de l'avant-guerre, ocre de la guerre, noires et blanches de l'après-guerre, lorsque Juliette Gréco chantait dans les caves de Saint-Germain-des-Prés. Elle jouait avec des pots de chambre en faïence ébréchés, décrochait des téléphones en Bakélite noire, observait des photos de Paris en 14, des tickets d'alimentation, des cartes postales...

Le soir, porte close sur la table débarrassée du réchaud, enfermée sous le halo de la lampe brillant sur la toile cirée, elle décrivait à Estibal l'étendue de ses découvertes.

Ses premières lettres n'avaient été que des mots, brefs. Elle barbouillait ses feuilles d'une écriture large et ronde, signant en travers pour manger un peu plus de place : *Il fait beau, le travail est assommant, vivement ton retour, mille tendresses. P. S. : Bien reçu ta lettre, écris encore.*

Elle glissait ces plis dans une enveloppe qu'elle ne fermait pas afin de les relire au matin. Puis les lettres s'allongèrent. Elle refusa d'en vérifier le contenu et colla l'enveloppe le soir. Elle disait tout : *J'ai froid, tu me manques, je voudrais de la moquette, c'est la nuit, j'ai lu, je t'attends.*

Ils bâtissaient des projets, égrenaient les mois, faisaient ployer le temps sous leurs désirs. Ainsi, chaque soir, Apolline avalait les jours, les semaines, et la lampe sur la toile cirée devenait un parasol au soleil. Elle abolissait le présent en rêvant du lendemain. Ce qui n'était pas sans risques.

Elle le reconnut aussitôt et eut peur. Il venait lentement, comme dans un duel. Elle frissonna. Il avait la même silhouette, la même gueule que jadis. Et une assurance glacée qui la clouait sur place. Ce n'était pas tant la violence d'images anciennes qui la terrassait ainsi, à l'avance, que le sentiment d'un inéluctable lié à cet homme. Tandis qu'il approchait, Apolline plaçait elle-même les inconnues sur le graphique. Elle savait. Elle n'y pouvait rien.

Il la salua. Prit appui contre la rambarde qui, pour la première fois, devint une barrière protectrice. Dit : « Admirez, chère Apolline, la qualité de ce hasard : vous quittez le Grand Magasin six mois avant que j'entre chez mon beau-frère comme responsable de son entreprise de vidage et de surveillance. Laquelle vous surprend à voler. N'est-ce pas drôle ? » Elle recula. Le vit sourire, les lèvres ouvertes sur une denture impeccable. « Je me charge de tout. Surveillance rapprochée, campagnes électorales, éjection de locataires têtus – *manu militari* de préférence –, transports de fonds au-delà et en deçà des frontières. C'est mon nouveau job. Vous me suivez ? » Apolline ne répondit pas. Elle tremblait. Voulait que ce fût imperceptible. Qu'il ne vît d'elle que son visage et rien, rien, rien d'autre.

Il dit : *« Let's go. »* Elle prit son sac et quitta le rayon. Passa au milieu des livres, où on ne la regarda pas, devant le tabac, où on détourna les yeux, dans le couloir qui menait au bureau de M. le directeur, couloir vide où marchait aussi, à trois pas, le flic.

La famille était au complet : M. le directeur, absorbé dans la contemplation d'un stylo en or emprunté au rayon cadeaux, M. le chef du personnel, debout, dont le regard était sévère, un inconnu à rosette – sans doute un responsable envoyé sur place par la maison mère –, et Guénelon, très fier, qui expliqua comment s'opéraient les détournements de fonds au rayon disques.

Le directeur était blême. Il dévisagea la jeune fille et demanda : « Pourquoi ? » Elle vit ses bajoues frémissantes, son regard de cocker et, écœurée par cet humanisme bon teint et hypocrite, elle ne répondit pas.

« Vous-même n'avez certainement pas beaucoup volé, dit le délégué de la maison mère. Mais les autres ? » Apolline garda le silence. « Indiquez-nous les noms de ceux qui dérobent et nous vous relâchons. Sinon, nous porterons plainte et la police viendra.

– Profitez de cette occasion, intervint le directeur. Rachetez-vous !

– Pas question, répondit Apolline. J'ai volé, c'est tout. »

« Elle est têtue ! » lança Guénelon en allumant une cigarette.

Il y eut des conciliabules. On lui parla comme à la dernière des voleuses, comme à une brebis égarée. Cela dura des heures. Elle refusa de se laisser aller à d'intempestives confidences. On voulut appeler le commissariat : la première fois, c'était occupé, la deuxième, personne ne répondit et, à la troisième tentative, Apolline comprit que c'était du bluff. Elle resta calme. On brandit le spectre de la perquisition et du procès. Elle ne soufflait mot, fumant pour la première fois de sa vie. Ça lui rongeait la gorge, ça lui bouffait la tête. Elle gardait la nuque ployée. Les autres la pressaient. Le premier l'avait violée, le deuxième l'avait initiée, le troisième l'avait couverte ; mais, devant le quatrième, ils faisaient comme si. Parlez, Apolline, dites-nous, Apolline, réfléchissez, Apolline.

Guénelon fumait, M. le directeur pleurnichait, le chef du personnel estimait. On lui donna jusqu'à dix-sept heures. Puis dix-huit. Ensuite, on fit des comptes : combien ses « négligences » coûtaient-elles au bazar ? On marchanda. Elle tut les échanges et reconnut le reste. On lui proposa une première somme : c'était trop ; puis une seconde : c'était trop peu, le piège était grossier. Il y eut accord : elle devait rembourser mille six cent vingt-cinq francs soixante, qu'on arrondit à mille sept cents, total qu'elle reconnut *via* un paraphe au bas d'une page.

On la gifla. C'était Guénelon : il venait de prendre sa revanche. Les autres s'interposèrent. Il bredouilla de vagues excuses. Apolline redressa la tête. Elle prit son sac. Le représentant de la maison mère s'approcha. Elle lui dit : « Ici, tout le monde vole. Laissez-moi partir. S'il vous plaît, laissez-moi partir. » M. le directeur fit un geste. On s'écarta de la porte. Elle prit le couloir, franchit tous les rayons. Chacun attendait. On lui souffla : « T'as dit quelque chose ? » Elle répondit que non, on lui dit « Merci ».

Lulu et Othello attendaient devant la porte. « Emmenez votre voleuse », dit-elle.

Ils n'avaient jamais vu, de près, une femme pleurer.

« Restau ? interrogea Othello.

– Restau, confirma l'historien. Je vais chercher de l'argent à la Goutte-d'Or puis on mangera au quartier Latin. » Pour consoler la jeune fille, il voulait lui offrir le luxe tranquille d'une salle aux lumières tamisées, poutres apparentes et fauteuils profonds. Il comptait aussi lui démontrer que de toute façon, la propriété c'est le vol, le vol un élément favorable à la croissance des sociétés, sociétés en pleine décadence, décadence d'inspiration bourgeoise, bourgeoisie qu'elle verrait dans un quartier chic qui ne lui rappellerait que de très loin l'avenue des Champs-Élysées. Tout en marchant, il cherchait dans Proudhon des justifications aux larcins et au grand banditisme. De son côté, Othello fouillait les œuvres de Maurice Leblanc afin d'y découvrir l'exemple d'une voleuse assermentée, reconnue par le Tribunal des Grands Chapardeurs pour son dévouement au portefeuille des riches.

Ils prirent le métro. Apolline était blême. Le roulement de la voiture lui rappela Guénelon approchant, les vibrations lui furent comme ses paroles et, lorsqu'ils changèrent de direction, à Étoile, elle eut l'impression que les nœuds ferroviaires étaient aussi noués et inextricables que les muscles de sa poitrine, frappée par le Justicier revêtu des habits de Méphistophélès. Cet homme, qui ressemblait à tous les hommes, qui aurait pu s'appeler Dupont, qui rêvait pour son fils à des destinées semblables aux siennes, bref cet individu commun provoquait chez elle une peur irraisonnée. Elle se souvenait du dîner qu'il lui avait offert aussi bien que de son attitude dans le bureau de M. le directeur. Propre et honnête, Guénelon. Changeant de registre en même temps que d'intérêt. Au regard du monde, toujours net et impeccable. Il l'avait violée, mais elle l'avait bien cherché. Il l'avait giflée, mais elle avait volé.

À Villiers, monta un homme en imperméable beige qui la dévisagea curieusement. Apolline quitta sa banquette : il l'effrayait. Mais en face, se trouvait un autre individu dont les cheveux si bien coupés (court) provoquèrent chez elle une nouvelle angoisse, inextinguible. Elle se leva, s'approcha de la porte et colla son visage contre la glace. À Rome, elle se retourna : ils étaient toujours là. Et à Clichy aussi, et encore à Blanche.

« Venez », dit-elle à Lulu et à Othello.

Ils descendirent à Pigalle.

« Ça ne va pas ? demanda Othello.

– Certains hommes m'en rappellent un autre. Je ne peux pas », bredouilla-t-elle.

On monta dans une autre voiture. À Anvers, ça allait mieux. À Barbès, c'était fini. On descendit à La Chapelle.

Ils traversèrent la place. Pour la première fois hors des dimanches, Apolline eut peur de la nuit. Elle avait froid.

Ils montèrent la rue de Jessaint, où stationnaient des cars de CRS. « Ici, dit Othello, j'ai été écrivain public. Nous faisions des rondes pour empêcher les flics de tabasser les Beurs. » Il regarda Apolline, qui n'écoutait pas. « Eh, dit-il, fais-nous un sourire ! »

Rue de la Goutte-d'Or, Lulu entra dans un bar. Il ressortit peu après. « Ça a marché, dit-il en exhibant trois billets de cent francs. Je leur dois quatre pipes. Allons dîner. »

Ils descendirent dans le métro. Apolline ne soufflait mot. Ils montèrent en seconde, changèrent à Pigalle, descendirent Rue-du-Bac.

« Lieu chic et huppé, dit Lulu. Ça te va, Apolline ?

– Ça me va, répondit-elle d'une voix neutre.

– Écoute, dit Othello, rassurant : ton histoire, c'est pas une histoire grave. Simplement une toute petite histoire, minuscule, infinitésimale…

– Absolument, confirma Lulu. Tiens, regarde : c'est un bon signe. » Il montra le boulevard Raspail. « Raspail, sacré bonhomme. Tu sais ce qu'il a dit ?… Eh, Apolline, tu sais ce qu'il a dit ?

– Non, répondit la jeune fille en remontant son col.

– Il a dit : le bonheur d'un pays est presque toujours inverse du nombre de ses lois. C'est beau, non ?

– Très beau. »

Ils passèrent devant chez Lipp, où il y avait embouteillage. Le Café de Flore leur parut impossible. Vagenende était plein. Ils échouèrent dans un pub proche d'Odéon. Ils s'installèrent, Apolline face aux deux hommes.

« Ça fait amoureux, ici », dit Lulu en promenant son regard du sol au plafond et du plafond au sol, s'attardant sur les nappes où brûlaient des bougies. « Superbe ! » souffla Othello. Ils regardèrent encore. Puis passèrent commande. Frisées aux lardons et blanquettes à l'ancienne pour ces messieurs, sole meunière pour Madame.

« Et comme boisson ? »

Ils votèrent pour une cuvée patronale, bien fraîche et en pot. Puis examinèrent le cas Apolline, jeune fille sans travail et bientôt à la rue.

« Ne t'inquiète pas, dit Othello : on va t'aider.

– Mais comment ?

– On a les moyens, répondit Lulu. Suffit d'y penser. »

Ils y pensèrent, chacun pour soi. On leur apporta les entrées. Othello déplia sa serviette et, discrètement, s'assura que les salades des autres n'avaient pas plus de lardons que la sienne.

Lulu regardait les messieurs penchés sur les dames et les dames tantôt approchant, tantôt reculant, les mains dans les mains, le cul sur la chaise et la chaise au plus près de la table. Il suivait les mouvements des pouces sur des paumes diaphanes, s'attachait aux expressions, y voyait la supplication, l'extase, parfois la colère…

Occupé sur sa droite, Othello avait d'abord placé sa main contre sa tempe, auriculaire légèrement séparé du médium en une ouverture savamment ménagée afin de voir ses deux voisines sans être remarqué. Entre la fin de la frisée et le début de la blanquette, il avait compté neuf coups d'œil dans sa direction et un regard plutôt appuyé, en sorte qu'un sens très subtil de ses intérêts lui faisait penser que les deux femmes avaient parlé de lui. Aussi laissa-t-il tomber son bras pour qu'on pût mieux le voir et l'apprécier à sa (juste) bonne mesure.

Apolline songeait à Estibal, à Guénelon, au bazar, aux petites annonces.

Elle reposa ses couverts et dit : « Je n'ai plus de travail. » On s'en voulut de l'avoir oublié. « Le travail, ce n'est rien, objecta Lulu. L'important c'est toi. J'espère, au moins, que tu n'as pas de remords ! »

Il n'obtint aucune réponse.

« Tu ne dois pas avoir de remords, expliqua Othello. Moi, je pourrais voler tous les jours. Et alors ?

– Alors qui vole un œuf vole un bœuf.

– Faux : quand tu as faim, tu voles un œuf. Quand tu veux t'enrichir, tu voles un bœuf. Ce n'est pas comparable.

– Moi, dit-elle, j'ai volé des disques et de l'argent. Ce ne sont pas des œufs.

– Si, intervint Lulu. Dans une société d'abondance, le pain, c'est de la brioche. Et quand tout le monde aura de la brioche, on volera des gâteaux. C'est normal : les besoins évoluent.

– Il a raison, dit Othello. D'autant plus qu'il ne vole jamais. Tu peux le croire.

– Là où tu es sotte, reprit Lulu, c'est de t'être fait prendre. Certaines personnes ont le privilège de l'argent : elles peuvent tout s'offrir. Les autres doivent acquérir le privilège de bien voler : ils pourront tout s'offrir aussi. Quand les pauvres seront aussi doués à voler que les riches à faire des chèques, il n'y aura plus de classes sociales.

– Sauf que, dit Othello en redescendant sur terre, on reste les cocus de la vie. Toi, Apolline, tu as volé des disques. Et moi, des bouquins. Qu'est-ce que c'est, des disques et des bouquins ? Faut viser plus haut. De toute façon, on se fera avoir. »

Ils choisirent brie, chèvre et camembert sur un plateau

de fromages, et des desserts maison que l'on fit défiler devant eux sur une table roulante. Enfin, l'historien demanda la note. Trois cent soixante-quinze francs, service compris. « Mazette ! » siffla-t-il. Il sortit trois billets d'une poche de sa veste et en chercha un autre, dans son cartable. Prit l'Opinel des grands jours, le glissa dans le rabat entre le cuir et la doublure, fit sauter celle-ci, farfouilla, exhiba fièrement une vieille coupure de cent francs qu'il déposa avec les trois autres en disant : « Réserve ! »

On prit l'argent, Lulu laissa la monnaie. « C'est fini, laissa alors tomber Apolline. Désormais, chacun pour soi, chacun chez soi.

– Chacun chez moi, rectifia Lulu en appuyant sur le “moi”. J'ai une maison. Grande et belle, qui nous attend tous. Nous y guincherons, nous y chanterons avant de nous y endormir, sagement et confortablement, sur des matelas prévus pour.

– Chez moi..., commença Othello.

– Chez toi, on ira un autre jour, coupa l'historien. Aujourd'hui, la fête s'appelle Lulu, et Lulu vous emmène chez Lulu. »

Ils se levèrent et suivirent leur guide, qui s'effaça devant la porte pour les laisser passer.

Ils traversèrent le boulevard Saint-Germain et descendirent les marches de la station de métro. Le bibliophage voulait rejoindre Couronnes *via* Réaumur et Père-Lachaise. Lulu préférait Pyrénées, par le Châtelet : vol presque direct. Ils se plantèrent devant un indicateur et comptèrent. Odéon-Couronnes : quatorze stations. Odéon-Pyrénées : seulement dix.

« Tu vois, j'avais raison, dit Lulu en cherchant un ticket dans sa poche.

– Non, objecta Othello : Pyrénées, c'est loin de chez toi : trois longues rues contre deux petites pour Couronnes. » Ils se chamaillèrent : quatre stations et un changement valent-ils une rue supplémentaire ? Et une rue, dans le froid et le noir, est-ce que ça ne compte pas beaucoup plus qu'un couloir souterrain ?

Apolline riait. On lui demanda son avis. Elle n'en avait pas.

« Allons à Couronnes, dit Othello.

– Pyrénées, s'entêta Lulu.

– Séparez-vous ! proposa Apolline. On verra bien qui arrivera le premier. »

Au même instant, les deux hommes se posèrent la même question : avec qui ira-t-elle ? Pile ou face arbitra le problème : pile, avec l'historien ; face, avec le bibliophage. Ce fut pile. « Tu as encore triché », marmonna Othello.

Ils montèrent dans la même voiture, se quittèrent au Châtelet, coururent dans les passages, attendirent impatiemment les rames, suèrent dans les escaliers. « On y sera avant lui », insistait Lulu tout en tirant Apolline, qui s'accrochait à son bras.

« Je les aurai », fulminait Othello en cavalant comme un dératé dans la rue des Couronnes.

Il arriva trois minutes après ses amis. « Pas de chance, cracha-t-il en s'écroulant sur un tas de sable : je suis tombé sur un métro lent. »

Apolline regardait la façade lézardée de l'immeuble qu'habitait l'historien. Il lui expliqua que les autres locataires ayant déménagé, il demeurait le seul occupant des lieux. On pouvait faire autant de bruit qu'on voulait : personne ne s'en plaindrait jamais.

Il poussa la porte, fouilla dans une niche située à droite de l'entrée et exhiba une bougie et une boîte d'allumettes. « L'électricité commence au quatrième », s'excusa-t-il en enflammant la mèche. « Veuillez me suivre, s'il vous plaît. » Ils montèrent. Parvenu au dernier étage, Lulu s'écarta : « Large palier. Mademoiselle, vous pouvez pousser la porte.

– Il n'y a pas de verrou ?

– Jamais chez moi. »

Apolline entra. « La lumière est à gauche », indiqua l'historien. Elle abaissa l'interrupteur et franchit le vestibule-cuisine-lavabo.

« C'est joli mais embouteillé », dit-elle en considérant la première pièce.

À gauche, il y avait un matelas, et de l'autre côté, des tréteaux supportant des planches sur lesquelles étaient posés des outils, des pipes à moitié terminées, des chiffons et des pots.

L'historien poussa son invitée dans la seconde pièce. « Tu étais dans l'Atelier, voici le Cabinet. »

Celui-ci n'était pas moins encombré que l'Atelier. On y trouvait le même matelas et un fouillis identique : des livres, des gravures et des objets de toutes sortes traînaient sur le sol.

Lulu dressa l'inventaire : les livres avaient appartenu à l'ancien propriétaire. Sur la vieille machine Underwood, Lecoin avait tapé son premier appel à l'insoumission. Les dossiers entassés sous la fenêtre renfermaient des tracts rangés année par année, depuis 1955 jusqu'à 1971. L'affiche rouge, arrachée une nuit de février 1944, était authentique. Le képi du général avait été sali par un gréviste de la faim qui, ne trouvant pas plus bel édicule, avait pissé dedans. Le jupon blanc appartenait à l'une des militantes du FLN évadées de la Petite Roquette en 1961.

Lulu montra encore une horloge, des tabatières, des monocles, une caisse enregistreuse, le stylographe d'Émile Pouget, le rossignol de Marius Jacob, une affiche signée Albert Libertad.

« Libertad était paralysé. Une tête mais pas de jambes. Il avait des béquilles, vois les béquilles… »

Lulu les sortit de derrière une chaise, se fendit, effectua des moulinets, frappa dans le vide contre un ennemi invisible. « Il se battait avec, un coup à droite, un coup à gauche, on ne savait jamais où ça allait cogner…

– La maison t'appartient ? » demanda Apolline.

Lulu hocha la tête.

« Le premier occupant de la famille, expliqua Lulu, était le dernier communard en armes. Il a quitté Paris le 28 mai 1871 après avoir rassemblé ici une partie des archives de la section parisienne de l'Internationale. Il est mort à Bologne, auprès de Malatesta. Avant de succomber, il a demandé à l'un de ses compagnons, également communard en fuite, de récupérer les archives de la Première Internationale. 18, passage Vilin, quatrième étage.

– Ici ? demanda Apolline.

– Ici. Et c'est ce deuxième homme qui a eu l'idée de lancer une souscription pour acheter la baraque… Après, sont venus les Travailleurs de la Nuit. Marius Jacob était leur compagnon. »

Othello l'interrompit :

« Marius Jacob, *alias* Arsène Lupin. C'est lui que Maurice Leblanc a pris pour modèle.

– Je ne savais pas.
– Moi non plus, dit Othello en étouffant un bâillement : Lulu me l'a appris.
– C'est également Marius Jacob, enchaîna ce dernier, qui a commandé une reproduction du tableau de Courbet à un faussaire de génie. »
Il montra *Les Casseurs de pierre,* et comme la jeune fille s'en approchait, il la repoussa sur le matelas.
« Il est aussi beau de loin que de près, s'excusa-t-il. Écoute plutôt : en 1904, Marius Jacob fut envoyé au bagne et l'un de ses lieutenants hérita de l'endroit et du secret.
– Quel secret ? »
Lulu ignora la question :
« Il hérita du secret et, en décembre 1918, partit pour Berlin où la commune venait d'être proclamée. Un mois plus tard, après l'écrasement des spartakistes, il se lia à Nestor Makhno qui combattait les troupes blanches de Denikine. Lorsque Lénine investit la makhnochina, le lieutenant de Marius Jacob transmit l'adresse de la maison à un anarchiste ukrainien. Puis habitèrent là un membre de la CNT espagnole, des militants de la gauche française qui opéraient contre les Croix-de-Feu rue de Belleville, une combattante des Brigades internationales en Espagne…
– Une femme ! s'exclama Apolline. Enfin !
– Elle s'appelait Sabina. En janvier 1939, elle a quitté l'Espagne et son amant d'alors, et elle est venue habiter cette maison. Pendant la guerre, Sabina a participé à des coups de main organisés par le Bund. En juillet 42, elle a lancé une bombe contre la voiture du général von Chaumburg. Arrêtée. Déportée. Gazée. Celle qui lui succéda était hongroise. Sabina l'avait connue au camp. L'Ancien fut l'amant de la Hongroise.
– Et toi l'ami de l'Ancien, conclut Apolline.
– Le camarade, rectifia Lulu. Ensemble, nous avons fait de la maison une base de soutien aux réseaux du FLN avant de nous occuper des déserteurs du Vietnam. »
Il dit encore que la maison avait abrité des collatéraux

plus ou moins proches de la souche mère, exclus venus de toute l'Europe, libertaires traqués à Paris.

Puis il revint aux objets, s'enroula dans les drapeaux rouges et noirs qui servaient de rideaux, montra un coutelas, un pavé, se fit camisard puis carbonaro, déclama à la mémoire des cent mille fusillés qui peuplaient la maison, parla à Othello, depuis longtemps endormi ; enfin, n'y tenant plus, il entonna une chanson du Père Duchesne vibrante et suraiguë :

Si tu veux être heureux,
Nom de Dieu !
Pends ton propriétaire,
Coup' les curés en deux, Nom de Dieu !
Fous les églis' par terre, Sang-Dieu !
Et l' bon Dieu dans la merde,
Nom de Dieu !
Et l' bon Dieu dans la merde.

« Apprends-moi, demanda Apolline.

– Voilà. Répète : "Si tu veux être heureux, nom de Dieu !..." »

Il lui enseigna aussi *L'Internationale* et *Bandiera rossa,* qu'ils chantèrent ensemble. Et comme la jeune fille suivait difficilement, l'historien lui écrivit les paroles en disant : « Là, tu ralentis, là, tu marques une pause... » Ils recommencèrent, et encore, et encore, jusqu'à ce qu'Apolline fût prise d'une crise de fou rire qui se termina en crise de larmes. « Ce sont les nerfs », articula-t-elle en s'appuyant contre Lulu. Elle pleura sur son épaule, et il tremblait de commettre un geste déplacé. Mais comme elle sanglotait de plus belle, il la serra contre lui, répétant : « Allons, ce n'est rien. » Il la berça en chantant *Le Chant des partisans.* Apolline s'endormit. Lulu la déposa sur le matelas de la seconde pièce et, vaguement ému, s'allongea sur le plancher de la première, au côté d'Othello qui n'avait pas cessé de ronfler. « La pauvrette », songea-t-il.

Son *curriculum vitae* était aussi plat qu'un électro-encéphalogramme inerte. Il tenait sur une demi-page qui deviendrait quart de page une fois le texte tapé à la machine. Nom. Prénom. Date et lieu de naissance. Études. Activités professionnelles. Apolline avait ajouté une rubrique qu'elle intitula d'abord « désirs », puis « préférences », enfin « aptitudes ». Elle connaissait la formule de l'oxygène et de l'hydrogène, les principaux événements du XXe siècle, quelques poèmes de Hugo, de Nerval, de Goethe, les trois énoncés mathématiques essentiels au traitement des équations. Savait lire, écrire, compter, laver les carreaux, garder des enfants, vendre. Partir très tôt le matin pour attraper *France-Soir* et *Le Figaro* au kiosque du bas de la rue, entrer dans un bar, commander un café amer mais bon marché, descendre une à une les colonnes « offres d'emploi », cocher. Payer. Gagner des cabines téléphoniques proches d'âcres toilettes, glisser une pièce : « C'est ici que vous cherchez une vendeuse ? – Envoyez votre *curriculum vitae,* on vous écrira. » Elle envoyait. On ne répondait jamais. Un café, un jeton de téléphone, un timbre pour rien. Comment paierait-elle son loyer ?

Elle fuyait les questions pour se consacrer à la recherche d'un emploi. Les premiers matins, engoncée dans son caban, elle avait éprouvé un certain plaisir à s'asseoir sur les banquettes des cafés : il y faisait chaud, l'animation la réconfortait. Peu à peu, en même temps qu'elle découvrait le noir de ses doigts, frottés aux pages des journaux, il lui sembla pénétrer un monde fait de servilités et de tristes cérémonies. En vérité, elle n'avait rien à offrir. Pas plus, en tout cas, que les quelques personnes assises sur les mêmes banquettes, lisant la même presse, s'arrêtant aux mêmes annonces.

Elle les considéra d'abord avec indifférence. Puis elle sentit naître à l'égard de ces anonymes une sourde acrimonie : l'hostilité misérable des concurrents. Les coups d'œil défiants succédèrent aux regards polis, et la jeune fille ne supporta plus les bistrots du matin, où elle ne vit que des chômeurs – assis, stylos à la main, pressés de lire et de téléphoner avant les autres pour forcer la chance.

Elle essaya les journaux du soir. Mais, à dix-huit heures, les bureaux fermaient et le lendemain, il était souvent trop tard. Ou alors, elle manquait de compétences. Bien vite, elle sut que celles-ci ne relèvent pas des seuls critères professionnels. Il ne suffisait pas de s'annoncer comme *bonne à tout faire* : encore fallait-il « présenter bien ». Apolline se rendit chez des particuliers qui cherchèrent dans ses mains quelque affinité avec la lessive ; dans des magasins où la taille et la prestance comptaient tout autant que le sourire racoleur et l'acceptation de la semaine de six jours ; auprès de patrons exigeant d'impeccables états de service et des jambes plutôt longues.

Au fil des jours, les basses besognes de la vie active se parèrent d'inestimables couleurs. Apolline rêva de bas translucides, de comptoirs si doux qu'on y pose la main pour le seul plaisir de toucher d'adorables caisses enregistreuses presque entièrement automatisées. Elle se vit non plus vendeuse mais magicienne, offrant des foulards dont la soie glisse, glisse entre les doigts, découpant avec ardeur de magnifiques tranches de jambon, écrivant sous la dictée d'un P-DG suave et prévenant.

Les réveils étaient pénibles. Car entre le jambon à l'os et le Waterman à plume dorée, il y avait un porte-monnaie vide, et des crampes à l'estomac.

Pour l'aider, Lulu et Othello cherchaient des « combines ». Souvent, elle trouvait dans sa poche deux ou trois pièces qu'elle se promettait de leur rendre. Estibal lui-même envoyait parfois un billet : « Je serai là à Noël, prends ça en attendant. »

Il lui fallut abandonner les bistrots, dont les cafés coûtaient trop cher. Mais elle perdit du temps à descendre acheter le journal, remonter, lire, redescendre, téléphoner. Alors elle fit les boutiques du quartier Latin. On lui proposa une place de vendeuse de chaussures, elle commencerait un mois plus tard, la veille de Noël, jusqu'au lendemain des fêtes. Elle refusa : et si elle trouvait mieux ?

Elle alla du côté de la Madeleine. Rien. Elle ne voulut pas des Champs-Élysées, par crainte des mauvais souvenirs. On prit son nom dans des agences d'intérim. « Vous avez quelque chose ? demandait-elle timidement.

– Vous croyez qu'on trouve du travail sous le sabot d'un cheval ?

– Mais la publicité…

– Où avez-vous vu notre publicité ?

– Dans le métro.

– Ah ! le métro, lâchait-on, excellent support… »

Le métro lui renvoyait des images d'une sérénité tranquille et obscène. Sur tous les murs, des enfants aux joues pleines mangeaient des fromages crémeux, des femmes élancées embrassaient des hommes en tweed, les plaisirs se dégustaient en famille.

La publicité lui donna des idées : elle se rendit dans des agences où on lui expliqua le métier de concepteur-rédacteur. Débonnaire, sympathique, décontracté : « Tu trouves un slogan, on le travaille un peu ensemble. Trois briques chaque fois. Cherche quelque chose, écris-nous. » Elle demanda si on voulait bien prendre son adresse, on voulut bien, elle sortit. Il pleuvait.

Elle passa un long week-end avec Estibal, à qui l'armée accorda une permission exceptionnelle avant les manœuvres. Ils ne sortirent pas de la chambre de la jeune fille. Firent l'amour, dormirent, parlèrent d'eux-mêmes. Le dimanche, elle raccompagna le soldat jusqu'à la gare de l'Est. Il l'étreignit à l'entrée du quai. « C'est bientôt

Noël », murmura-t-il. Elle le griffa légèrement derrière l'oreille.

Enfermée dans sa chambre, elle se demandait souvent si le sentiment de réconfort et de complicité qu'elle éprouvait auprès de lui avait un rapport avec ses vieux rêves d'enfant dont le prince charmant du Fayet tenait les rênes. Cependant, de même qu'elle se trouvait incapable d'évoquer sereinement le passé, Apolline ne savait pas considérer le futur comme moment à organiser. Estibal venait : elle s'en réjouissait. Mais si elle acceptait d'imaginer la chute des semaines qui conduirait à la libération du soldat, elle ne voulait pas prévoir : vivraient-ils ensemble ? L'aimerait-elle longtemps ? Elle était bien avec lui et cela seul comptait. Tout comme Lulu et Othello, il appartenait à sa sphère. Et lorsqu'ils se réuniraient le 24 décembre, elle serait en famille.

Le lundi matin, quand elle n'accompagnait pas le bibliophage au marché aux Puces, la jeune fille se rendait chez l'historien, qui travaillait dans l'Atelier. « Assieds-toi, criait-il : je termine. » En blouse grise, un foulard noué autour de la tête, il taillait ses ébauchons, glissant la bruyère contre la lame d'une scie circulaire qui crachait les copeaux sur le sol. Une dizaine de pipes non encore vernies mais déjà sculptées côtoyaient des formes rugueuses, prêtes à passer à la meule. « Tu vois, disait Lulu en éteignant sa machine, je travaille pour toi. Dans une semaine, j'en aurai quinze que nous irons vendre ensemble au Père-Lachaise. Ça paiera ton loyer. » Il ôtait son foulard, s'époussetait. La pièce sentait le bois, le vernis et la graisse.

« Je n'ai rien trouvé, disait Apolline.

– Ça ne tardera pas, répondait Lulu en lui tendant une pipe. Admire la sale gueule du camarade Thorez… » Elle souriait. Il reprenait la pipe, la vérifiait et, après l'avoir bloquée entre ses jambes, commençait le mastiquage. « Je bouche les pores de Monsieur, ricanait-il. Bruyère friable et trop tendre, fabrication crypto-communiste. Je continue… » Il reposait Thorez et, approchant de la lampe l'ébauchon qu'il venait de tailler, il en examinait soigneusement les nodosités, « mauvais, très mauvais », avant de brancher la meule sur laquelle il lissait et arrondissait les formes du foyer. Puis il coinçait l'objet dans un étau, coupait la meule et branchait une chignole fixe dont il faisait descendre le foret dans le bois. Enfin, il changeait la mèche et perçait la tige. « Plus qu'un coup de fraise, disait-il, et ce sera parfait. Thorez, ras-le-bol. »

En fin d'après-midi, Othello débarquait. Le maître pipier ôtait alors sa veste et rangeait ses outils. Le bibliophage attendait que la table fût débarrassée pour aligner quatre ou cinq volumes, ouverts à la première page. « Admirez les dédicaces », disait-il, non sans fierté. On lisait : « Pour Béa, avec la très vive amitié de Jean » ; « Pour Benoît, en espérant que ces pages nous rapprocheront. Albert » ; « Pour Pépé, de la part de Dédé. André » ; « Pour Patricia, avec ma très vive affection. Roger. » Jean Cocteau, Albert Camus, André Gide, Roger Martin du Gard.

Les fausses dédicaces constituaient sa dernière trouvaille pour faire fortune : un bouquin paraphé par son auteur devait se vendre deux fois plus cher qu'un livre vierge.

Cette fringale d'argent qui, pour la première fois de leur existence, s'était emparée des deux hommes venait d'une idée commune : offrir à Apolline la somme réclamée par le bazar. Faire un cadeau. Le premier de leur vie. Ce projet les avait propulsés sur des pentes vertigineuses où ils s'étaient vus nageant dans des océans de liasses, de lingots et de pièces. Avec la jeune fille, évidemment. Car il était entendu qu'on ne conserverait rien, que tout serait pour elle. Il suffisait d'attendre Noël. Dans ses chaussures, soigneusement disposées sous l'arbre (« Quel arbre ? avait demandé Lulu. – L'arbre de Noël, tiens ! »), on glisserait une enveloppe qu'elle ouvrirait, Lulu et Othello feraient des ronds de jambe, gênés, et elle s'évanouirait, on la ranimerait : « Je rêve, dites-moi que je rêve ! – Non, tu es riche. – Ah ! » Elle sombrerait à nouveau, ses paupières seraient closes, elle s'éveillerait enfin, aussi doucement qu'une princesse dans un nuage, et dirait : « La vie est belle. »

Comme chacun des donataires tenait à payer de sa personne, ils trimaient d'arrache-pied. Bientôt, on culotterait les pipes.

Ignorant tout de ces projets, Apolline décida d'apprendre à taper à la machine : une dactylo avec pratique vaut mieux qu'une sténodactylo sans expérience. Elle emprunta donc la vieille Underwood de l'historien, qui la lui remit avec une grande émotion : « Ça me fait quelque chose, dit-il, de savoir que tu vas taper sur la machine de Lecoin. » Elle la déposa sur sa table, acheta une méthode et découvrit Azertyuiop. Quand elle en eut rempli cinq pages, elle passa à Qsdfghjklm, puis à Wxcvbn, ; : =. Recommença. Mélangea les lettres et les doigts. Le matin, elle faisait un petit coup d'Azertyuiop, descendait acheter les journaux, remontait, lisait, allô 635 16 26, je téléphone pour l'annonce, allait parfois à un rendez-vous, revenait, embrayait sur Qsdfghjklm et, en fin de journée, se rendait chez le bibliophage ou chez l'historien.

Un jour, elle trouva les deux hommes assis sur le matelas de l'Atelier, occupés à discourir. Ils se turent quand elle entra. « Je vous dérange, peut-être ? demanda-t-elle en ôtant son loden.

– Pas du tout, répliqua Othello. Lulu vient de découvrir un moyen de faire fortune. »

Il s'agissait ni plus ni moins que de promener les chiens des beaux quartiers. L'historien avait même établi un plan d'attaque : ils iraient à Neuilly pour y repérer les appartements à chiens. Apolline sonnerait : « Bonjour, madame, c'est pour votre animal. » On le lui donnerait. Elle rejoindrait Othello qui prendrait le chien. Puis on changerait d'immeuble. Apolline sonnerait à nouveau. Et ainsi de suite. À raison de trois chiens chacun et de dix francs par chien, Lulu estimait qu'ils récolteraient quatre-vingt-dix francs par promenade d'une heure. On pourrait facilement organiser trois promenades dans la journée…

« On établira même des tarifs à la carte », proposa Othello. L'historien prit une feuille de papier et nota : caniches, teckels, cockers : dix francs la balade. Boxers, bergers, lévriers : quinze francs. Saint-bernard et dogues : vingt francs.

« Extraordinaire ! siffla Othello. Ensuite, on se spécialise dans le toilettage, la garde, les vaccins. Qu'en penses-tu, Apolline ? »

Elle trouvait l'idée géniale. Le tout consistait à la mettre en pratique. « La fortune est là, à portée de la main, reprit le bibliophage. On se baisse et on ramasse. Enfantin !

– Quand j'étais petite, dit Apolline, j'ai rêvé d'avoir un chien… » Lulu l'interrompit : « Louise Michel, elle, en a eu deux : Médor et Presta, respectivement bâtard et chienne d'Espagne. Dans notre meute, nous n'accepterons que les bâtards et les chiennes d'Espagne. D'accord ? » Ils acquiescèrent. « Demain, poursuivit l'historien, nous allons à Neuilly afin de voir à quoi ressembleront nos pensionnaires. » Ils applaudirent. Ce soir-là, Othello invita ses amis à dîner chez lui. En hommage à l'ingéniosité de Lulu, il confectionna une omelette aux pommes de terre qu'ils dégustèrent devant un feu de cheminée. Puis, jusqu'à trois heures du matin, ils écoutèrent le bibliophage qui leur lut quarante pages d'un de ses textes « de prime jeunesse ».

Le lendemain, Lulu était sombre. Négligeant sa promesse, il se rendit rue Ramponeau où, le 28 mai 1871, les fédérés tirèrent leur dernier coup de canon. Puis rue Myrrha, où Dombrowski tomba sous les balles. Il suivit le trajet qu'empruntèrent les compagnons du général polonais, ami de Garibaldi. Enfin, il monta à la Bastille où, durant une nuit entière, des milliers de communards vinrent baiser au front le défenseur de Paris. « Un gueux, lancera l'accusation à Rossel, responsable de la guerre… Une armée composée de chenapans aux noms en ski. » Fusillé, Rossel. Avec Bourgeois et Ferré, qui fumait son cigare en regardant fixement un prêtre tandis que les chassepots crachaient leurs balles.

Chez un fleuriste, Lulu acheta une dizaine de roses qu'il déposa au pied de la colonne de Juillet, à l'emplacement où furent ensevelis deux cents martyrs des journées de février 1848. Les voitures lui parurent abjectes. Et abjects les passants qui franchissaient la place sans même s'arrêter. Il espéra mieux rue des Rosiers. Devant le n° 6, il s'arrêta. Ici, les Versaillais exécutèrent des centaines de fédérés, dont Eugène Varlin, de l'Internationale, reconnu place Cadet, tiré, poussé au travers des rues, lapidé par la foule, porté par les soldats, assis pour être mieux fusillé, fusillé, déchiré à la baïonnette. Lulu se racla la gorge. Puis il gagna le Luxembourg.

L'abattoir du Luxembourg. Chef des opérations : Mac-Mahon. Scénario : alignés quatre par quatre contre un mur, un banc ou un arbre. On tire. On recharge. On se retourne. Quatre autres. On tire. On recharge. On recommence. Les feuilles étaient rouges, il pleuvait du sang. Et de la cervelle au Panthéon, où vient d'être amené Millière. Les grilles se referment sur le peloton d'exécution. Garcin, capitaine d'état-major, conduit le député entre les colonnes. Dos à la troupe. Millière se retourne. « Vous serez fusillé à genoux pour demander pardon à la société. » Il refuse. On le renverse. Il a un pied à terre. Les fusils s'abaissent. « Vive la République ! » crie Millière. L'officier fait redresser les fusils. Puis lève son épée. « Vive l'humanité ! » crie Millière. Salves. Coup de grâce dans la tempe gauche et, noire de poudre, la tête se renverse. Une parmi vingt mille autres.

Lulu se rendit aux Halles, où il retrouva Othello. Ce dernier lui proposa d'aller chercher Apolline puis de partir pour Neuilly. Lulu refusa : c'est par Neuilly que les Versaillais entrèrent dans Paris, près de Neuilly que Victor Noir fut assassiné par le prince Bonaparte, Neuilly la barbare, sagement endormie dans ses allées bourgeoises et dissimulant sous son sol les cadavres des prolétaires assassinés. Lulu n'ira jamais à Neuilly, ni à Auteuil.

« Ce serait insulter ma mère.

– Quelle mère ?

– Louise Michel ! »

Othello regarda Lulu et éclata d'un rire traître et pervers. L'historien le dévisagea sévèrement. Puis il tourna les talons. Il s'engagea dans le boulevard de Sébastopol. Jamais plus il ne reverrait celui que désormais il appellerait le *politiquement neutre*. Car les politiquement neutres constituent la lie de l'humanité.

Othello est un neutre. Achète des bouquins à droite et les revend au centre. Ne sait rien faire de ses dix doigts : ni culotter une pipe, ni remplir une grille de mots croisés, ni toucher une femme. Moi non plus, d'ailleurs, mais j'ai des compétences. Lui pas. Incapable d'avoir une idée et d'exprimer autre chose que du rien. Du rien emballé sous vide.

Rue de la Cossonnerie, Lulu fut tiré par la manche. « Allez, lui dit Othello, tout ça est idiot. »

L'historien se dégagea.

Rue Rambuteau, il s'arrêta devant une vitrine. Othello le suivait. « Le vice me court après, songea-t-il. Le vice a besoin qu'on lui dise ses quatre vérités. » Rue du Cygne, il feignit de relacer son soulier. On le filait encore. Il traversa, se glissant adroitement entre les voitures. Sur le trottoir opposé, il constata que le politiquement neutre n'avait pas abandonné la partie. Il repassa de l'autre côté, accéléra l'allure et remonta le col de son manteau : « Bogart dans la 5e Avenue », pensa-t-il. Au pas de course, il franchit la rue Étienne-Marcel, traversa, retraversa, s'assura qu'il n'était toujours pas seul et maudit sa malchance. Dans un immeuble, il chercha un passage. Point de passage.

On dépassa ainsi Turbigo, Greneta et Réaumur, où Lulu se retourna : rien. Il s'interrogea : où est le politiquement neutre ? – et l'aperçut enfin qui remontait l'avenue en courant. « Ah çà, mon gaillard, fit-il à voix haute, tu commences à m'échauffer les oreilles ! »

Il poussa plus loin. Rue du Caire. Rue du Ponceau. Rue Sainte-Apolline.

« Merde ! s'exclama-t-il, elle nous attend pour aller à Neuilly ! »

Ils choisirent de faire leurs repérages près du Jardin d'Acclimatation. Où ils se rendirent. C'était dimanche, il y avait foule. Des familles entières promenaient des enfants dans des poussettes bondées, des landaus bleu bonne sœur ou des tricycles montés par Maman, Papa, Grand Frère et Petite Sœur.

Pour rire.

Des experts passaient à vive allure sur des planches à roulettes et des solitaires, un casque sur la tête, goûtaient aux charmes de la nature dominicale.

« C'est quoi ces casques ? » demanda Othello.

On le renseigna : ça s'appelait Walkman et ça permettait jouir musique sans emmerder voisins tout en contemplant crottes naturelles dans allées fleuries.

Des messieurs marchaient avec des mesdames, belles mains dans belles mains (avec gants), respirant à pleins poumons pour déverser dans nature saloperies attrapées pendant la semaine. Et d'autres, seuls ou en bande, cavalaient souplement comme des girafes du Kenya vues à l'Ektachrome. Survêtements bleus ou blancs, espadrilles assorties aux pieds. Lulu paria pour un premier grand brun, Apolline pour un deuxième grand brun, Othello pour un troisième grand brun. À la première boucle, le deuxième grand brun dépassa le premier grand brun qui fut doublé par un blond châtain au trot ample et rapide. À la seconde boucle, le troisième grand brun doubla le premier grand brun puis le blond châtain, menaçant directement le deuxième grand brun qui fut dépassé par un petit brun de taille moyenne, suivi par un roux minuscule.

« Un franc sur le roux, dit Lulu.

– Deux sur le petit brun, dit Apolline.

– Trois sur le blond châtain », dit Othello. Le petit brun se retourna pour suivre la progression du roux minuscule que rattrapait le blond châtain, passé devant le troisième grand brun. Le premier grand brun abandonna à la troisième boucle. Othello s'approcha des coureurs et cria : « Allez-les-blond-châtain-allez-les-blond-châtain ! » Lulu encouragea le roux minuscule qui doubla le petit brun. À la quatrième boucle, le roux minuscule avait pris la tête, talonné par le petit brun que suivait de très près le blond châtain. Le troisième grand brun s'essoufflait, perdant régulièrement de la distance. « Les sols lourds ne sont pas bons pour les blond châtain », marmonna Othello.

« Et les chiens ? » demanda Apolline.

Ils se trouvaient de l'autre côté, près de l'avenue. Se reniflaient l'arrière-train et pissaient contre les marronniers sous l'œil attendri de leurs propriétaires – qui regardaient ailleurs lorsque les petites bébêtes déposaient leurs gros cacas sur les feuilles mortes. Certains allaient en laisse, d'autres sans.

Une dame avec Monsieur et caniche royal tenait son chien au bout d'une laisse extensible qu'elle laissait aller sur sol dégagé et ramenait lorsque une souche ou une flaque se présentait. Le caniche s'emmêla autour d'un tronc. Il y eut nœud. Les maîtres s'affairèrent, Lulu aida. « Vous savez, dit la dame, d'habitude il ne fait jamais cela !... Rouletabille, tiens-toi ! » Mais Rouletabille tournait dans le mauvais sens, s'empêtrant davantage. Monsieur lui fila une tapette sur le museau. Madame apostropha : « Gringoire, jamais sur le museau ! » Lulu détacha le collier. Le caniche fila. On perdit un quart d'heure à lui courir après.

– Jamais vous n'auriez dû le détacher, déclara sèchement la dame. Un chien sans laisse est comme un avion sans radar. »

On le coinça le long d'une barrière. Trois panpanstutu. « La laisse extensible, c'est de la cochonnerie, dit Monsieur. Vous leur donnez quarante centimètres, ils en prennent quatre-vingt-dix...

– Tous les mêmes ! dit jovialement Lulu.

– C'est ça », reprit Monsieur.

Il sortit un collier étrangleur.

Un pékinois hurla, scandalisé : il venait de découvrir un pigeon mort autour duquel s'affairaient deux ratiers. « Cafteur », grommela Othello. Le pékinois réintégra les bras visonnés d'une matrone qui lui refit son ruban.

Othello ramassa une branche et la jeta au loin. Un ker, un épagneul et un boxer se précipitèrent.

« Un franc sur le cocker, dit Lulu…

– Un sur le boxer, répondit Apolline.

– Je choisis le dernier », conclut Othello.

Il gagna. « Notre boulot ne va pas être une sinécure, dit-il.

– On commence lundi après-midi ? proposa Apolline.

– Va pour lundi. »

Comme ils remontaient l'avenue des Sablons, un cri les arrêta : « Lulu ! »

L'historien se retourna. Une très grande, très digne et très élégante appelait son chihuahua qui, tous les dix pas, trébuchait sur un marron. « Quelle horreur ! » souffla Apolline en regardant la souris jaune qui se dirigeait vers eux.

« Lui au moins ne ressemble pas à Céline ! s'esclaffa le bibliophage.

– Lulu, viens ici ! » criait la matrone en approchant. Le chihuahua continua sa lente et délicate progression. « Ici, Lulu !

– Un franc qu'il n'y va pas, fit l'historien.

– Ça marche, répondit Othello.

– Ah, tu ne veux pas venir ! s'indigna l'Élégante. Tant pis pour toi. » Elle s'en fut. Cinq mètres plus loin, elle se retourna. La bestiole s'était encore éloignée. « Lulu ! » hurla-t-elle.

« On double la mise ? » proposa Othello. Les autres refusèrent. La dame opéra une volte-face énergique, marcha vite et bien sur l'animal qu'elle agrippa par les poils.

« Madame, demanda Lulu, il est de quelle race, votre chien ? » Elle fut fière. De son vrai nom le Carla du Bayle, né à Lhassa, ville sainte du Tibet. Très intelligent, très joueur, très cher. Des comme lui, on n'en trouve que rarement. On l'appelle terrier de Lhassa ou lhassa-apso. Tatoué dans l'oreille droite et sur la cuisse gauche. Pas à vendre.

« Merci », répondit l'historien.

Il revint vers Apolline et Othello qui, ensemble, se retournèrent et crièrent : « Lulu ! »

Le lhassa-apso arriva avant l'historien.

Lulu regarde *Les Casseurs de pierre*. Peint par Courbet, reproduit par l'imprimerie Libertad, 100, rue de Charonne, Paris XXe, et fixé au mur par Marius Jacob. Mécanisme *ad hoc,* capable de résister aux intempéries comme à l'usure produite par l'écoulement du temps. « Devra-t-on l'utiliser ? » se demande l'historien.

Il quitte son tabouret et entreprend de décaper le cadre, mettant au jour les douze vis cruciformes. Quatre d'entre elles ripent. Il les change et graisse les autres. Nettoie soigneusement le verre puis, après avoir protégé la visserie par des petits cercles de carton découpés à la mesure des écrous, comble les orifices avec de la pâte à bois. Quand le mastic est sec, il applique une couche de brou de noix sur le cadre. Enfin, s'assied face au tableau.

Il l'aime pour sa symbolique. La misère du vieillard en sabots, celle de l'enfant en guenilles lui paraissent incarner toute l'absurdité d'un monde qui frappe sur des cailloux, frappe sur des cailloux sans savoir ni pour qui ni pour quoi. Les bagnards cassaient la pierre. Un coup à droite, un coup à gauche, petit périmètre dégagé sur le devant, on progresse et la route se forme peu à peu, deux mètres, dix mètres, deux cents mètres, toujours tout droit sans risque d'erreur, on tape de neuf à treize, on souffle de treize à quatorze, un jour = un mètre, quarante heures = cinq mètres, à la majorité il y en a déjà entre six et sept mille, trois mille de plus à la trentaine. Vers les vingt-cinq mille mètres, le tombeau attend, au bout de la route.

« Quel bordel », songe Lulu en regardant le tableau qui lui paraît plus noir que d'habitude. « Tiens, on frappe. » Il tend l'oreille. « Bis. » Apolline ou Othello ? Plutôt Apolline puisque le lundi matin, Othello est porte de Montreuil. Elle ne l'a donc pas accompagné ?

« Entre ! » crie-t-il. Et comme personne ne se montre, il passe dans la première pièce et ouvre la porte.

« Mlle Goujon, assistante sociale.

– Je vous avais pris pour Apolline, s'excuse l'historien.

– Connais pas. »

Elle porte un tailleur bleu marine strict, des chaussures en cuir rouge assorties à un sac de même couleur, et des colliers dorés, un bracelet doré, une grosse montre dorée. Sa bouche est peinte en rouge, ça déraille du côté de la lèvre supérieure.

« Vous désirez ? interroge Lulu.

– Visite de routine. Envoyée par la mairie auprès des habitants de l'arrondissement pour vérifier que tout va bien.

– Tout va bien, assure l'historien.

– Je peux entrer ?

– Pour ?

– Voir.

– Quoi ?

– Votre logement.

– Non.

– Pourquoi ? »

Il tente d'expliquer qu'un lieu protégé n'est pas fermé à tout le monde mais seulement à certains, particulièrement à ceux qui émargent du côté des casernes, des églises, des commissariats, des préfectures et des mairies. Puis, après avoir hésité un instant, il la laisse entrer : il a compris que si elle insiste tant, c'est qu'elle a envie de lui.

« Avez-vous l'eau chaude ?

– J'ai l'eau chaude.

– Et le gaz ?

– Oui. »

Il montre l'évier, le four, elle s'arrête devant le Frigidaire, Lulu se demande comment lui simplifier la tâche. Elle passe dans le couloir, interroge : « Combien de pièces ?

– Deux. La première, où vous êtes, la seconde, où vous serez bientôt. »

Il l'observe : la quarantaine, un peu épaisse, pas d'alliance.

« Il n'y a guère de lumière, n'est-ce pas ?

– Oh, la lumière, vous savez... »

Les seins lourds. Ongles vernis. Des bas.

« C'est plutôt poussiéreux, dit-elle.

– Oh, la poussière, vous savez...

– Et puis il y a beaucoup trop d'objets.

– Pourquoi "trop" ? »

Elle ne sait pas.

« Vous avez un beau chignon », complimente Lulu. Elle en convient. Puis : « Vous habitez seul ?

– Seul comme Crésus.

– Crésus, c'est la richesse. Vous faites erreur.

– C'est que vous me troublez.

– Pas de ça, s'il vous plaît. Je suis en mission pour le compte des services du logement de la mairie du XXe qui attend de moi un rapport exprimant mes sentiments à l'égard de votre habitation, celle-ci étant – je ne vois pas pourquoi je vous le cacherais – suffisamment propre et confortable pour qu'on ne tente pas de vous reloger ailleurs, quelque part où vous ne seriez pas bien comme tous ceux que l'on contraint à quitter un lieu dont ils avaient fait leur nid.

– Je ne suis pas vieux, dit Lulu. Cinquante-six ans...

– Dans cinq ans, vous serez sur le retour, c'est une période difficile dans la vie d'un homme mais vous avez encore de nombreux mois pour vous faire à l'idée. Il est joli ce tableau, c'est de Picasso ?

– Non, de Courbet.

– Ah oui bien sûr depuis le temps que je ne suis pas allée au musée je préfère le cinéma c'est plus amusant ou distrayant si vous préférez surtout sur les Champs-Élysées où on peut étendre les jambes j'y vais tous les vendredis soir et j'aime les versions originales ce qui est idiot car le temps de lire les sous-titres on a perdu les images mais à raison d'une fois par semaine j'ai l'habitude et mon regard embrasse l'écran de haut en bas je me suis exercée en prenant des leçons de lecture rapide vous savez, il faut lire le plus de mots possible avec un minimum de déplacements oculaires si bien qu'on se fatigue moins tout en enregistrant mieux. Je suis une voyeuse, c'est comme en amour…

– Faites-vous souvent l'amour ? demande Lulu, saisissant l'occasion.

– Je ne vois pas pourquoi j'aurais à vous répondre mais puisqu'il est dit que nous ne nous reverrons pas je puis vous avouer que de ce côté-là c'est pas formidable et vous s'il vous plaît, monsieur ?

– Moi non plus, madame.

– Il faut préciser pour ce qui me concerne tout au moins car pour vous je ne sais pas mais vous pourrez vous exprimer sur ce sujet lorsque j'en aurai terminé moi-même, pour ce qui me concerne donc, je travaille tant que la bagatelle reste la bagatelle que voulez-vous on a les occupations qu'on a (je ne dis pas qu'on mérite car j'en mérite d'autres) et les miennes sont passablement chargées, vous fabriquez des pipes à ce que je vois ?

– C'est cela, répond Lulu, je fabrique des pipes.

– Les fumez-vous ?

– Non.

– Je vous en félicite. Le tabac est la plus dangereuse des drogues douces : quand on commence avec la cigarette on continue au cigare pour finir à la pipe, l'alcool c'est exactement la même chose on commence par du Préfontaines à huit degrés et on termine avec des appellations contrôlées épaisses aussi mauvaises pour le cerveau que pour le cervelet je ne bois qu'un demi-litre environ par semaine et encore jamais à jeun, c'est dire si je prends soin de ma santé.

– C'est dire », approuve l'historien tout en posant une main sur l'épaule de l'assistante sociale qui ne moufte ni ne bouge, trop occupée à décrire les mouvements de gymnastique qu'elle effectue le matin devant sa fenêtre ouverte avec la *Quarantième* de Mozart par Waldos de Los Rios qui passe en même temps que je dresse la jambe à la verticale il s'agit de rester ainsi vingt secondes et de redescendre ensuite tout doucement y a-t-il d'autres locataires dans l'immeuble ou des gens susceptibles de passer car je ne voudrais pas qu'on vît une employée de mairie s'envoyant en l'air avec un fabricant de pipes, ne répondez pas, j'ai compris votre manège et comme cela ne m'arrive pas si souvent j'accepte à condition que vous vous retiriez lorsque je vous en donnerai l'ordre puisque je ne prends pas la pilule et que je suppose qu'aucun tiroir ici ne contient de préservatif mâle ou femelle attendez j'enlève ma montre on se met ici c'est parfait puis-je déposer ma jupe et mon chemisier sur le dossier de cette chaise, très bien oh non ! inutile, je sais enlever mon soutien-gorge en passant mes mains derrière mon dos comme ceci puis en dégrafant comme cela, trouvez-vous mes seins aussi beaux que mon chignon je sais qu'ils sont un peu lourds mais moi je m'en contente j'aimerais mieux que vous ôtiez la couverture qui me pique le dos voilà merci dans le cou comme cela oui j'aime quoique vous auriez pu vous raser enfin je dirai que j'ai une crise d'urticaire pas de suçons je déteste évitez le ventre s'il vous plaît étant très excitée je risquerais de partir avant vous on pourrait se dire tu bien que je ne tutoie pas facilement mais dans de telles circonstances on aurait pu tirer les rideaux et verrouiller la porte mettez votre main ici et votre doigt là, là, là, là, doucement je vous prie et veuillez enlever mes collants que je ne tiens pas à filer tu vois que je vous dis vous je souhaite rester allongée ainsi tenez je vous montre mes mouvements de gymnastique votre ceinture me blesse quelle idée ont les hommes de se serrer avec de telles lanières quand on a de l'embonpoint d'accord mais vous je ne te comprends pas évitez la bouche au moins pour le moment les baisers me gênent et jurez-moi de vous retirer vous vous rendez compte s'il fallait que je me fasse avorter ce qu'on dirait dans mon entourage je devrais aller en Angleterre où c'est plus anonyme laissez-moi vous regarder c'est très excitant de céder dans un immeuble désaffecté ça me rappelle les cigarettes que je fumais en cachette à l'école ou dans les waters de la maison de mes parents, doucement, doucement après tout vous pouvez y aller je me rappelle maintenant que j'ai eu mes règles il y a six jours aucun risque donc mais laissez mon chignon vous allez vous faire mal avec les épingles pourquoi me regardez-vous ainsi de grâce cessez ou plutôt non continuez oui maintenant allez-y maintenant, oui, oui, oui.

Ce fut fait rapidement, yeux béants pour ne rien perdre, et deux fois. Dès la première étreinte, ils se reconnurent semblables. La curiosité, la faim, le besoin commandèrent. Il n'y eut de complicité que dans le manque. Assouvis, il leur fut impossible de trouver certaines correspondances, et d'ailleurs, ils n'en cherchèrent pas. Sitôt que leurs corps eurent recouvré une hygiène qui, ils l'espéraient du moins, leur offrirait quelques semaines de tranquillité, l'assistante sociale se rhabilla. L'historien bredouilla quelques mots d'excuse dont elle ne voulut pas. « Nous nous sommes rendu service, dit-elle, c'est parfait, merci. » La porte se referma sur son tailleur bleu marine. Le chignon n'avait pas bougé.

Il resta sur le lit, le corps allégé mais la tête lourde. Ainsi, il avait revu une femme. Qui était sous lui. Dont il avait joui. Deux fois. Il y avait eu des attouchements et des soupirs. Pas de râles ni de caresses douces, mais les simples gestes nécessaires à l'accomplissement. Sans doute avait-il les yeux cernés. Son sang devait peu à peu regagner le terrain perdu.

Au fur et à mesure que passaient les minutes, les formes de l'assistante sociale s'estompaient. Était-elle brune ou rousse ? Il ne le savait déjà plus. Il se reprochait de lui avoir manqué de respect. Il n'était qu'animal. Animal cette fois, mais également la fois précédente. Il ne se souvenait plus guère de celle qui avait devancé

Mlle Goujon, sinon qu'elle avait un ventre et deux seins. « J'aurais dû aller voir les putes ! » s'écria Lulu en ramenant la couverture.

Il enfonça la tête dans l'oreiller, souhaitant être enseveli dans les plumes jusqu'à ne plus penser, respirer à peine. Mais cette douceur à laquelle il aspirait n'était-elle pas celle d'un ventre chaud – le ventre de la femme ?

On y revenait toujours.

Il s'allongea sur le dos, cherchant d'autres images. Il vit des moulins aux ailes croisées, comme des jambes, des collines aux mamelons érigés, des bateaux à quai, tanguant d'avant en arrière. Paris forniquait sur les berges de la Seine, la Seine accueillait des baigneurs en maillot, les maillots se perdaient dans le courant. Rien qui ne fût asexué. Personnages, villes, monuments, décors… tout se réduisait à la dimension d'un coït général. Irrespirable.

Lulu s'assit, se recoucha, se leva, jeta la couverture et la reprit, sifflota, revint sur le lit. Il n'y avait rien à faire. Pénis, poitrines, fesses le renvoyaient à une image de lui-même qui, bien qu'intolérable, lui paraissait juste : il ne respectait pas les femmes.

« Je vais me punir, décida-t-il. M'infliger une solide correction. »

Il se lava quatre fois au savon de Marseille, revêtit sa chemise de popeline et organisa sa chevelure en un flou artistique. Puis il empocha les deux billets qui lui restaient, descendit les quatre étages et gagna le boulevard. Il arrêta un taxi.

« Monsieur, s'il vous plaît, où trouve-t-on des femmes ?

– Des femmes pour quoi faire ?

– Pour baiser. »

Il avait le choix entre le bois de Boulogne, l'avenue Foch, la rue Saint-Denis, la Madeleine et la rue Pasquier. Le bois de Boulogne présentait quelque risque, les flics y rôdant souvent ; les fellations de l'avenue Foch coûtaient très cher, celles de la rue Saint-Denis exigeaient une demi-heure d'attente, à la Madeleine, les filles tournaient en voiture…

Lulu remercia sans attendre la suite. Détestant les flics, ignorant le sens du mot « fellation », n'imaginant pas une séance en voiture, il choisit la rue Pasquier. Direction Châtelet, changement à République, terminus : Saint-Lazare. Rue des Arcades, boulevard Haussmann, rue Pasquier.

Il regarda, vit des fortes à fouet aux poitrines protubérantes, des gainées de soie noire, des lippues langoureuses – jeunes ou moins jeunes, maquillées ou non, effrayantes, jolies, rassurantes…

Pas celle-ci : trop grosse ; ni celle-là : trop aguichante. Ces trois-là sont en groupe : intimidant. Il descendit la rue cherchant une fille en demi-teintes. Celle qu'il choisirait ne devait pas arborer d'attributs outranciers : l'exploitation de la femme par l'homme en serait d'autant moins grossière. Il paierait, certes, mais si la fille avait une bouille plutôt commune et une apparence fragile, l'échange service/monnaie serait presque un sauvetage, un soutien qu'il apporterait.

« Je triche », songea Lulu. Il lui fallait un remède, non un prétexte au plaisir. Les billets que ses doigts tripotaient au fond de sa poche lui causaient un tel malaise que pas une seconde il ne songeait à la volupté qu'ils lui apporteraient. C'était là la punition qu'il s'était infligée.

Comment aborde-t-on ?

Il s'appuya contre un mur et regarda. Ça commençait par des œillades. Suivait une courte conversation. On se séparait ou on quittait les encoignures pour pénétrer dans un immeuble.

Lulu délaça son soulier, traversa, s'approcha d'un couple en grande discussion, se baissa, renoua son lacet, double nœud, double rosette. Il n'avait rien entendu. Retraversa. Dénoua l'autre lacet. Remonta, retraversa, renoua. Rien. Retraversa. Redénoua, reremonta, reretraversa, rerenoua.

« Tu viens, chéri ?

– C'est combien ?

– Cent cinquante francs. »

Le rouge aux joues, Lulu regagna le trottoir opposé. Il laisserait cinquante francs de pourboire. Quoique… On ne laisse de pourboire qu'à ceux qui servent. Allait-il se faire servir ? Oui. Non. Entre les deux. Vingt-cinq francs de pourboire ? Trop mesquin. Il ne donnerait rien, marquant ainsi l'égalité. Ou une fleur ? L'idée lui parut lumineuse. Il alla jusqu'au boulevard, entra chez un fleuriste et acheta un bouquet de violettes. Puis revint sur ses pas.

Celle-ci ? Celle-là ? Celle-ci, plutôt… Elle était seule, sans trop de maquillage. Robe demi-longue, corsage dissimulé par un manteau de fourrure. Blonde, sac à main. Belle, ô si belle, comment peut-on ? La larme lui vint à l'œil. Il traversa. Retrouva son point de départ. Chaud, il avait chaud. Il frémit, osant à peine la dévisager. Sitôt que leurs regards se croisaient, il détournait le sien, malade de honte. Quelle leçon ! Après une telle épreuve, jamais plus il ne manquerait de respect à une femme.

Il dissimula le bouquet derrière son dos et avança. Une voiture passa. Il fut éclaboussé. Revint en arrière, frotta le bas de son pantalon puis traversa une nouvelle fois. Au milieu de la chaussée, il sentit que son lacet avait pris du jeu. Recula. Posa le bouquet sur le trottoir. Renoua. Embouteillage. Un camion lui dissimula la fille. Attendit. Chercha les clous. Marcha au milieu des bandes jaunes, parvint sur l'autre trottoir, remonta la rue.

« Tu veux monter ? »

Elle avait une voix fraîche. Et sentait bon.

« Volontiers, dit Lulu.

– C'est cent vingt francs.

– Bien sûr, bien sûr », bredouilla-t-il.

Escalier en colimaçon, quatre étages, jambes fines, moisissure sur les murs… Ils atteignirent une porte que la jeune femme ouvrit. Elle s'écarta.

« Après vous », dit Lulu.

Ils entrèrent. L'historien offrit ses fleurs. Elle les balança sur la table. « T'es malade ou quoi ? » Il bafouilla. « Enlève ton manteau, voyons ! » Il obéit. Elle ôta le sien. Puis son corsage, ses chaussures et sa jupe. « Dépêche-toi, s'il te plaît ! »

Il se défit. Elle le lava. « Paie-moi. » Il lui tendit ses deux billets. « T'as pas de monnaie ? » Il n'en avait pas.

Et ne pouvait parler, tant il lui coûtait de la tutoyer. « J'en ai pas non plus. » Cela n'avait pas d'importance. En échange, elle lui promit « des trucs en plus ».

Elle était gentille. Lulu la regarda, la regarda encore. Depuis la racine de ses cheveux jusqu'à ses ongles de pied, il ne perdit rien de cette femme. Il vit ses yeux marron, la pupille noire, les veinules de l'iris, les lèvres à peine colorées, charnues, s'entrouvrant sur des dents très blanches, plantées régulièrement et luisantes comme la nacre. Les bras bronzés, le coude plissé, les paumes douces mais les mains nerveuses, les doigts gonflés de ceux qui travaillent. Un ventre dur et souple, le nombril creusé, des seins aux larges aréoles qu'il recouvrit aussi tendrement que possible, la mèche blonde qui dissimule le sourcil gauche, épilé et soigneusement tracé, une boucle d'oreille minuscule sertie dans le lobe, le dos moins élastique que l'abdomen mais presque aussi doux, surtout au creux des reins, où il posa les mains. Des hanches un peu fortes mais des fesses d'enfant qu'il contempla lorsque, le temps d'une seconde, elle s'allongea sur le ventre. Puis elle se redressa en étirant les jambes, blanchies sur leur face antérieure car sans doute se rasait-elle – les pieds menus aux ongles faits et peints en rose, une petite boursouflure non loin du mollet droit, deux taches bleues presque symétriques sur les côtés des cuisses.

Elle s'assit sur le bord du lit et il lui demanda comment elle s'appelait.

« Maryse, dit-elle.

– Merci beaucoup, Maryse. »

Il se sentait soulagé. Après tout, ce n'était pas grand-chose.

« C'est formidable, dit-il, tout guilleret. Grâce à vous, je vais enfin aimer les yeux et les mains des dames. »

Elle haussa les épaules, se leva. « C'est la première fois que tu montes avec une fille ? » Il avoua. Elle était contente qu'il n'eût pas exigé ces « trucs en plus » qu'elle lui avait promis. « Je ne sais pas exploiter », dit Lulu en passant son pantalon.

Ils s'habillèrent. Comme il prenait son manteau, Lulu eut une lâcheté.

« Je vous propose d'échanger l'argent que je vous ai donné contre un dîner. »

Elle le regarda, surprise.

« T'es pas fou ?

– Excusez-moi, bredouilla-t-il.

– Un dîner, d'accord. Mais je garde l'argent. »

Il pourrait passer la prendre un soir. Ça lui coûterait mille balles la nuit.

« Hein ?

– Bien sûr, dit-elle. Tu ne crois quand même pas que je vais perdre une demi-douzaine de clients pour tes beaux yeux ! Et puis mon ami serait content ! »

Lulu demeurait stupéfait, congestionné. Maryse prit sa main, un gros feutre noir et, sur la paume, inscrivit un numéro de téléphone. « Si tu veux dîner avec moi, tu m'appelles le mardi soir. C'est mon jour de congé. » Il bredouilla un vague remerciement qu'elle interrompit en lui offrant un léger baiser sur les lèvres. Puis elle le poussa dehors. « Allez ouste, fit-elle, à bientôt. »

Il titubait. Elle s'appelait Maryse. Elle faisait payer l'amour. Il avait vu ses mains, ses pieds, sa nuque. Il se souvenait de tout : non seulement de ses traits, mais encore de son odeur et du timbre de sa voix. Une odeur de lavande, une voix de bergère. Dans sa paume, elle avait inscrit son numéro de téléphone. Déjà recopié sur une feuille de papier pour éviter que la sueur ne gommât le message. Maryse et Lulu, Lulu et Maryse. Ils pourraient s'aimer. Il la ferait quitter le trottoir. Peut-être pas, d'ailleurs : si elle avait choisi ce travail, c'était sans doute parce qu'elle le trouvait plus confortable que l'usine. Maryse était une ouvrière. Qui vendait sa force de travail.

Il s'engouffra dans le métro et considéra les femmes. Seulement leurs cheveux et leurs mains. Beaucoup se détournèrent. L'une d'elles le traita de malappris. Il regarda sa poitrine : c'était moins impudique, elle le laissa en paix. Revint aux regards, qui fuirent : c'était plus obscène que tout. Seuls quatre yeux ne cillèrent pas. Des prunelles d'homme. Le premier lui dit : « Tu veux mon poing dans la gueule ? » Le second le jeta hors du métro, à République. Et comme les portes se refermaient, Lulu l'entendit glapir : « Sale pédé ! »

Il tourna au hasard des rames. Maryse avait des mèches qui lui tombaient sur le front, des mains douces et sans bagues, Maryse portait une boucle d'or à l'oreille, Maryse l'avait poussé hors de chez elle avec la tendresse de ceux que l'on quitte à regret. Peut-être l'aimait-il, cette femme dont tout son corps gardait l'empreinte. Maryse la pute.

Othello n'en crut pas ses oreilles. « Trois fois en une journée ! » s'écria-t-il.

Quant à Apolline, elle accueillit la nouvelle par un éclat de rire qui lui valut un regard peiné de l'historien.

Ils se trouvaient dans le métro, en partance pour Neuilly. Des sièges lattés, qui rappelèrent à Lulu le temps des manifestations contre la guerre d'Algérie, ils passèrent aux banquettes en Skaï puis aux voitures à pneus, qui les déposèrent au Pont-de-Neuilly. De là, ils gagnèrent les allées qui longent le Jardin d'acclimatation. Othello demanda à l'historien ce qu'il pensait de la tenue d'Apolline. Car pendant que monsieur faisait le trottoir, ses amis avaient longuement discuté du genre qu'il convenait d'adopter pour séduire les quadrupèdes de la rive droite. On s'était finalement rabattu sur le choix de la jeune fille, qui préférait l'étudiante fauchée mais sérieuse, subvenant seule à ses besoins, à la dévergondée repentie suggérée par le bibliophage.

« C'est bien, reconnut Lulu en regardant le jean propre et le pull à col roulé. Tu ne trouves pas qu'elle aurait dû se maquiller ? »

Apolline répondit sèchement que l'ensemble n'était pas interchangeable, sauf à appeler un chat un chat – et elle-même une marionnette, rôle auquel elle refusait de se prêter.

Le premier jour, elle fut reçue par un labrador qui lui ferma la porte au nez. Elle n'eut pas plus de chance avec le berger allemand du quatrième qu'avec le boxer du sixième. Le teckel du rez-de-chaussée l'accueillit aimablement mais déclina ses services : la bonne se chargeait des sorties. L'épagneul breton du cinquième fut séduit par sa qualité d'étudiante et l'invita à prendre une tasse de thé le lendemain. Elle accepta l'invitation. M. et Mme Épagneul s'enquirent de la jeunesse par les temps qui courent, parlèrent de la difficulté à vivre dans une société qui n'est plus ce qu'elle était... Le chien ayant été bien élevé, la jeune fille n'aurait aucun problème avec lui, il fallait simplement veiller à ce qu'il posât des substances normales, ni trop grasses ni trop liquides et, dans le cas contraire, prévenir immédiatement. On sucra, on but et on tarifa les balades : dix francs de l'heure à raison d'une heure par jour. Période d'essai : une semaine.

Apolline quitta l'appartement avec le chien au bout d'une laisse et, très fière, rejoignit ses amis qui l'attendaient sur le terre-plein. Lulu estima que l'animal avait un air coquin, Othello vit de la perfidie dans son regard.

On s'enfonça dans les allées, chacun tenant la corde à tour de rôle. Jugeant que la bête pissait trop rarement, le bibliophage la conduisit à des souches d'arbre où il la contraignit à flairer d'anciennes traces. Comme cela ne marchait pas, l'historien urina contre un vieux marronnier et tous applaudirent lorsque, après avoir reniflé, l'animal leva la patte. La promenade s'annonçait d'autant mieux que les selles paraissaient normales. Au bout d'une demi-heure, on attacha l'épagneul au pied d'un banc où on bavarda jusqu'à épuisement du temps réglementaire. Puis la jeune fille reconduisit son protégé et prit rendez-vous pour le lendemain.

On s'aventura dans d'autres immeubles. Au bout de quatre jours, la meute se composait de l'épagneul et d'un malheureux cocker filiforme. Devant l'échec de l'opération, Othello proposa de transformer l'étudiante en chômeuse. Apolline changea donc de discours et se fit représentante en pharmacie, licenciée pour raisons économiques. Ce fut pire : en deux jours, aucun abonné ne se déclara. Mieux : trois concierges vidèrent les démarcheurs. Le septième jour, la jeune fille se travestit en orpheline venue de sa Bretagne natale pour goûter aux charmes de la capitale ; le huitième, elle arbora le sourire éploré des jeunes veuves ; le neuvième, Lulu la dota de la canne de Libertad.

Enfin, alors qu'on commençait à désespérer, un superbe dalmatien accepta d'ébrouer son grand corps auprès de la jeune demoiselle, qu'apprécièrent vivement ses maîtres (Import-Export et Madame).

C'était un bon début. Comme Noël approchait, Lulu décida d'oublier Maryse et Neuilly pour ne plus se consacrer qu'à ses pipes. Suivant le mouvement, Othello regagna la rue Croix-Saint-Simon, ses bouquins et ses paraphes. Apolline resta seule.

À cinq heures, la nuit venait, et elle avait le cafard. Après avoir reconduit le dalmatien, elle prenait le métro jusqu'à la gare de l'Est, puis courait vers sa maison où, dans la boîte, elle cherchait les lettres d'Estibal. Depuis plusieurs jours, il n'avait pas écrit. Elle grimpait les étages en s'inventant des raisons (il est trop occupé, les grèves…), ouvrait sa porte, allumait la lumière et s'allongeait sur le lit. Lorsque des pensées trop sombres l'assaillaient, elle se relevait et se consolait avec des clac-clac-Underwood qui, occupant son esprit, lui évitaient de songer à sa vie. Parfois cependant, elle n'y résistait pas.

Les mêmes questions revenaient sans cesse, convergeaient comme autant de rus noyant un bassin unique, s'étiolaient plus loin, ou plus tard, lorsque le cafard cédait devant l'insouciance. Bientôt il neigerait, et elle promènerait des chiens sur les chemins. Dring-ploc. Marbre blanc. Crottes sur les feuilles mortes. Son existence s'apparenterait-elle toujours à un jeu de puces ? Elle manquait d'argent, Estibal venait moins souvent, il lui fallait démarcher pour trouver un travail dont elle connaissait d'avance toute la stupidité.

Quand tout dérapait, Apolline voyait s'inscrire à droite, à gauche, devant, derrière, hors et en elle une interrogation qui renfermait toutes les autres sans impliquer la moindre réponse : à quoi bon ?

Elle ne cédait pas plus à la rancune qu'à la colère, subissait une marche linéaire qui la menait de son lit à sa table, de sa table à Neuilly, de Neuilly à sa table. Ni failles ni césures dans ce cheminement absurde dont elle cherchait l'issue sans la trouver.

Lorsque Othello lui proposait de l'accompagner sur des marchés de banlieue, où les livres paraphés se vendaient mieux qu'à la porte de Montreuil, elle acceptait : au moins verrait-elle des paysages nouveaux. Mais si les lieux changeaient, l'ossature demeurait cruellement la même : on partait à six heures, on s'essoufflait dans des métros qui devenaient RER, on descendait sur des quais givrés, sur des marchés bondés. Othello alignait ses Flaubert dédicacés à Tourgueniev ou ses Cocteau offerts à Satie, les flics venaient, il fallait déguerpir car la patente était fausse, et on recommençait sur des marchés voisins que l'on quittait avant d'autres contrôles.

Le 16 décembre, Lulu emmena Apolline non loin de la gare Saint-Lazare, près d'un immeuble où jadis se dressait une prison.

Il raconta à la jeune fille qu'ici fut enfermée une fille mère qui offrait son corps à la cause des saint-simoniens, une militante de choc abhorrée des Républicains. Elle s'appelait Pauline Roland, nommait Louis Blanc le « Pygmée », et Napoléon le Petit refusa de la gracier. Elle mourut le 16 décembre 1852, au retour de déportation.

L'historien sanglotait presque. « Veux-tu voir Maryse ? proposa-t-il. Après tout, elle aussi offre son corps… »

Maryse attendait sous un porche de la rue Pasquier. Lulu vint à elle.

« Bonjour, dit-il, voilà Apolline. »

Il s'écarta. Maryse riait.

« C'est ta cocotte ?

– C'est mon amie », corrigea l'historien en passant son bras par-dessus celui d'Apolline.

« Il y a une différence ?

– Bien sûr !

– Ah bon », conclut la jeune femme en se tournant vers un homme qui s'arrêta près d'elle et à qui elle dit : « Non, je suis occupée. » Puis dévisageant Lulu, elle ajouta : « T'es un grand fada, toi. L'autre jour tu viens avec des violettes, maintenant tu m'amènes ta copine. Qui t'a élevé ? »

Il voulut lui raconter « toute l'histoire », mais elle l'en empêcha : « Je travaille, tu me réciteras ta leçon un autre jour. »

Lulu et Apolline remontèrent la rue.

« Elle est belle, non ?

– Très belle, acquiesça la jeune fille. Très très belle. »

Ils se quittèrent au métro : Lulu devait retourner à ses pipes, les chiens attendaient Apolline.

Elle monta dans une voiture. Les vitres étaient sales, les parois blanchâtres. Personne sur la banquette qu'elle choisit. Et la question : « Pourrais-je le faire ? » Elle s'arc-bouta contre les défenses, les bouche-trous jetés au plus vite pour ne rien savoir, et se refusa le « non » qui venait de lui-même. Il n'y aurait personne, ni parents ni amis, aucun regard connu. Elle-même, penchée sur elle-même, la nuit, devant un porche, sur un trottoir. Elle ne connaîtrait pas la ville, le temps se serait immobilisé. Il n'existerait aucune raison, bonne ou mauvaise. Mais ce serait elle et personne d'autre. Moi, comme dans la glace. Avec le même visage, les mêmes cheveux, en pull et en duffle-coat, appuyée contre un mur. Je fermerais les yeux et un homme viendrait.

Elle ouvrit son manteau. « Je triche », songea-t-elle. Elle troqua le pull contre un chemisier dont elle se contraignit à dégrafer le bouton du haut puis deux boutons, trois boutons, et elle ouvrit encore son manteau, un homme passa, et elle avait encore triché.

« Je suis nue, se dit-elle, et nue, et nue, et nue. Sans dessous. On doit voir mes seins, mon ventre, mes jambes. J'ai un manteau parce qu'il fait froid. »

Et si c'était l'été ?

Elle crispa les poings, courba la nuque. L'été, elle mettrait une jupe fendue, un corsage transparent. La main dans la ceinture, dos au soleil, elle appellerait les hommes, et le maquillage fondrait. Mais elle ne se reconnaissait pas : le maquillage, elle ne sait pas ce que c'est.

L'hiver, alors. Dans la pénombre.

Elle recommença. Puis, comme un voyageur s'asseyait à son côté, elle se leva et descendit à la station suivante. S'assit sur un banc, regarda les gens. « Vas-y, se dit-elle, vas-y encore une fois ! »

Elle redressa la tête, laissa passer une rame, essaya encore. Seulement un manteau et des chaussures, dans la rue. Et si c'était Estibal ?... Elle vit Othello, elle vit Lulu, elle vit Julien, et Jean-Marcel, et Maurice... Et...

Elle inspira fortement, ricana, enferma son visage au creux de son bras pour qu'ainsi, dans l'obscurité totale, l'homme qu'elle avait appelé puisse prendre corps, pousser, encercler, détruire.

D'abord, elle dit : « Non, je suis occupée. » L'homme s'effaça, revint. Elle ouvrit son duffle-coat, apparut nue, se vit nue comme elle-même se connaissait, demanda : « On monte ? » Et ils montèrent, c'était dans la chambre de la gare de l'Est, où il l'avait presque raccompagnée. Il y avait l'Underwood sur laquelle Lecoin avait tapé son premier appel à l'insoumission, le tapis, les rideaux, la lampe. Et lui, qui s'allongea sur le lit, à la place du soldat Estibal. « Déshabille-toi », ordonna-t-elle, et lorsqu'il se fut débarrassé de ses vêtements, de tous ses vêtements, elle lui demanda s'il se rappelait, s'il n'avait pas oublié, rien, le moindre détail, la caravane, et, comme il s'interrogeait, elle se jeta sur lui, le griffa, le mordit, le frappa à la tête et aux épaules, lui cracha au visage jusqu'à ne plus le reconnaître, jusqu'à ce que ce corps odieux fût devenu une plaie vive exsudant le sang par le ventre qui l'avait pénétrée, la bouche qui l'avait mordue, les mains qui l'avaient serrée – naguère.

Le métro approchait. Elle s'écarta, une porte s'ouvrit, elle fut dans la voiture.

Elle n'était pas libre parce que son regard se refusait à voir par lui-même et seulement par lui-même. Elle n'était pas libre parce que la prostitution ou la mort lui étaient insupportables alors qu'elle n'en connaissait rien, n'ayant jamais offert son corps contre de l'argent ou envisagé le suicide comme nécessité pareille à la naissance. Elle n'était pas libre car la stupidité de son existence aurait dû la contraindre à envisager la mort.

Elle se dit : « Et si je mourais ? » Aucun bouleversement ne s'opéra en elle, sauf dans sa poitrine lorsqu'elle imagina une lame lui déchirant les chairs. Mais la balle du revolver, dans la bouche ou contre la tempe, à dix pas ou tout près, la pénétra sans qu'elle eût tenté de faire dévier le canon. Elle pourrait mourir, par bêtise, « comme je vis », dit-elle, et elle fut sereine.

Elle regarda le nom des stations, attendit le Pont-de-Neuilly où elle descendit. M. Épagneul lui confia son animal ; elle le promena. Puis fit courir le cocker qu'elle ramena un quart d'heure avant le terme. On le lui reprocha. Elle dit qu'elle ferait des heures supplémentaires la fois prochaine, qu'elle pointerait si nécessaire mais que pour aujourd'hui, elle en avait assez. Ce qu'elle désirait, simplement, c'était prendre un risque. Provoquer l'absurdité pour lui faire rendre gorge. Alors, oubliant le dalmatien, Apolline traversa au vert, se planta au milieu de la chaussée, yeux fermés pour ne rien voir, oreilles bouchées pour ne point entendre et lorsque, dans un crissement aigu, des pneus stoppèrent une carcasse métallique à dix centimètres de ses chevilles, elle s'écarta en riant et rejoignit le trottoir.

Elle alla au Jardin d'Acclimatation où, devant les glaces déformantes, elle claqua des doigts et bougea son corps en une grotesque danse du ventre. Puis elle s'assit, jambes écartées, et se défigura les traits, ce nez, ces yeux, ce visage grimaçant qu'en fermant les paupières elle pouvait presque confondre avec ceux de Maryse.

À sept heures, dans le fouillis des arbres, elle s'allongea et regarda le ciel. Elle eut froid : l'humidité de la terre pénétrait le manteau, la chemise, presque la chair. Mais des herbes fraîches, des mottes glacées, sourdait une étrange sensation qui transformait l'inconfort en identité. Et si la voûte céleste sur laquelle la jeune fille n'avait aucune emprise incarnait la puissance des interrogations irrésolues, le froid de la terre n'était autre que l'image de la douleur. Pour le moment, elle seule lui permettait de se reconnaître comme être vivant. Je souffre donc je suis, songea-t-elle, et cette triste constatation la fit se redresser, très vite, parce qu'elle ne supportait pas l'obscénité d'une telle évidence.

Le soir même, elle devait oublier la vision de son corps gelé pour s'en souvenir cependant, beaucoup plus tard, lorsque, après avoir écarté la douleur, la grande douleur, elle s'avoua à elle-même que ses larmes et son désespoir l'avaient en effet poussée à vivre. Mais il fallut pour cela attendre que la lettre découverte le 16 décembre dans sa boîte rejoignît d'autres drames, depuis longtemps dénoués.

La lettre venait de Saarburg, Allemagne, Estibal, Estibal, Estibal, murmura-t-elle en grimpant ses six étages, Estibal, redit-elle en allumant la lumière, mais elle ne reconnut pas l'écriture, et c'était signé « Cambé, ami d'Estibal ». Son regard fila entre les lignes jusqu'à déchiffrer le sens du message, et quand elle l'eut compris, elle froissa la lettre. Puis, avec autant de soin qu'un geôlier cadenassant une cellule, elle ferma un à un les judas en lisant tout, du premier au dernier mot.

Saarburg, le 13 décembre.

Les militaires aiment jouer à la guerre. Un jeu qui se termine en drame est un jeu d'assassins. Sur le terrain de manœuvre, il y a eu un accident : un char a reculé, descendu une pente, fauché mon ami qui fut le vôtre aussi. J'ai trouvé votre adresse dans ses papiers. Il me parlait de vous. L'enterrement a lieu à Saarburg mercredi 17, seize heures.

« Cambé, ami d'Estibal. »

Elle ramassa les quelques livres qui traînaient dans la chambre. Elle les mit sur la vieille Underwood. Elle s'approcha de l'évier, décrocha le miroir qu'elle posa par-dessus les livres, sur la vieille Underwood. Elle se campa devant la machine, suréleva la glace à l'aide d'un paquet de riz qu'elle appuya sur les livres, au-dessus de la vieille Underwood. Et lorsque son regard fut à niveau, elle se considéra dans le miroir et dit : « Je ne pleurerai pas. Je ne pleurerai plus. »

Elle reposa la glace, y revint presque aussitôt car ses paupières avaient frémi. Ses ongles s'enfoncèrent dans ses paumes, elle eut mal. « Je garderai les yeux secs, je me déchirerai les mains mais je ne pleurerai pas. » Vint l'image d'Estibal, ses yeux noirs, sa bouche entrouverte, Apolline se cassa un ongle sur la main, pas une larme ne coula.

Elle s'assit sur le lit mais se redressa aussitôt car ses pensées convergeaient vers le même point. Elle traqua, dans la glace, le plus infime dérapage musculaire, surveilla le menton et la pupille, les paupières et les pommettes. Sitôt qu'elle se sentait plus forte, elle se détournait de l'Underwood. Et y revenait toujours. « Estibal est mort mais ce n'est qu'une phrase. » La phrase cognait. Elle la répéta. Compta. Cinquante fois, elle dit : « Estibal est mort. » À la cinquante et unième, elle n'éprouvait plus aucune douleur.

De voir les lignes de chemin de fer lui fit mal : elle tendit une chemise sur le vasistas. Les chaussures du soldat furent jetées sous le lit, et ses lettres brûlèrent à la flamme du butane. À trois heures du matin, épuisée et hagarde, elle éteignit la lumière et s'abattit sur son lit. Les larmes roulèrent. Elle les laissa venir.

À l'aube, elle se déshabilla (« Donne-moi tes seins », disait-il), se lava à l'eau froide, revêtit robe, pull et duffle-coat et quitta sa chambre.

Lulu dormait. Elle le secoua.

« Tu es déjà là ? s'étonna-t-il.

– Je m'en vais. »

Il se frotta les yeux. « Tu vas où ? »

Elle lui tendit la lettre. Il la lut. Puis, la regardant :

« Veux-tu un café ?

– Non.

– Fais-nous un café, lui demanda-t-il très doucement. C'est bon pour toi. »

Elle alla dans la cuisine. Lulu se leva, passa un pantalon, se lava, se rasa, enfila sa chemise de popeline, noua ses souliers et glissa une cravate dans sa poche. Adossée au mur, la jeune fille attendait.

« Pas de café, ce matin ? » demanda Lulu.

Elle eut un sourire triste.

« Viens. »

Il la poussa dans l'escalier. Ils descendirent le passage, croisèrent des ombres silencieuses qui rasaient les murs et d'autres, titubant de sommeil.

« On va chez Othello », dit Lulu.

Le bibliophage était déjà levé. « Tiens ! » s'exclama-t-il. Lulu fit un signe. Othello se renfrogna. « On accompagne Apolline en Allemagne », dit l'historien.

Il expliqua. On but un thé, on mangea deux tartines, puis Othello fouilla dans ses poches. « Trois cents francs, fit-il à l'historien. Ça paiera juste le train.

– Allons-y », dit Lulu.

Jusqu'à la gare de l'Est, Apolline ne souffla mot. Mais lorsqu'elle vit l'édifice glacé où elle avait si souvent accompagné Estibal, elle eut un mouvement de recul et dit qu'elle n'irait pas. Puis elle avança. Dans les couloirs, elle chercha les encoignures où ils s'étaient arrêtés, les guichetiers qui leur avaient tendu les billets, les tourniquets où ils s'étaient séparés. Elle reconnut les bruits et les odeurs, écouta ses pas et ceux des autres, qui ne sonnaient pas pareils, qui n'étaient pas ceux-là, et peut-être que je rêve, songea-t-elle en glissant sa main dans sa poche.

Elle ne rêvait pas : la lettre s'y trouvait.

Othello se renseigna. Lulu tenait le bras de la jeune fille. Lorsqu'il la sentait frissonner, il posait une question : « As-tu faim ? » « Veux-tu un journal ? » « Regarde cette femme, là-bas… »

Othello revint. Un train partait à sept heures six, on irait à Trèves par le Luxembourg.

Ils coururent. Dans le compartiment, la jeune fille remercia ses amis. « Bah ! » firent-ils, gênés. Et on attendit. Apolline pensait qu'Estibal avait peut-être pris le même train, qui allait partir et traverser des banlieues, des provinces et des pays qu'il avait vus. Elle inspira profondément, jeta un regard sur Othello, qui lui sourit, un autre sur Lulu, qui lui fit un clin d'œil.

Le train toussa. On entendit le sifflet du chef de gare. Après avoir hésité, le convoi glissa le long du quai. La jeune fille regarda les wagons qui restaient en arrière, gris ou orange, accouplés à des locomotives dont les feux allumés étaient comme de tristes fanaux.

Elle pressa son visage contre la fenêtre. Les banlieues défilaient, des lumières brillaient plus loin, dans des maisons où une autre journée commençait. Pourquoi la mort lente lui paraissait-elle désormais moins indécente que la veille ? Apolline enfouit ses mains dans les poches de son duffle-coat et ferma les yeux. Le train claquait à la jointure des rails.

On passa Pantin, Noisy-le-Sec et Bondy. Des usines fumaient, quelques voitures se hâtaient. Le train ralentit puis reprit de la vitesse. Apolline pleurait. Ça la soulageait. Moins violente, la douleur s'était partout répandue, craquait à la bouche en des hoquets que le nez comprimait, bouleversait le regard jusqu'aux paupières inclinées sur les larmes. « Olé », fit doucement Othello. La jeune fille leva un bras sans cesser de pleurer.

On ouvrit la porte. « C'est complet, dit Lulu, excusez-nous. »

Apolline étendit ses jambes sur la banquette, voulut dormir. Les yeux clos, elle sombrait dans une somnolence incertaine. Les siestes de son enfance lui revinrent : elle s'endormait à quatre heures pour s'éveiller à cinq, ne sachant plus où elle était, passant d'un temps mort à un temps intermédiaire, prélude aux cauchemars à venir.

Elle se redressa, revint à la fenêtre. Le petit jour semblait fait de salissures. Çà et là, des plaques de neige recouvraient des champs qui disparaissaient dans le brouillard. Les quelques maisons, fermes ou hangars dont on distinguait les façades étaient comme de sinistres masures fécondées par une terre pourrie. Tout était embrumé, sombre, mortifère. Le train lui-même progressait sur des voies momifiées par les tragédies.

Apolline dévisagea Othello, qui s'était assoupi, et Lulu dont elle croisa le regard. « Essaie de dormir », conseilla-t-il.

Elle ne le pouvait pas. Les refuges s'étaient dissous. Oubliant un court instant de quoi était fait son matelas, elle tira à elle l'image d'Estibal. Réflexe. Apparut une photographie cernée de noir, pareille à un masque aux yeux crevés. S'efforçant de n'y plus penser, elle s'attacha aux traces de l'hiver, au manteau de Lulu, à la forme de ses mains. Mais l'hiver n'était qu'un tombeau de gel, le manteau, une cape formant linceul, les mains, une pince d'homme repoussant la carcasse d'une effroyable machine. Elle sentait confusément que son corps porterait toujours le vide, qu'il n'irait jamais que vers des étangs sans fond où l'injustice, désormais, rejoindrait l'absurde au point des épicentres.

Reims. Le train atteignit la ville par ses banlieues puis ses quartiers périphériques. La brume creva. Les champs s'effacèrent, remplacés par des usines aux cheminées fumantes qui disparurent à leur tour lorsque de sages maisons annoncèrent la cité. Othello s'éveilla. « Tiens, j'ai dormi ! » Il se leva, s'étira, puis se rassit sans plus parler. Le convoi ralentit. Sur les aiguillages, les voitures tressautèrent. Des voyageurs se rassemblèrent dans le couloir. Enfin, au milieu de grincements et de bruits de ferraille, le train s'arrêta. Des portes claquèrent, un haut-parleur grésilla. Il était près de neuf heures.

Lulu baissa les rideaux du compartiment, côté couloir, s'assit près de la porte dont il cala le loquet avec le pied. Apolline tira la fenêtre vers le bas et, s'étant penchée, reçut l'air froid en plein visage. À gauche, elle vit un homme aider une femme à descendre du train, la prendre par l'épaule, la prendre dans ses bras, contre lui, têtes mêlées en une étreinte amoureuse qu'elle considéra avec effroi. Elle cabra son corps pour résister au mouvement de recul voulu par tous ses muscles et, les mains blanchies sur le rebord de la fenêtre, se contraignit à regarder le couple. Elle chercha d'autres formes confondues, en découvrit partout, sur le quai et dans les voitures d'en face, contre les pylônes, derrière les chariots – comme si, devenu magnétique, son regard ne pouvait se détacher du spectacle de l'amour.

Ils passèrent la frontière et mangèrent des sandwiches entre le Luxembourg et l'Allemagne. À douze heures trente-neuf, le train s'arrêta en gare de Trèves. L'air était sec, le vent glacé. Ils grelottaient. Aucun d'entre eux ne parlant allemand, il leur fallut du temps pour comprendre que la micheline Trèves-Saarburg ne partait qu'à quatorze heures ; et de la patience pour trouver un banquier qui acceptât de leur changer trois billets à un cours qu'ils ne purent contrôler. Après avoir regagné la gare et demandé les horaires du soir, ils allèrent sur le quai N° B, s'assirent sur le banc N° 4 et attendirent la micheline XC 126. Othello pensait à Apolline. Lulu pensait à la caserne. Apolline songeait qu'à moins de vingt ans, elle allait clouer son premier cercueil.

De très loin, ils entendirent le grondement de la micheline. Elle apparut sur la voie, rouge et jaunâtre, fumant de partout. Quelques voyageurs descendirent. Ils furent les seuls à monter.

Ce fut Saarburg. Saarburg en Allemagne, comme il était écrit sur les enveloppes d'Estibal : S. A. A. R. B. U. R. G., huit lettres inscrites sur un panneau blanc. Petite ville impeccable, bien dressée entre sa mairie et son poste de police, larges artères nettement dessinées, un pont qu'il faut franchir pour monter vers la caserne. Et des camions kaki qui vrombissent dans les côtes, des jeeps nerveuses qui passent et repassent, grillant feux et stops.

L'édifice militaire apparut au sommet d'une côte. Bâtiments rectangulaires protégés par de hauts murs. Entrée en arc de cercle que surveillent deux plantons gagnés par des haut-le-corps lorsque entre une voiture. Et une barrière bicolore, on l'abaisse, on la relève, mais il faut montrer patte blanche pour entrer au bordel et Lulu déclare forfait : « Je n'ai jamais rien demandé à un militaire ; je ne commencerai pas aujourd'hui. » Othello se renseigne. Dit que c'est pour un soldat, Estibal, mort trois jours plus tôt, enterré aujourd'hui. « Je vais voir, attendez ici. » On les fait asseoir dans une salle de garde qui sent le vert-de-gris et le renfermé. Au mur, deux affiches : « Engagez-vous » ; « Règlement ». Une oriflamme tendue sur un mur, un gratte-papier pendu à un téléphone, le portrait d'un homme en képi.

Une porte s'ouvre, revient le planton accompagné d'un militaire en tenue bleu marine, béret incliné sur le côté, rangers, décorations sur la poitrine. Claquement des talons, main à la tempe : « Sergent-chef Penle, 16e groupe de chasseurs mécanisés, 1re compagnie, 3e section, qu'y a-t-il pour votre service ? » Lulu se détourne, Apolline regarde par la fenêtre, Othello se dévoue : « Estibal, le soldat Estibal...

– Chasseur Estibal. Tombé samedi dernier au champ d'honneur. Décoré à titre posthume. La chapelle ardente a été dressée dans les locaux de la compagnie. Vous voulez y aller ?

– Oui.

– À quel titre ?

– Nous sommes ses amis. Et elle – Othello désigne la jeune fille –, c'est sa fiancée. »

Penle s'incline devant Apolline : « Mes respects, mademoiselle, et mes condoléances pendant que j'y suis. Votre ami n'a pas souffert : treize tonnes passant sur un corps, ça ne se voit pas, ça ne se sent pas. La famille est déjà là. Veuillez me suivre. »

On sort. Sur un terre-plein, des soldats s'entraînent à marcher au pas. Un adjudant hurle, compte, han-deux... À trois, les recrues chantent. « Chanson de marche, explique le sergent-chef. À Sidi Bel Abbes, je la chantais déjà. À Sidi Bel Abbes, j'ai reçu la Légion d'honneur. » Il montre sa tunique, où fleurissent les rubans. Explication : « Croix du combattant. Médaille des Opérations de sécurité et de maintien de l'ordre, Mauritanie, 1958. Campagne d'Indochine. Croix de guerre des Territoires d'opérations extérieures, Madagascar. Médaille d'argent de deuxième classe pour actes de courage et de dévouement. »

Lulu s'arrête : « Une seconde, s'il vous plaît. » De sa

poche, il sort une cravate noire qu'il noue soigneusement. « Elle appartenait à Mahmoud Diaf, dit-il. Descendu par les CRS le 17 octobre 1961, porte de Versailles. »

On continue. Bruits assourdissants, coup de sirène : trois chars débouchent d'une allée bétonnée, virent sur place. Un homme commande, depuis la tourelle. « AMX 13, explique le sergent-chef. Ça ne vaut pas les trente tonnes. Mais quand ça passe quelque part, ça passe en force.

– Et ça écrase », gronde Apolline.

Des soldats nettoient des camions. Avec leur casque, ils ramassent l'eau des flaques et la versent le long des ridelles. Lulu marche, la tête inclinée. Apolline s'est refermée sur elle-même. Ses pensées sont comme des pièces de granit auxquelles elle ne touche plus. Mais ses paroles et ses gestes sont autant de coups de poing qu'elle assènera le moment venu. Elle renoue avec la férocité des petites filles blessées. Humiliée par sa famille, elle a tourné le dos ; violée par Guénelon, elle est partie ; atteinte par l'armée, elle trouvera quelque chose. Elle attend. Dans un univers hostile, elle s'est toujours recomposée. Il en sera ici comme il en fut ailleurs. À l'affût, sa conscience guette. Solidaire d'Estibal, elle prend la relève dans cette enceinte qu'il ne supportait pas.

Un sous-officier à barrettes les accueille. Adjudant-chef De Franco, membre du Deuxième Bureau pendant la guerre d'Algérie. Spécialiste des tortures, il conserve les photos de ses suppliciés dans le troisième tiroir de son bureau. Au mur, l'effigie du maréchal Pétain. Il est affable, compréhensif : « Mes condoléances, mademoiselle. Votre fiancé n'a pas souffert : un corps renversé par treize tonnes n'a pas le temps de réaliser...

– Et la tête ? demande-t-elle.

– Oh, la tête !... Veuillez me suivre. »

Il les conduit auprès du capitaine commandant la compagnie. L'officier explique que les drames sont imprévisibles et inévitables. Développe : a) chaque jour, des dizaines de personnes se tuent sur la route ; b) un char n'est jamais qu'une grosse voiture ; c) le chasseur Estibal a été victime d'un accident de la circulation.

« Ça soulage », marmonne Othello.

Arrive le médecin-major. Il parle des capacités thoraciques, de la capillarité des vaisseaux, veines et artères, qui ne résistent pas un dixième de seconde à une pression de trente tonnes (« Treize, rectifie le capitaine. – Ah bon, s'excuse le major, je croyais qu'il s'agissait d'un AMX 30 »). « Ça passe comme une lettre à la poste », énonce Penle, au garde-à-vous devant ses supérieurs.

La porte s'ouvre. Entre le chef du régiment. « Mes respects », susurre-t-il en tendant une main gantée à la jeune fille – qui la prend –, au bibliophage – qui la prend –, à l'historien – qui la refuse. Puis on les conduit dans une salle aux rideaux baissés, où sont assemblés famille et camarades. Au centre de la pièce, posée sur une table de Formica, une boîte aux poignées métalliques. Par-dessus, roide et empesé, repose un drapeau tricolore orné d'une décoration. Apolline s'en approche. Il est là-dessous. En uniforme, sans doute. Avec cette médaille accrochée par la canaille sur une poitrine française.

Elle se penche, touche le ruban, voudrait que son doigt fût vrille et sa tête marteau pour ouvrir le cercueil et montrer la mort glorieuse, nationale, à cette mère très digne et à ce père très fier qui la dévisagent sévèrement. L'appropriation des cadavres. Le drapeau est comme un tapis vert sur lequel on amasse ses jetons, et montent les petits tas, il est notre fils, je suis son ami. Le chef de corps, promu croupier, veille à la tête.

« Faites vos jeux », dit Apolline. Ses doigts s'emparent de la décoration posée sur le tissu. Elle la lance au loin, comme le palet d'une marelle. Et comme se précipitent père, mère, officiers et sous-officiers, la jeune fille atteint la porte, appelle Lulu et Othello. « Ça suffit, dit-elle. On s'en va. »

Passage Vilin

Apolline découvrit le poids du vide. Une peau, un regard, un geste l'appelaient. Réminiscences. Il n'y avait rien. Il n'y aurait rien. Estibal était mort. Cloîtrée chez elle, la jeune fille chercha dans Dostoïevski un ponton plus solide que la vieille Underwood : mais pas plus qu'azertyuiop, le prince Muichkine ne sut l'écarter des abîmes. Pendant quatre jours, elle s'y laissa couler. Au matin du cinquième, Lulu et Othello vinrent la chercher. On l'emmena 18, passage Vilin. « Tu restes et tu ne discutes pas », ordonna l'historien.

Plus de locomotives, rien qu'Estibal eût touché : la peine se trouva neutralisée dans l'espace. Restait le temps. Les deux hommes s'en occupèrent. Ils découpèrent les journées en tranches horaires qu'ils comblèrent d'autant d'activités auxquelles la jeune fille ne put échapper car, et on le lui fit bien comprendre, son aide était indispensable.

Elle apprit à forer les ébauchons, à tracer le « F » majuscule de Flaubert, le « S » de Svevo. Chaque après-midi, à Neuilly, l'historien et le bibliophage veillaient au bon accomplissement des promenades, entraînant leur amie dans des courses qui fatiguaient les maîtres-chiens autant que leurs animaux. Le soir, épuisés, ils se couchaient de bonne heure et, tôt le matin, reprenaient la chasse aux activités.

On passa Noël puis le jour de l'an. « Les fêtes attendront, décréta Lulu.

– Quand donnerons-nous son cadeau à la petite ? demanda Othello.

– Après avoir culotté puis vendu les pipes. »

Ils décidèrent de payer la dette bazar le 21 janvier, jour anniversaire de la mort de Louis XVI.

Il neigea. Les flocons s'accrochèrent quelque temps sur les hauteurs de Belleville et de Montmartre, puis furent emportés par la circulation. Apolline découvrit une ville laiteuse dont les rues n'étaient pas même damées, les squares à peine recouverts.

Jadis, elle n'avait aimé de l'hiver que les matins et les après-midi, lorsque, allant à l'école, elle marchait dans la neige, mouillant chaussettes et Pataugas. Elle éprouvait alors comme une sensation de liberté à couper à travers champs, tombant parfois dans la neige et s'y roulant jusqu'à sentir l'humidité la pénétrer, le froid du dehors, tellement plus chaleureux que le gel de la maison.

À Paris, c'était l'inverse : après avoir marché du nord au sud de la capitale, cherchant vainement à fouler des périmètres vierges et blancs, elle revenait passage Vilin emplie d'une joie chaude qui, avant même qu'elle fût arrivée, la consolait de ces brouillards sales. Elle détestait la neige des villes, les flocons dansant entre les façades puis s'abîmant au sol où ils devenaient eau et boue. En hiver, Paris semblait malade : le froid n'y était pas vraiment intense ; la vie, à peine ralentie, s'écoulait comme dans un hôpital, à petits pas, maladroitement entre les flaques et les rigoles.

Seul le Père-Lachaise l'impressionna. Lulu l'y emmenait souvent. Chaque fois qu'elle descendait le boulevard, elle songeait à Estibal, se demandant où sa famille l'avait enseveli.

Ils arrivaient face à la grande porte, défoncée par les troupes versaillaises venues de Belleville, de La Villette et du boulevard Voltaire. « Des lâches, maugréait Lulu, qui s'engouffrèrent dans l'avenue principale, baïonnette au canon en hurlant "Mort aux communards, que crève la sociale !" ».

Ils franchissaient l'entrée sud, remontant lentement l'allée dont les cyprès rappelaient à Apolline la courbure des arbres de Montsouris et, à Lulu, un lieu de supplice où s'effondrent des pendus. Ils s'arrêtaient sur la gauche, devant le buste de Musset, orné d'un bouquet de violettes. Puis gravissaient des pentes, se glissaient entre de hautes sépultures et parvenaient au bas d'un énorme édifice que désignait l'historien en disant : « Ici repose Thiers, le roi des traîtres. C'est lui qui envoya le général Vinoy prendre la mairie du XIe, la prison de la Roquette et le cimetière… Ici, ils se sont battus à l'arme blanche, dans les caveaux et entre les tombes, pendant que les obus déchiquetaient tous nos camarades… »

Apolline s'asseyait sur une tombe. Elle retrouvait la paix des saisons gelées, la même impression d'intensité calme qui lui venait lorsque, au retour de l'école, elle s'adossait à un tas de fagots pour contempler la vie morte des champs. « … Et puis, poursuivait Lulu, ils fouillaient les cadavres des gardes nationaux, arrêtaient les passants à qui ils demandaient de leur montrer leurs mains, et ceux qui avaient les mains sales, les journaliers et les ouvriers du bâtiment, ils les traînaient jusqu'à la prison de la Roquette, dans la rue, là-bas, ils les traduisaient devant une cour martiale qui les expédiait directement vers les pelotons d'exécution… On en a fusillé deux mille entre le dimanche 28 et le lundi 29, autant au parc Monceau et à l'École militaire…

– … L'école des militaires, disait Apolline, ah oui, l'école des militaires ! Viens, Lulu. »

Ils passaient devant les édifices élevés à la mémoire des maréchaux de l'Empire, épargnés par les obus. « Un tir, ça se dirige », disait Lulu. « Comme un char », pensait la jeune fille.

Ils voyaient les clans Lecouturier et Lefèvre, la momie Strogonov, des pierres tombales brisées et fissurées. Charles Hugo, 4 novembre 1826-13 mars 1871.

« On l'a enterré le premier jour de la Commune, disait Lulu. Les Parisiens avaient fait tirer trois coups de canon à blanc pour annoncer que la troupe avait levé les crosses, et comme les Buttes-Chaumont, Belleville, le Moulin de la Galette avaient été repris, il se fit un grand silence dans Paris, car Victor Hugo accompagnait ici son fils. Nous avons abaissé nos fusils, entouré le cortège et présenté les armes. Il y avait Millière, Courbet, tout le peuple de Paris… »

Il l'emmenait voir Blanqui. Il débarrassait le gisant vert de la neige qui le dissimulait et découvrait trois œillets fanés, glissés dans la main en bronze. Il y avait aussi des fleurs sur le buste de Victor Noir.

« Il est beau, murmurait la jeune fille en regardant la statue couchée.

– Vallès l'a décrit exactement ainsi : redingote, gilet et chapeau à la main. »

Ils traversaient la partie nord du cimetière, redescendaient par l'avenue circulaire où Lulu montrait *les canailles de l'histoire*, son gagne-pain : Thorez et le comité central, couchés entre Eluard et Adrien Lejeune. Plus bas, Ravensbrück et les Brigades internationales, et les républicains espagnols, et le gazon devant le mur des Fédérés, où l'historien se recueillait. Apolline restait en arrière.

Le 16 janvier, commença la séance de culottage. L'épreuve consistait à fumer le plus lentement possible, à ne jamais rallumer la pipe pour que les fibres ne se détendent pas et, enfin, à ne pas brûler le dessus de la bruyère, qui devait apparaître comme neuve. Il était également entendu que personne ne parlait pendant la combustion, les pipes risquant alors de s'éteindre. Le premier des deux hommes qui finissait était considéré comme le plus mauvais fumeur. C'était toujours Othello.

Le matin, Lulu calfeutra portes et fenêtres de manière que les bouffardes non encore rodées ne se fendissent pas au contact de l'air froid. Puis il bourra les vingt-cinq pipes au tiers de leur capacité et invita Apolline à se joindre au sérail. Responsable des manipulations-vérifications, la jeune fille devait craquer l'allumette, la tendre aux fumeurs, vider les pipes en s'assurant que tout le tabac avait brûlé, glisser un goupillon dans le tuyau, poser la bruyère tête en bas pour que le jus redescende.

Après avoir vérifié que chacun des participants était à sa place, Lulu donna le signal du départ : il alluma la première pipe.

Comité central, premier round. Lulu et Othello embouchent. Fumée bleue, quelques toux, rien à signaler. On tend. Apolline vide. On prend. Othello éteint. Fusillé d'un coup d'œil stalinien par l'historien qui ne desserre pas les dents, il se fâche : « Est-ce un si grand crime de rallumer tes bouffardes ? » Lulu va répondre. Le bibliophage l'arrête : « Interdiction de toucher à ses cordes vocales pendant la combustion. » Et, tandis que la jeune fille lui offre une allumette : « Tu sais combien c'est mauvais pour le bois. À tout à l'heure. » Il rallume. Lulu achève. « Mon pauvre ami, tu ne sauras donc jamais fumer… S'il te plaît, ne serre pas les dents ainsi : tu vas marquer l'ébonite ! » Il prend son troisième tiers de pipe. À onze heures, il en est à cinq, contre quatre pour Othello.

Pause. Le bois n'a-t-il pas éclaté ? Le mastic tient-il ? On ouvre les fenêtres, où chacun se précipite. Inspiration-expiration.

Comité central, deuxième round. On ne parle plus. Seul fume Thorez. Les autres soufflent, louchent, n'en pensent pas moins, se surveillent. Apolline mesure la qualité de la foi. Bien rodé à l'idéologie fumigène, Lulu culotte ses six pipes à l'heure. Il caresse Thorez de l'index, enfonçant jusqu'au bas du visage les cendres qui s'accumulent. Et repousse doucement les volutes qui s'échappent du crâne de l'Abruti. Mais voilà que cède un point de mastic : le chef verse une larme brunâtre faite de salive et de tabac mêlés. « Il a dû chialer ainsi à la mort de Staline », marmonne Othello, ravi : une pipe en moins.

Apolline vérifie l'ampleur du chagrin.

« À dégager ? demande Lulu.

– À dégager. »

Mi-temps. On ouvre portes et fenêtres avant d'aller se refaire une santé dans un bistrot du boulevard. Sandwiches et cafés. Lulu calcule, puis annonce : « On aura fini à neuf heures ce soir.

– À quel prix ! » gronde Othello qui n'ose se découvrir des douleurs internes de peur d'être mal vu.

Comité central, troisième round. Lulu bourre les crânes de Thorez à la moitié de leur capacité, craque une allumette qu'il tend à Othello, allume sa propre bouffarde et commence l'habillage interne de l'effigie. Apolline admire sa maîtrise et guette chez Othello les moments de faiblesse, manifestes lorsque la pipe du bibliophage lâche quelques cendres encore incandescentes : elle sait qu'il souffle alors sans inspirer. Les deux hommes se regardent. À la fin de sa première demi-pipe, Lulu critique : « Tu fumes mal et trop vite. » Et comme l'autre ouvre la bouche pour répondre, le maître pipier commande le silence : « Si tu parles, Thorez ne s'en remettra jamais. Pas de chaleur excessive dans un fourneau si fragile. » « Pas de pensées trop profondes pour un esprit si étroit », corrige le bibliophage à la remise de son œuvre. La jeune fille s'écarte pour vider la pipe où quelques brindilles à moitié brûlées se dispersent dans le cendrier. « Une seconde, marmonne Othello, refusant la bruyère tendue : pipi. » Il va. S'assied sur la lunette. Pense à une Normandie où de verts pâturages s'étendent sous les sabots des vaches qui, elles au moins, ne fument jamais. Imagine des cancers affolants rongeant peu à peu ses poumons et se touche la poitrine à l'endroit où il sent une palpitation. Mais ce n'est que le cœur. Se soulève, tire une chasse d'eau inutile, vérifie sa bonne mine dans la glace et regagne la pièce où l'attendent les autres.

À huit heures, ils cessèrent. Lulu admit que Thorez lui brouillait l'esprit et, magnanime, proposa que l'on culottât l'Abominable en deux jours au lieu d'un. Ils applaudirent. Victime d'un mal de mer inextinguible, le bibliophage s'allongea – et s'endormit. Apolline et Lulu dînèrent seuls. Puis se couchèrent. Au milieu de la nuit, l'historien eut un cauchemar : il vit un Thorez androgyne et patibulaire qui, de dessous sa coquille, tentait de séduire Louise Michel. Il la poursuivait à travers des massifs de fleurs, se riait des ronces et des chardons, marchant vers les robes de la Vierge rouge qui reculait, épouvantée. Il la coinça entre une rose et un dahlia, s'extirpa de sa conque, glissa une antenne sous le corsage et l'autre sous les jupons. Affolée, la communarde tenta de repousser la bestiole, mais elle rampait, s'infiltrait, poussant plus loin l'avantage. Lorsqu'elle se vit pénétrée, Louise Michel leva les bras et hurla : « Lulu, à l'aide ! » L'historien rejeta draps et couvertures, se précipita vers la table où il prit une pipe, une belle pipe bien vernie et à moitié culottée qu'il brisa entre ses doigts.

« Plus que vingt-trois », murmura-t-il, désespéré, lorsqu'il comprit sa méprise. Il s'habilla, ferma la porte de la pièce où dormait Othello et bourra jusqu'à la lie la tête du sale animal. Puis il craqua une allumette.

Le 20 au matin, Apolline expédia une lettre à l'agence qui lui avait loué la chambre de la gare de l'Est : elle renonçait au logement et aux deux mois de caution. Puis, plus par défi que pour leur donner des nouvelles, elle envoya une carte postale à ses parents : « J'habite chez des amis, à Paris, 18, passage Vilin. Tout va très bien. Votre fille. »

Othello se rendit dans les ensembles résidentiels de la banlieue ouest pour y expérimenter un nouveau style de vente : le porte-à-porte. Il espérait que la méthode compléterait celle des semaines précédentes, au cours desquelles treize Jean Cocteau, six Boris Vian et deux Henry James (tous dédicacés) avaient rapporté la modique somme de sept cents francs, soit la moitié de la dette bazar.

Après avoir nettoyé une dernière fois les vingt-trois têtes de l'hydre Thorez, Lulu prit sa besace et descendit vers le Père-Lachaise. Il pénétra dans le cimetière par l'entrée principale et, coupant à travers les allées, rejoignit la tombe du camarade Thorez. Connaissant parfaitement les subtilités des ventes staliniennes, il ne perdait jamais son temps à aborder des moitiés militantes dont il savait, après un seul coup d'œil, qu'elles n'achèteraient pas. Il cherchait plutôt les gros bras trempés dans l'acier komintern, la fonte syndicale ou les mains fasciculées et carbonées des bureaucrates.

En un clin d'œil, il devait distinguer les dissidents de la IVe des statues de la IIIe, se méfier des durs à cuire et des touristes avertis, éviter les bérets inclinés sur l'oreille autant que les nervis abreuvés au pastis. Dans tous les cas, il lui fallait se préparer à détaler ou, bien pis, se résoudre à entendre le récit d'un apparatchik épris, incompris, mais fidèle.

Lulu tarifait en fonction de deux critères : l'acheteur lui-même et le temps requis par la vente. La base était fixée à soixante francs. Exceptionnellement, il lâchait une pipe à cinquante-cinq francs : la réduction était offerte à ceux qui achetaient vite et dont la morale politique comblait l'historien. Étant donné que l'échange dépendait beaucoup de la marche-palabre au cours de laquelle Lulu proposait ses bouffardes, il lui avait fallu déterminer une distance minimale, n'impliquant aucun supplément : cinquante mètres autour de la tombe de Thorez. Au-delà de cette limite, comme un taxi, Lulu mesurait la distance parcourue. À un franc la division, il estimait ne pas trop perdre.

Un stalinien pur et dur, pas plus sensible au XXe Congrès qu'aux procès et aux invasions, démarrait à soixante-cinq francs. S'il décidait de sortir par l'issue donnant sur l'avenue Gambetta, il lui en coûtait quatorze francs de plus, soit un franc par division franchie, retour compris. Un exclu rejoignant l'avenue principale commençait à soixante francs, plus dix-huit francs s'il quittait le cimetière par l'allée circulaire et un peu moins s'il empruntait les chemins de traverse.

À onze heures, assis devant le monument dressé aux républicains espagnols morts en France, Lulu repéra des Tchèques : douze hommes et sept femmes arborant fanion, qui s'inclinèrent devant le camarade Maurice. Jambes tendues, bras le long du corps, silencieux. « Des purs », songea Lulu en se dirigeant vers eux. Il repéra celui qu'il aborderait : un grand costaud qui venait de déposer quelques cailloux au bas de la pierre. Ayant sorti une pipe de sa besace, il s'approcha du fidèle et lui montra la bouffarde : « Camarade Thorez, fit-il fortement pour être entendu de tous. Fait main par artisan parisien, soixante francs, joli souvenir. » On négocia sur place. Cinq effigies changèrent de main. L'historien jubilait : la journée s'annonçait bien.

À midi, il aborda un compagnon de route qui ne lui acheta rien. À une heure, il eut droit aux salamalecs d'un vétéran qui admettait le procès Rajk, Lyssenko, Budapest, Prague et Kaboul. Comme le militant de base, qui rejoignit l'avenue Gambetta, s'offrit quelques plaisanteries salaces devant le gisant de Victor Noir, Lulu décida une inflation galopante : à la quatre-vingt-deuxième division, c'est contre un billet de cent francs que le vétéran reçut un Maurice excessivement mastiqué. « La surchauffe le tuera », songea le maître pipier sur le chemin du retour.

Entre Oscar Wilde et Courteline, il croisa un de ces vieux promeneurs qui hantent le cimetière, racontant l'histoire des défunts aux passants qui acceptent de les écouter. À ceux-là, Lulu offrait toujours dix pour cent de ses ventes. Treize francs quittèrent sa poche.

Au début de l'après-midi, il interpella un syndicaliste vigoureux. « Marchons, dit-il. Voulez-vous une pipe du secrétaire général contre la modique somme de soixante francs ? » L'affaire fut conclue.

À quatorze heures trente, sept bouffardes prirent la route de Budapest, puis trois s'envolèrent vers Moscou. À seize heures, l'historien aborda un Vrai, comme il n'en existe plus. La cinquantaine, le glaviot bien dirigé au centre de la tombe, le coup de pied féroce. « Le communisme ce n'est pas ce que ces salauds en ont fait », déclara-t-il à un Lulu stupéfait d'entendre proférer ici de telles paroles. Ils marchèrent. « Il suffit de relire les textes, s'indignait le bonhomme, pour savoir que le communisme est un mode de vie et non un système…

Tu comprends bien, puisque Marx appelait communisme le paradis, sans lois, ni armées, ni État ! » Le maître pipier jubilait. Et comme l'autre accusait Staline d'avoir proclamé le passage du socialisme au communisme alors qu'il ne s'était agi que d'un ravalement de dictature, il empoigna une pipe et l'offrit au Vrai.

« Je te la donne, dit-il, c'est un cadeau.

– Elle est bonne ?

– Ignoble.

– Tu me le promets ?

– Je te le garantis.

– Alors je prends. »

Ils se quittèrent devant chez Daumier.

La fin de la journée fut mauvaise : non seulement Lulu ne vendit rien, mais il manqua de se faire épingler par trois rigolos qu'il parvint à semer dans le cimetière juif. Cependant, le bilan était positif : une fois défalqués les dix pour cent traditionnels, il lui restait plus de mille francs.

Dans l'après-midi du lendemain, Othello vint chercher son ami devant chez Thorez. Il en était à mille cent vingt francs, contre mille cinq cent trente francs pour l'historien, dont la dernière bouffarde venait de trouver son acquéreur en la personne d'une dame replète, totalement apolitique mais dont le mari menaçait d'adhérer au parti. « Ça l'en dissuadera », avait ricané l'épouse en enfouissant la trogne du secrétaire général dans sa poche...

Les deux amis gagnèrent l'arrière-salle d'un café, où ils mirent les sommes en commun. Mille cinq cent trente francs plus mille cent vingt francs font deux mille six cent cinquante francs, moins mille sept cents pour Apolline, soit un bénéfice net de neuf cent cinquante francs.

« La gloire ! s'écria Othello.

– Le résultat de notre travail », objecta Lulu.

Ils se congratulèrent, s'offrirent deux doubles pastis, et la discussion s'engagea pour savoir s'il était réellement inconvenant de fêter Noël près d'un mois après le 24 décembre. Othello pensait que non. Lulu, pour qui le petit Jésus n'avait jamais été qu'un santon parmi d'autres, se moquait lui aussi du changement de date.

Ils pesèrent le pour et le contre, et comme les plateaux de la balance s'équilibraient, ils commandèrent une nouvelle tournée.

« Pour se libérer l'esprit », dit Othello.

Au troisième double pastis, l'historien accepta de fêter Noël à condition d'organiser une fête laïque, sans crèche ni sapin. Quant au bibliophage, il consentit à organiser une petite cérémonie si huîtres il y avait, « et huîtres il y aura », chantonna Lulu. Au même moment, les deux hommes se posèrent une question identique : comment réveillonne-t-on ? Othello fouilla sa mémoire. Quelque trente ans auparavant, lorsque madame sa mère et monsieur son père disposaient des cadeaux sous l'arbre, ils invitaient famille et amis à déguster une dinde accompagnée d'une purée de marrons et de bouteilles de champagne. Puis, tandis que le petit John allait se coucher, les adultes dansaient sur des airs américains avant de ficher le camp, vers cinq heures du matin. Lulu ne sachant pas danser et Othello détestant la dinde, on décida de se passer de musique et de volaille. Ils payèrent, sortirent du café et se mirent en quête d'un poissonnier.

Longtemps, ils hésitèrent entre spéciales n° 1 et n° 2, belons, claires, grasses ou pas grasses, ouvertes ou fermées, avec pain blanc ou pain bis. Lulu n'ayant jamais mangé d'huîtres, Othello prit la décision. Il choisit les plus grosses, « cinq douzaines s'il vous plaît, ouvertes avec du citron.

– Z'avez un plat ?

– Non.

– Alors ce sera fermé. »

Trois baguettes, un couteau spécial, des petits pois extra-fins, une tarte aux pommes et quatre bouteilles de champagne. Plus une enveloppe. « Je n'en vends pas au détail, déclara le commerçant.

– On pourrait glisser un billet par enveloppe, proposa Lulu.

– C'est pour quoi faire ?

– Pour mettre de l'argent.

– Alors achetez un portefeuille et une grande enveloppe : l'argent va dans le portefeuille et le portefeuille dans l'enveloppe... »

Ils sortirent de la papeterie avec un portefeuille en veau retourné et une enveloppe matelassée.

« On lui fait une surprise ? proposa Othello comme ils atteignaient la rue Piat... Tu grimpes discrètement chez toi où tu prépares tout pendant que je reste avec elle. »

Othello entra chez la jeune fille tandis que l'historien hissait les sacs jusqu'au quatrième étage. Il débarrassa la table de ses ébauchons, gouges et autres ustensiles, disposa une toile cirée sur le plateau et sortit une huître du papier. Sous la lampe, il l'examina. « Drôle de bestiole », grimaça-t-il. Il prit le couteau, chercha un mode d'emploi inexistant. Intrigué, il ouvrit un vieux dictionnaire : « Huître : mollusque marin lamellibranche, comestible, dont la coquille est fixée aux rochers. » Il prit le lamellibranche dans une main et, de l'autre, fourragea avec la lame. Rien. Brancha la chignole électrique, abaissa le foret. L'huître dérapa, se perdit dans le fouillis. « Et si ça marchait ? » Il l'appela : « Mignonne, allons viens... » Comme elle n'entendait pas, il en choisit une deuxième, plus grosse. Poinçon et marteau : la coquille fut percée. Il huma l'eau de mer puis, s'aidant d'un tournevis, dégagea une substance molle qu'il considéra à la loupe avant de la goûter. Délicieux. D'un coup de marteau, il fracassa une nouvelle coquille, mais l'animal devait souffrir et il renonça. Posa une casserole d'eau chaude sur le gaz, attendit les bouillons et y précipita une quatrième huître qu'il examina ensuite sans percevoir de changement entre avant et après. « Sale bête ! » cria-t-il en revenant au couteau. Rien. Rien non plus avec la meule et la toile émeri. Il attrapa son manteau, descendit d'un étage. « Je reviens ! » cria-t-il. Il courut jusqu'à une poissonnerie de la rue des Couronnes où il demanda une huître. Comme on le regardait en souriant, il sortit une liasse de sa poche : « Je paie, vous savez... » On rit. Il s'énerva : « Alors quoi ? » C'était impossible : minimum douze, à la rigueur six, pas moins.

« Six, alors. Mais ouvertes.
– On n'ouvre qu'à partir de douze. Et z'avez un plat ?
– Non.
– Où comptez-vous les mettre ?
– Dans mes poches, voyons ! »

Ils transigèrent : une huître ouverte pour le prix de six fermées. Lulu suivit attentivement les gestes du poissonnier. Dans la rue, il goûta l'huître : merveilleux ! De retour chez lui, il en ouvrit une, puis une autre, lécha les coquilles et mangea le nerf. Au bout de la vingtième, il en eut assez et appela le bibliophage à la rescousse.

Il débarrassa la table de ses coquillages puis, religieusement, décrocha les drapeaux rouge et noir suspendus de part et d'autre de la fenêtre. Il retira les hampes des tissus, coucha les oriflammes sur le plateau et songea que boire du champagne sur ces nappes de fortune ne manquait pas de piquant.

Othello apporta assiettes et couverts, que Lulu disposa les uns à côté des autres, sur le même bord de la table.

« Tu ne crois pas, dit Othello, qu'il serait plus agréable de placer l'un de nous à l'extrémité du plateau ?
– C'est pas moral. Chez moi, personne n'a jamais présidé. »

Le bibliophage s'inclina. Lulu dissimula l'enveloppe contenant le portefeuille d'Apolline sous l'assiette qu'il lui destinait.

« Écrivons quelque chose dessus, proposa Othello.
– Soit. Donne-moi un stylo. »

Il réfléchit quelques instants, puis inscrivit : « pour apolline en témoignage d'amitié. lulu et othello. »

« Quatre fautes, dit le bibliophage. Ce n'est pas brillant.
– Comment quatre fautes ?
– Et les majuscules ?
– Depuis vingt ans, je n'ai jamais employé de majuscules, répondit Lulu, et je ne vois pas pourquoi je changerais aujourd'hui. Libertad, lui, n'en utilisait jamais. Son journal était écrit en minuscules.
– D'accord, d'accord, fit le bibliophage en allumant

des bougies : ne nous battons pas un jour comme celui-ci. »

Ils éteignirent les lumières et appelèrent la jeune fille.

Elle non plus n'avait jamais mangé d'huîtres. Pas plus qu'elle n'avait possédé de portefeuille en veau retourné. Et si Othello n'était pas responsable de la dédicace inscrite sur l'enveloppe, il n'en reçut pas moins deux baisers sonores. L'historien déboucha une première bouteille. Le champagne coula à flots – autant dans les verres que sur la table. Apolline, qui n'en avait jamais bu, estima que ça ressemblait vaguement à du cidre. Othello haussa gentiment les épaules : « Tu n'y songes pas ! »

Ils applaudirent à leur amitié, avalèrent cul sec une deuxième tournée et s'installèrent auprès des huîtres. Le bibliophage beurra les tartines tandis que Lulu gobait une petite bestiole.

En une demi-heure, tout fut consommé. Ils considérèrent benoîtement les coquilles vides et fouillèrent le tas pour trouver des particules et même de l'eau. Puis Othello alla chercher les petits pois dont on fit passer la triste saveur en accompagnant le légume de rasades champagnisées, qui provoquèrent bientôt des bulles dans les esprits. Bulles chez Apolline qui, en riant, dit qu'elle n'avait jamais fêté Noël un 21 janvier; bulles chez Othello, qui proposa une explication de texte relative à deux phrases de Kafka : « Une cage partit à la recherche d'un oiseau » ; « Tu t'es ridiculement harnaché pour ce monde » ; bulles chez Lulu, qui s'interrogeait : « Et si j'offrais à Maryse une robe cousue dans ce drapeau ? »

Othello écrivit le titre d'une ode qu'il composerait le lendemain : « Aujourd'huître ».

« Si on allait chercher Maryse ? demanda Lulu.

– Comment écris-tu Maryse ? interrogea le bibliophage, goguenard.

– M majuscule…

– C'est tout ce que je voulais savoir, coupa le bibliophage. Monsieur vit dans la contradiction. » Et il entreprit d'expliquer à Apolline comment, parce que dans son journal, un certain Libertad avait décidé de ne pas utiliser de majuscules, Lulu…

« La langue écrite n'est pas la langue parlée ! s'écria l'historien.

– Quelle différence ?

– Quand je parle, cela ne me dérange pas de mettre des majuscules aux mots.

– Donne des exemples. »

Lulu réfléchit quelques secondes, puis : « Je dis : j'aime Maryse. Où est la faute ?

– Tu n'as pas mis de majuscule à "Maryse".

– Tu as perdu : j'en avais mis une.

– On recommence, proposa Apolline. Vas-y. »

Lulu s'appuya contre le mur et dit : « J'aime Maryse. »

– Majuscule, lâcha Othello sans hésiter.

– Erreur : j'avais choisi la minuscule. Logiquement intelligent, mon cher.

– Stupidement illogique, rectifia le bibliophage.

– De toute façon, reprit Lulu, il n'existe pas beaucoup de différence entre un intelligent et un stupide. Exemple : un stupide n'est pas assez intelligent pour se poser la question de savoir où il va. Un intelligent n'est pas assez stupide pour s'imaginer qu'il va quelque part. Un intelligent stupide cherche son chemin. Un intelligent intelligent devient intelligemment stupide en ne cherchant pas des voies qu'il sait inexistantes. Bref, le stupide et l'intelligent marchent main dans la main, tête baissée : le premier par stupidité, le second par intelligence.

– Répète », dit Othello.

Il répéta.

Apolline : « Lulu et moi sommes des intelligents stupides, et Othello un intelligent intelligent. Coupons la tarte. »

L'intelligent intelligent prit un double décimètre sur l'établi de l'intelligent stupide, traça, au couteau, un triangle équilatéral et trancha à partir des sommets.

« Pourquoi aimes-tu Maryse ? demanda-t-il ensuite.

– Je ne sais pas. Je le sens.

– Moi aussi, commença Apolline, je sentais que j'aimais Estibal… »

L'historien s'empressa d'ouvrir la troisième bouteille de champagne, dont il lui versa un verre plein. « À toi », dit-il en choquant les godets. Et, comme elle ne répondait pas, il lui donna un gage : « Si je voulais acheter l'immeuble, comment devrais-je faire ?

– Combien coûte-t-il ?

– Mettons dix millions de centimes.

– Il faudrait qu'on t'aide.

– Alors aidez-moi…Tu sais que je vends une pipe environ soixante francs, qu'Othello touche vingt francs par livre et qu'une promenade d'une heure avec chien rapporte dix francs.

– Je joue aussi, dit Othello.

– D'accord, répondit Lulu. Mais à une condition : j'habite au quatrième, Apolline au troisième, tu dois habiter au deuxième. »

Le bibliophage réfléchit quelques secondes, puis : « Ça marche. J'emménagerai le mois prochain.

– Formidable. Calculons. »

Au bout de vingt minutes, Apolline abandonna son stylo et dit : « Avec cinq cent cinquante-cinq pipes, mille six cent cinquante livres et trois mille trois cents heures de promenade, on achète l'immeuble…

– Il va falloir travailler, dit Othello.

– Combien de temps te faut-il pour fabriquer une pipe ? demanda Apolline à l'historien.

– Trois heures sans compter le culottage.

– Othello, tu vends un livre en combien de temps ? »

Le bibliophage s'absorba dans de savantes interrogations avant d'avancer : « Une demi-heure.

– Je calcule », dit Apolline.

Elle additionna, multiplia, divisa, puis annonça que le rachat de l'immeuble leur coûterait cinq mille sept cent quatre-vingt-dix heures de travail.

« En jours, ça fait combien ? demanda Lulu.

– Sept cent vingt-quatre, soit deux cent quarante et un

jours pour chacun de nous. À raison de huit heures quotidiennes.

– En mois ? balbutia l'historien.

– Huit.

– Pas croyable ! Dans huit mois, nous serons ici chez nous ! »

Les deux autres tentèrent bien de lui expliquer qu'on avait oublié le temps consacré à la vente des pipes, que les livres ne se trouvent pas davantage sous la coquille d'une huître que les chiens dans la gousse d'un petit pois, rien n'y fit : Lulu était transporté. Il se voyait déjà l'heureux propriétaire d'une maison achetée dix millions, qu'il ne revendrait jamais et où tous les exclus du monde se retrouveraient. Une arche de Noé.

Tandis qu'Apolline et Othello s'assoupissaient, il reprit la feuille sur laquelle la jeune fille avait fait les comptes. Deux cent quarante et une journées de travail pour chacun d'eux. C'était possible. « On va y arriver, murmura-t-il. Deux cent quarante et un jours, ça ne fait même pas un an. » Il refit les calculs, laissa une marge pour les méventes, se rassura. Dans une année au mieux, deux au pire, l'immeuble serait à eux. Lulu propriétaire deviendrait Lulu syndic. Et Lulu syndic prendrait trains, avions et autorails pour amener chez lui les exclus des quatre continents ; plus les autres s'il y en a. De tous les coins du monde, arriveraient les battus de l'histoire : des centaines de réfugiés, des milliers de prisonniers, tout ce que le globe compte de personnes enfermées, spoliées, torturées.

« Je déconne », fit Lulu propriétaire. À nouveau, il se pencha sur la feuille d'Apolline : deux cent quarante et un jours, soit huit cent vingt-cinq heures pour Othello, trois mille trois cents pour la jeune fille et mille six cent soixante-cinq pour lui-même. Il tiqua. Refit les calculs. C'était bien cela. Abasourdi, il s'assit devant la table et sombra dans un profond cafard. Lui qui rêvait d'habiter passage Vilin, lui, Lulu, ami de l'Ancien, réalisait que s'il fallait trois mille trois cents heures de travail à Apolline pour gagner ce que lui-même gagnait en mille six cent soixante-cinq heures seulement, c'est qu'il était un privilégié. Un privilégié comme les autres. « Non ! » s'écria-t-il avant de s'écrouler sous la table.

Dès le 22 au matin, ils furent pris dans les nasses des désillusions. La réalité entrava la démesure. Il fallait se soumettre aux faits et revoir les décisions prises sous le coup d'une fièvre qu'Othello appela l'ivresse de l'esprit. Déménagerait-il ? Lulu achèterait-il ? Apolline oublierait-elle ?

Othello se découvrit des manières de vieux garçon : s'il aimait la maison de la rue Croix-Saint-Simon, ce n'était pas tant pour son jardin ou ses vastes pièces que pour l'image de lui-même qu'elle lui renvoyait. Les livres empilés, les cartons, la table sur laquelle il écrivait le rassuraient. À tout prendre, il préférait avoir chaud ici que froid ailleurs.

Lorsqu'il rejoignait ses amis, le bibliophage s'arrêtait au deuxième où, dans un appartement humide et nauséeux, il prenait des mesures : la table ici, les bouquins là. Et lui ? Pas vraiment ici, ni là. Donc ailleurs. Navré, il montait au troisième.

Apolline attendait que ça passe. Si elle tentait de tricher, plaisantant ou riant, personne n'était dupe, elle moins que quiconque : les souvenirs la taraudaient toujours. Pensées et actions étaient encloses entre des parois de carton-pâte qu'elle crevait parfois, mais qui s'obstruaient aussitôt percées. Derrière ces murs où reposait le soldat, existait un paysage différent vers lequel l'attiraient Lulu et Othello sans qu'elle sût s'y rendre. Cela viendrait, elle le savait. Mais quand ?

Début février, elle alla au bazar où M. le directeur l'accueillit fraîchement. D'abord. Mais quand Apolline lui eut tendu l'enveloppe de papier Kraft qui contenait l'argent de ses amis, le futur responsable au siège se fit affable : « Asseyez-vous ma chère, on va faire un brin de causette. » Elle ne le voulut pas. Comme elle se dirigeait vers la sortie, son ancien patron se leva, lui prit le bras et, au creux de l'oreille, l'informa du renvoi de M. le chef du personnel, pris la main dans le sac alors qu'il détournait la marchandise. « Et de deux, dit Apolline en se dégageant. Le troisième, ce sera vous ? »

Lulu avait refait tous les calculs. Mais le jour où Apolline alla au bazar, l'historien reçut une étrange visite qui balaya d'un coup les colonnes de chiffres en même temps que toutes les conjectures.

C'était un homme sans intérêt. Il parlait correctement, souriait de la bouche et non du regard, se touchait souvent le front… Il s'annonça comme le représentant d'une compagnie chargée de contacter certains propriétaires en vue du rachat de leurs domiciles. Il s'en expliqua. Onctueuses, ses phrases enrobèrent tout d'abord une réalité beaucoup plus immédiate que le chargé d'affaires finit par dévoiler : on voulait racheter l'appartement du quatrième. Dix millions. Lulu n'écouta pas davantage. Tandis que son visiteur parlait d'« avantages », de « rues », de « quartiers », il multiplia dix par quatre et obtint le chiffre quarante. Il avait compté sur dix millions alors que l'immeuble en valait quarante ! Il laissa partir le démarcheur en promettant une réponse rapide, « pas plus de trois mois », fit-on, « pas plus de trois mois », assura-t-il avant de fermer la porte. Il jeta la carte de visite dans la poubelle, quelques chiffres sur une feuille, aligna des colonnes de zéros, travailla jusqu'au soir pour enfin admettre que Lulu propriétaire n'existerait jamais.

Cette désillusion se doubla bientôt d'une grave affection thorézienne. Sournoise jusqu'alors, la fièvre dégénéra en crise. Le secrétaire général se prit à loucher ; des boutons lui vinrent ; il perdait tantôt un œil, tantôt une oreille. Démoralisé, Lulu ne parvint plus à sculpter de visages ressemblants. Thorez s'habilla des cornes du diable.

Le 9 février au soir, les trois habitants de la maison se réunirent dans l'appartement de l'historien. Othello se dénonça comme vieux garçon et piètre écrivain. « L'un ne va pas sans l'autre », décréta habilement Lulu. On réfléchit. Ce qu'il fallait à Othello, c'était une vie nouvelle. Un risque devait être pris, qui apparaissait clairement aux deux autres : leur ami devait emménager passage Vilin où, à défaut d'un jardin, il trouverait de l'affection, un comité de lecture compétent, une promiscuité favorable à l'échange. « Je vais réfléchir », promit Othello.

On passa au cas Apolline. Si personne ne pouvait l'aider à effacer l'image d'Estibal, du moins essaierait-on de remplacer les actes vides dont elle se plaignait par des actes nécessaires.

« Combats l'absurdité par l'absurde, proposa Othello.

– Comment ?

– En regardant le monde. »

Lulu souffrait de ne pouvoir acheter l'immeuble et de n'oser confier son amour à Maryse. Au terme d'une longue discussion, l'assemblée décréta que s'il avait acquis tous les appartements de la maison, l'historien eût agi en contradiction avec la morale qu'on lui supposait, et aussi avec celle de l'assemblée qui, tout bien considéré, n'eût pas cautionné une telle opération. Quant à Maryse, Lulu devait aller la trouver, chercher dans ses gestes et ses paroles les signes d'un amour partagé et, s'ils n'existaient pas, se débrouiller pour les faire apparaître. En la voyant plus souvent, par exemple…

« Fort bien », approuva Lulu, qui consacra trois matinées successives à chercher un moyen lui permettant de rencontrer Maryse régulièrement.

Othello visita l'appartement du deuxième. Il compta ses ouvrages, acheta du papier millimétré, dressa des plans et emménagea quatre fois par jour, en rêve délicieux ou en cauchemar. Rêve : communauté d'artistes, j'aurai chaud, on mangera à table. Cauchemar : bruit, mouvement, je m'occuperai du ménage.

Incapable de trancher, il jouait la décision à pile ou

face. Pile, j'y vais, face, j'y vais pas. C'était pile, la revanche donnait face, la belle précédait de douloureux débats.

À neuf heures, il y allait, à dix heures, il renonçait, à six heures, le vieux garçon se rendait rue Croix-Saint-Simon que l'artiste quittait vingt minutes plus tard.

Il fit un test : s'étant enfermé chez lui, il écrivit le premier quart d'un premier commencement de chapitre, qu'il poursuivit passage Vilin. Laissa mûrir. Compara et soumit au comité de lecture, qui fut unanime : « La fin est bien meilleure que le début ; c'est mieux senti, mieux écrit, il y a du chef-d'œuvre dans la deuxième partie. »

Il fallut près d'une semaine pour transporter les caisses de la rue Croix-Saint-Simon au passage Vilin. Le premier jour, on empila dix cartons sur les quais de la station Avron, le métro arriva, on n'eut que le temps d'y faire entrer huit colis, Lulu partit avec la cargaison tandis qu'Apolline et Othello surveillaient le reste du chargement. « Je saute ? » se demanda l'historien en arrivant à Couronnes. Mais il y avait foule : seuls quatre cartons se retrouvèrent sur le quai ; les autres se perdirent vers Belleville et Colonel-Fabien.

« Je reste chez moi ! » hurla le bibliophage. On fit des réclamations ; elles n'aboutirent pas. Le lendemain, la jeune fille soudoya le chef de gare qui accepta d'attendre que le chargement fût entreposé dans la voiture pour donner le signal du départ. On chargea vingt caisses. À Couronnes, oubliant les déménageurs, le conducteur repartit au bout de quinze secondes. Sur le quai : Othello et six cartons. Apolline en descendit six autres à la station suivante, et Lulu le reste à Colonel-Fabien.

Au bout de deux jours, on en revint à un système plus simple : la jeune fille mettait en caisse et les deux hommes s'engouffraient dans le métro, chacun tenant trois cartons.

« Pour la table, on va rigoler », dit le bibliophage.

Ce fut simple : on l'enveloppa dans des couvertures et,

à trois, ils la portèrent dans les rues, lui firent descendre les escaliers du métro, enfin la remontèrent à Couronnes.

Lorsqu'il l'eut dénudée dans son nouvel appartement, Othello se sentit chez lui. « C'est mieux que ce que j'avais imaginé ! » s'écria-t-il.

Enfin, arriva le jour du Caddie. Le bibliophage avait exigé d'attendre le soleil pour transporter sa machine. « À cause de la rouille, tu comprends, avait-il expliqué à Apolline.

– Quelle importance ? En métro…

– Tu as déjà vu un Caddie prendre le métro ? »

Le Caddie allait prendre la route. Itinéraire prévu : rue Croix-Saint-Simon, perpendiculaire à gauche, deuxième à gauche, première à droite, tout droit jusqu'à la place Gambetta, à gauche, deuxième à droite, tout droit, rue des Couronnes à gauche, première à droite.

On dit adieu à la maison d'Othello et le Caddie vira à droite, remontant le boulevard Davout. « Joli temps pour rouler », jubilait le bibliophage tout en poussant. Et, flattant sa bête : « Une sacrée machine que celle-là ! »

On s'aventura sur le boulevard. Othello tendit le bras, tourna, se rabattit, s'engagea dans la rue des Orteaux et poursuivit sereinement son chemin. Hélas, la rue du Clos était dans le mauvais sens.

« On la prend quand même, risqua Lulu.

– Et le sens interdit ! s'indigna Apolline.

– Absolument, renchérit le bibliophage. Détour. »

On continua dans la rue Saint-Blaise jusqu'à Vitruve, qu'on descendit sur la gauche jusqu'à la rue des Pyrénées. Othello souriait benoîtement. Il flanqua un coup de pied à un chien qui, profitant d'un feu, s'apprêtait à lever la patte. Derrière, les voitures klaxonnaient.

« Monte sur le trottoir », hasarda l'historien. Mais, haussant les épaules, Othello continua son chemin, le regard fixé sur la longue, longue route qui l'attendait encore. Quand il arriva passage Vilin il était fourbu. Fier néanmoins d'avoir fait porte de Montreuil-Belleville sans étapes et en une heure à peine.

Tous s'émerveillèrent de cette promiscuité nouvelle qui ne ressemblait en rien à la vie menée jusqu'alors. Au quatrième, se trouvait le bric-à-brac de l'historien ; au troisième, les coussins et les tentures d'Apolline ; au deuxième, la table et les livres d'Othello. Trois espaces différents, jamais neutres.

Après avoir rangé ses volumes et choisi l'emplacement de la table, le bibliophage décida d'entreprendre une œuvre, roman ou essai, qu'il achèverait pour de bon. Il acheta des feuilles, ni trop ni trop peu glacées, d'un grammage moyen et vaguement grises – ce qui évitait le reflet de la lampe, expliqua le marchand. Dans une grande papeterie, il envoya promener le vendeur qui osa lui suggérer d'acheter un stylo plutôt que les crayons légèrement gras qu'il avait choisis. Se munit d'une gomme blanche et d'un canif puis rentra chez lui. Il entreprit d'abord de tailler ses trente crayons qu'il acheva d'affûter à la lime à ongles en sorte que les mines eussent l'aspect pointu mais légèrement contondant qui lui semblait correspondre idéalement à l'épaisseur et à la trame de ses six ramettes.

Après trois jours passés sur l'outil de travail, il disposa son bureau face aux livres, rechercha l'éclairage adéquat – qui devait faire tomber un halo sur la table tout en maintenant le reste de la pièce dans l'obscurité –, emprunta des coussins à Apolline et prépara la couche moelleuse qui devait accueillir le poète entre deux vagues d'inspiration. Puis il plaça sa table légèrement de biais afin de sauter plus rapidement du matelas au fauteuil au moment où il lui faudrait traduire par écrit l'image apparue dans sa tête.

Un soir, il annonça à ses amis ses intentions : toutes les nuits, il travaillerait.

« Tu commences quand ? demanda Apolline.

– Ce soir », répondit l'artiste.

Hélas, la digestion fut difficile. Encombré par un aïoli copieusement arrosé, le cerveau céda devant l'estomac. Qui ne put lui-même résister à l'assaut des mannes célestes : Othello s'endormit. Réveillé à six heures, il fut incapable de retrouver les dispositions de la veille. On reprendrait ce soir.

Il tint le coup jusqu'à deux heures. « Alors ? » demanda Apolline le lendemain matin.

« Je crois que j'ai été bon », mentit le bibliophage…

Les nuits suivantes se déroulèrent selon un scénario identique : à minuit, Othello pénétrait dans sa chambre, arrangeait meubles et éclairage en sorte que le cadre séduisît les muses, puis il taillait ses crayons et alignait ses feuilles de papier. À une heure, il s'asseyait devant sa table, se relevait pour rectifier la lampe, s'asseyait à nouveau, bâillait, prenait quelques notes en rapport avec une idée survenue brusquement (y a-t-il de la margarine dans le frigo ?), considérait ses livres, déplaçait quelques volumes, retaillait une mine, étendait ses pieds, vérifiait l'heure, dissimulait sous le matelas un réveil dont le tic-tac était gênant, se demandait si après « gênant » il fallait ajouter « à la longue », enfin dressait la tête, fermait les yeux, se saisissait d'un crayon et commençait : « Sous le matelas, il dissimula un réveil dont le tic-tac se révélait gênant à la longue. »

Puis il raturait et recommençait, plus lentement cette fois :

« Sous le matelas, il dissimula un réveil dont le tic-tac à la longue se révélait gênant. » Enfin : « Le tic-tac du réveil se révélant gênant à la longue, il glissa l'appareil sous le matelas. »

Il remplissait ainsi deux ou trois feuillets qui ne le satisfaisaient pas. Alors il s'allongeait sur le lit pour se redresser au bout d'une seconde : si le poids de son corps écrasait le réveil ? Après l'avoir déposé sur le bureau, il revenait au lit, s'installait sur le dos, bras sous la nuque. Et pensait aux tic-tac, à la margarine, à la peinture de sa chambre, à la crampe qui lui montait dans la jambe.

Une demi-heure plus tard, il dormait.

Chaque matin, il déjeunait avec ses deux amis, qui l'interrogeaient sur l'œuvre en cours. « Ça avance, ça avance… », grommelait-il. Puis il aidait à l'entretien de la maison, descendant des rallonges électriques depuis le quatrième, ou triant le linge, qu'il lavait deux fois par semaine.

Aux tours et autres systèmes de roulement, ils avaient préféré une organisation reposant sur les goûts et les aptitudes. Attiré par l'outil, Lulu devint responsable du matériel (affûtage des couteaux, entretien général) ; comme l'amidon ne dérangeait pas Othello, on lui confia le soin de s'occuper de la lessive ; aimant coudre, Apolline reçut le poste du raccommodage. On décida de faire ensemble les courses et la vaisselle. L'argent, bien sûr, fut mis en commun. Nommée au budget, Apolline établit des comptes d'autant plus stricts que la mévente des pipes et des livres – traditionnelle en cette période de l'année – imposait des sacrifices. Sacrifices sur la viande, sur le vin, sur les loisirs. « Et Maryse ? » demandait anxieusement l'historien. « Ah, Maryse ! » On lui débloqua deux billets pour une première visite et une promesse d'à-valoir pour une seconde, à condition qu'il voulût bien attendre la mi-mars. « C'est ça, dit Lulu, ravi. Je l'inviterai à dîner le 18 mars, jour anniversaire de la prise des Buttes par le peuple de Paris… »

Le 24 février, muni d'un bloc et de plusieurs crayons, il se rendit chez la jeune femme. Prétexte : il reproduirait son portrait sur les pipes qu'il vendait au Père-Lachaise ; ainsi la verrait-il souvent…

Maryse n'étant pas à l'entrée de l'immeuble, Lulu grimpa jusqu'au quatrième étage. Il frappa à la porte. De l'autre côté de la cloison, une conversation cessa. Puis une voix – la sienne : « Qui est là ?

– Moi.

– Qui ça, "moi" ?

– Lulu. »

Silence.

« Non mais ça alors, il est cinglé celui-là ! Redescends, je suis occupée.

– Ah, pardon ! »

Honteux et confus, l'historien regagna la rue. Des femmes lui sourirent. Il ne les regarda pas. Fidèle. « Verrai-je cet homme ? se demandait-il. Est-ce un nabot ou un grand capitaine ? » Courageusement, il fixa le couloir. « Ah, le voilà ! Mais… Mais j'ai déjà vu ça quelque part ! Où ai-je rencontré ce crâne-là ? » Il se promit de poser la question à Maryse. Qui, justement, sortait du bâtiment. Il se dirigea vers elle et, lui ayant serré la main (on n'embrasse pas Maryse dans la rue), dit : « J'ai déjà vu l'homme qui sort de chez toi.

– Ça m'étonnerait, répondit-elle : c'est mon ami.

– J'ai dû me tromper », bafouilla l'historien, cueilli par le ton glacé qu'elle avait employé.

Maryse était pâle. Elle demanda : « Tu veux monter ? », à quoi Lulu répondit que oui, et ils montèrent.

« Je ne suis pas vraiment en forme, avertit la jeune femme en ouvrant la porte de sa chambre.

– Je veux seulement te regarder.

– À poil ou pas à poil ?

– Habillée. Juste ton visage. »

Elle s'appuya contre le mur.

« Je t'ai apporté quelque chose », dit Lulu en déposant les deux billets sur la table. Puis : « Tu es triste ? » Elle secoua la tête. « Rien d'important. Il m'a engueulée… » Allait-il lui dire qu'il était content de la revoir, qu'il lui offrirait bien une croisière, que son amour pour elle n'avait pas faibli, que le couvre-lit jurait avec le tapis ? Il la regarda. Pour le nez, c'était parfait ; pour la bouche et le menton aussi. Il y aurait des problèmes avec les cheveux, mais il s'en arrangerait. Du corps, il se souviendrait. Il imaginerait d'autres vêtements. Ça collait à merveille. « Bon alors, dit-elle en le dévisageant, tu veux quoi ? » Comme elle dégrafait son chemisier, il l'arrêta : « Je ne suis pas venu pour ça. »

Elle se campa face à lui et dit : « Tu es vraiment un grand malade. L'autre jour tu m'amènes une copine, tout à l'heure tu viens frapper chez moi et maintenant tu ne veux rien. Alors ?

– Je vais t'expliquer, commença Lulu. Je fabrique des pipes à l'effigie de Thorez que je vends au Père-Lachaise. Je voudrais y joindre d'autres bouffardes représentant Marianne. »

Elle ne comprenait toujours pas :

« Quel rapport avec moi ?

– Je voudrais que tu me serves de modèle… »

Elle éclata de rire.

« Moi, la France vendue aux touristes ? »

Lulu était désemparé.

« Je te donnerai un pourcentage… »

Maryse accepta finalement de se prêter à quelques séances de pose. « Une heure chaque fois », précisa-t-elle.

C'était plus qu'il n'en fallait. Lulu prit l'habitude de se rendre chez elle. Assis sur une chaise, il la croquait, dessinant des Marianne nues, en bikini, nattées ou chignonnées. Il les représentait tantôt endormies sur une plage, au bras d'un homme, allongées sur une chaise longue. Et la plage se prolongeait vers la mer, l'homme ressemblait à l'historien… À la cinquième séance, comme Lulu dessinait un dauphin jaillissant d'une mer moutonneuse sur laquelle voguait un voilier blanc, Maryse regarda la feuille et s'empara du crayon – qu'elle brisa entre ses doigts « parce que, s'écria-t-elle, faudrait pas me prendre pour une imbécile, ma bobine je veux bien mais pas sur un tableau représentant un lever ou un coucher de soleil qu'un de ces quatre tu vas te mettre à colorier, et tes pipes alors ?

– Mes pipes ? demanda stupidement l'historien.

– Tu crois peut-être que sur un culot de bouffarde tu pourrais sculpter primo Maryse, secundo un dauphin, tertio un trois-mâts ? »

Lulu fut congédié. Océans, chaises longues et accessoires divers tombèrent au champ d'honneur. Apparut Maryse, trois quarts profil, bonnet phrygien sur la tête, lèvres serrées. Du papier, elle passa à la bruyère, d'abord sur un vieil ébauchon puis sur une racine au grain serré, la seule que possédât le maître pipier. L'angle d'attaque fut choisi de telle sorte que les deux points de mastic exigés par le bois fussent exactement disposés à l'emplacement des prunelles. Ce qui conféra à la jeune femme un regard tendrement mouillé et qui valut à son créateur un long long baiser, preuve que le modèle était satisfait du cadeau.

Il plut le 2 mars. Il pleuvait le 2 mars. Quatorze mois plus tard, Lulu devait se souvenir très exactement de quoi fut faite cette journée, triplement historique : le 2 mars 1871, après vingt-quatre heures de parade, les troupes prussiennes quittaient Paris, livré à Bismarck par l'assemblée de Bordeaux. Le 2 mars 1974, Puig Antig était garrotté par Franco. Le 2 mars de cette année-là, une camionnette se rangea le long du n° 10.

Il y eut remue-ménage. Descendu dans la rue, Lulu constata que seuls ses volets et ceux de la maison voisine restaient ouverts. Les autres protégeaient des pièces vides, semblables aux façades closes pourvues de drapeaux noirs et aux statues voilées qui accueillirent les armées prussiennes en 1871. Le Louvre, alors, était bouché, comme l'était ce jour-là l'entrée du n° 10, encombrée de caisses et de vieux meubles. Sa dernière famille quittait le passage. À distance, Lulu regarda la camionnette dans laquelle père, mère et enfants jetaient des cartons et des valises. Gestes ultimes d'une troupe pliant bagage : on emballait et on chargeait silencieusement, sans plus songer à combattre puisque l'armistice avait été signé – par d'autres. Agences et propriétaires s'étaient donné le mot, Bismarck et Thiers avaient signé une trêve. Le sort de Paris était scellé ; les barricades dressées rue du Faubourg-Saint-Honoré n'y changeraient rien. Et s'ils ne déménageaient pas d'eux-mêmes, on les chasserait.

Lulu voulut aider. « Non merci », lui dit-on. Il resta un moment près de la voiture, les mains dans les poches, navré. Les gosses, peut-être… Mais ni le garçon ni la fille ne répondirent à ses clins d'œil. Pis : ensemble, ils haussèrent les épaules. Lulu remonta chez lui. À midi, tout était terminé. Lorsqu'il entendit patiner les roues de la camionnette, l'historien redescendit. Les pieds dans la boue, il regarda les façades grises. L'eau dégoulinait par endroits, là où les gouttières avaient crevé. Et des fissures portaient les rigoles jusqu'à la terre, grasse et molle, dépourvue de verdure. Murs noircis luisant sous la pluie, ardoises disjointes : tout était vieux ici. Même le silence. On eût dit un lieu relégué depuis longtemps dans un abîme d'exil. Lulu suivit les traces laissées par les roues de la camionnette. Puis il descendit la rue Vilin. Quelques familles logeaient encore sur les hauteurs, mais en contrebas, avant la rue des Couronnes, il n'y avait plus personne. Des vitres brisées, des portes ouvertes, un jouet derrière un mur, une armoire ou un bahut brisés : rien d'autre.

L'historien grimpa des escaliers dont le bois, trempé par la pluie, pourrissait. S'aventura dans des pièces ouvertes sur le ciel (car les toits avaient cédé) et songea qu'il était là comme un général inspectant des terres abandonnées. Il restait seul, garant d'un siècle, père protecteur des anciens locataires. Belleville allait mourir, et cela seul comptait. Les poutres affaissées, les fenêtres sorties de leurs gonds, les lattes disjointes témoignaient d'une même réalité – tragique.

L'historien redescendit, pensif. Belleville, était-ce seulement ce périmètre noir, vingt-cinq maisons à droite, mur à gauche, des traces de pas dans la boue ?

Il remonta l'escalier qui conduisait rue Piat et par lequel, sans doute, sont descendus Flourens et ses tirailleurs. 31 octobre 1871 : on envahit l'Hôtel de Ville parce que Trochu ne veut pas la guerre et qu'à ce rythme-là Paris tombera… Parvenu sur les hauteurs, l'historien se retourna et chercha, dans la brume, la mairie de Paris. Ne vit qu'un alignement de façades, un terrain vague, des pavés où stagnaient des flaques… Comme il se penchait, il remarqua un homme qui remontait la rue Vilin.

Il le suivit du regard et, comme l'inconnu tournait dans le passage, il descendit et le rejoignit.

« Monsieur ? »

M. Daimeuse. Directeur de la société Béconier, chargée de l'aménagement du quartier. Un de ses adjoints – « mon beau-frère », précisa l'homme – est déjà venu pour faire une proposition concrète au propriétaire d'un appartement qui les intéresse. À ce jour, aucune réponse.

« Je ne vends pas », répondit sèchement Lulu.

On lui avait parlé d'une certaine somme qu'ils étaient prêts à reconsidérer étant donné le rapport de Mlle Goujon…

« Mlle Goujon ? »

Une de ses collaboratrices qui se présente toujours comme assistante sociale afin d'entrer chez les habitants, qui n'ouvriraient pas s'ils savaient.

« Quoi, cette femme travaille avec vous ? »

Si fait, ah, ah, ah. Chargée d'établir un état des lieux à partir duquel on décide si c'est achetable et à quel prix. Son rapport concernant l'appartement visé était si favorable que la somme avancée pourrait être augmentée d'un quart, voire de moitié…

« Je ne traiterai pas », gronda Lulu.

Il avait tort. Car possédant déjà les trois premiers étages de la maison en question, la société eût rénové si elle avait joui de l'ensemble. La rénovation eût évité la démolition.

« Dehors ! » hurla l'historien, oubliant que l'homme n'était entré que dans la rue. Et, les poings crispés, il le regarda s'éloigner.

La boue sécha. Vint le printemps. Lulu célébrait la Commune, Othello son œuvre, et Apolline, qui gagnait sur la veille et l'avant-veille, goûtait au plaisir de troquer de vieux habits contre d'autres, plus clairs. Désormais, la jeune fille se laissait porter. Elle ne craignait plus les jours de pluie qu'elle passait la plupart du temps avec Othello, Lulu désertant la maison pour des lieux historiques où la Commune avait laissé quelque trace.

De retour de Neuilly, elle aimait remonter la rue Vilin, je tourne à droite et je suis chez moi. Le départ des autres habitants la satisfaisait plutôt, l'absence de voisins lui permettant de croire que l'immeuble était une maison, le passage, un jardin à fleurir et l'escalier, la limite séparant un monde d'un autre. Si celui-ci la laissait indifférente, elle tenait beaucoup à celui-là.

Elle y avait pris une importance qui ne cessait d'étonner les deux hommes : comment avait-on pu se passer d'elle ? Le matin, elle s'éveillait toujours la première. Et si un quart d'heure après avoir tiré ses rideaux, aucun bruit ne parvenait des étages, Apolline pénétrait chez Othello qu'elle tirait de son lit en criant : « Debout ! Aujourd'hui, tu vas écrire sous un ciel superbe ! » Puis montait chez Lulu qui, sous ses couvertures, enfilait un caleçon. « Monsieur a veillé trop tard cette nuit ! s'exclamait-elle en ouvrant la fenêtre. Et tes pipes, ça avance ? » Elle examinait les Maryse/Marianne, convenait que comparé à elle, Thorez ne valait pas un pesant de cacahuètes et, enfin, s'occupait du café tandis que les deux hommes s'apprêtaient. On déjeunait chez l'historien, qui inaugurait la journée par un rappel des faits suivi d'une dissertation sur la Commune, « révolution antiautoritaire, je vous le dis et vous pouvez me croire… ».

« Mange », conseillait Apolline tandis qu'Othello bâillait à s'en décrocher la mâchoire.

Entre la Commune de l'historien et l'œuvre du bibliophage, la jeune fille ne savait plus où donner de la tête. À chaque repas, Eugène Varlin et les frères Goncourt s'asseyaient à la table. Elle commençait par les écouter sereinement, mais venait toujours un moment où les nerfs lâchaient. Elle râlait : « Changeons de sujet, voulez-vous ? » Mais comme ils y revenaient toujours, elle finissait par se mettre en colère : « Vous me prenez pour votre mascotte ou quoi ? Et moi, là-dedans, qu'est-ce que je deviens ? »

Ces coups de colère ravissaient les deux hommes : Apolline, leur Apolline changeait ! Lorsqu'elle avait tourné les talons, ils se regardaient, hochaient la tête en disant : « On en a vu d'autres. » Puis, tels deux vieux complices ils riaient sous cape. Dès que la porte se rouvrait, ils affectaient la peine la plus profonde. « Alors, demandait la jeune fille, vous venez faire les courses ? »

Ils se réconciliaient toujours à l'extrémité du passage. Radieux, Othello considérait Apolline : elle s'intéressait à son œuvre ! Lulu quant à lui s'émerveillait d'avoir rencontré une personne qui, enfin, lui faisait des reproches…

D'elle, ils avaient tout accepté : les réveils en fanfare, le ménage « en grand » et même les séances de gymnastique. La jeune fille les avait imposées pour des raisons d'hygiène et de santé. À Lulu, elle avait dit : « Tu tousses trop » ; et à Othello : « Dans dix ans, tu seras bossu. » Le premier avait bien tenté de minimiser la gravité de son asthme (consécutif aux gaz lacrymogènes) et le second l'importance de sa lordose (commune à tous les écrivains, qui travaillent assis), Apolline n'avait rien voulu savoir : « Gymnastique quotidienne. À nos âges, il faut prendre soin de son corps.

– Mais on a trente ans de plus que toi !

– Et alors ?
– Nous sommes moins souples !
– Raison de plus. »

Tous les matins, ils se retrouvaient donc devant la maison, Lulu en maillot rouge et short noir, Othello en survêtement, Apolline en pantalon et tennis. Ils effectuaient mouvements et tractions sous l'œil réjoui des gamins du quartier, qui ne manquaient jamais ce spectacle. Lulu bougonnait : « A-t-on déjà vu un révolutionnaire plier les jambes ainsi ? » Et Othello : « Ça tue l'inspiration ! » « Un, deux, trois, commandait Apolline. Othello, plus bas ! Lulu, tends la main ! »

Le premier était bon en pompes (comme il disait), le second remportait les épreuves de saut en longueur. « À petite tête, grands pieds, remarquait l'historien : je ne conteste pas.

– À petit fondement, grandes jambes, répliquait l'autre : je ne conteste pas non plus.

– C'est fini ? » s'impatientait la jeune fille.

À l'issue de ces séances, elle remontait l'escalier jusqu'aux premières hauteurs d'où elle respirait la nouvelle saison. Elle s'abreuvait d'un vent tiède et s'amusait à voir gonfler son épiderme. Aimant le printemps, elle découvrait le bonheur des saisons, s'étonnant de ce plaisir nouveau qui passait par des soies légères et des ballerines souples. « Tu vas prendre froid ! » s'écriait parfois Othello lorsqu'elle marchait devant lui, vêtue d'une jupe et d'un chemisier léger. « Quelle importance, riait-elle, vois comme il fait beau ! »

Il lui fallait des vêtements de papier et une chevelure sans attaches. Quand elle rêvassait sur le terrain vague de l'ancienne villa Faucheur, elle avait envie d'appeler à elle les quelques ménagères qui grattaient dans leur cuisine.

Désormais, le quartier la connaissait. Chacune de ses balades se terminait au café du Savoyard, où le patron lui offrait une grenadine. « Pour la petite », disait-il en s'inclinant derrière son comptoir.

« Et si la petite n'aimait pas la grenadine ?

– A-t-on déjà vu des jeunes filles ne pas aimer la grenadine ?

– Oui, répondait Apolline en riant. Moi, j'aime le champagne. »

Elle buvait quand même.

Souvent, on lui demandait d'où elle venait. « Du Fayet, répondait-elle.

– C'est loin, Le Fayet ?

– Oh ! la la ! très ! »

On l'appelait Mam'zelle Apolline. « Nous, disait l'épicier de la rue des Couronnes, on n'a jamais entendu ça : Apolline.

– Et ça vous plaît ?

– Mais oui, ça nous plaît !

– Alors ouvrez-moi un compte... »

Le boucher et l'épicier lui firent crédit. Elle payait une fois par semaine, généralement le lundi matin, lorsque Othello ajoutait à sa caisse les sommes gagnées aux Puces de Montreuil. Alors, elle offrait un extra à ses amis – bouteille de vin ou tarte aux pommes.

Il lui arrivait encore d'avoir le cafard. Surtout le soir. Mais il ne s'agissait plus de la carapace gelée qui l'avait enrobée tout l'hiver. Seulement d'un voile. Elle se persuadait alors que la montre avait changé d'heure.

« D'où te vient cette énergie nouvelle ? lui demandaient souvent Lulu et Othello.

– C'est le printemps. Ne sentez-vous pas comme l'air est différent ? »

Ils humaient sans rien déceler. « Mais si, insistait Apolline. Tout se dilate, même les couleurs. Et les gens, regardez les gens ! » Elle saluait quelques passants, qui répondaient parfois. « Qu'est-ce que je vous disais ! Et vous, alors, vous ne savez pas sourire ?

– Tu nous emportes, disait Lulu. Laisse-nous le temps d'arriver ! »

Elle ne souffrait même plus d'aller à Neuilly où, depuis qu'un berger allemand avait grossi sa clientèle, elle passait quatre heures par jour.

Elle s'amusait des compliments que lui prodiguait

M. Import-Export lorsque son épouse était absente. Une fois, il voulut l'accompagner dans sa promenade et, au moment où elle lui rendait son dalmatien, il lui proposa un voyage – Londres ou Lisbonne, deux jours à l'hôtel, elle n'avait certainement jamais vu…

Elle réfléchit.

Le lendemain, elle enfila un jean et une chemise – pourquoi changer ? – et partit à Neuilly. À six heures, elle sonnait à la porte de M. et Mme Import-Export. Elle y était, mais pas lui. La jeune fille promena le dalmatien non loin de l'entrée de l'immeuble. Lorsque le maître approcha, elle s'arrêta et l'attendit. Il vint vers elle, dit : « Bonjour, Apolline, comment allez-vous ? », à quoi elle répondit que tout allait bien, sans cesser de le regarder en face droit dans les yeux. Il se fit charmant, toucha ses cheveux en disant que ces cheveux-là étaient bien jolis, prit sa main en disant que cette main-là semblait bien fragile, considéra la jeune personne avec une assurance plutôt tendre et, enfin, proposa que l'on dînât ensemble, demain par exemple. Rendez-vous fut pris pour vingt heures à la terrasse du Flore. Se payant d'audace, Apolline tendit la laisse du chien : « Pourriez-vous le remonter ? », puis s'en fut en pensant que c'était dans la poche.

C'était. Le lendemain, il arriva devant le Flore au volant de son spider Alfa Romeo, dans lequel il poussa Apolline, « Saint-Germain-en-Laye, ça vous tente ? ». Puis il s'enfonça au creux de son siège, boucla sa ceinture de sécurité et écrasa le champignon. À cinq mille tours, il passa en seconde surveilla l'aiguille du compteur, engagea la troisième, double débrayage en talon pointe (mocassins en cuir noir, pompons effrangés), première synchro, feu rouge, stop. Il se glissa dans la file de gauche, guetta : Aston Martin à gauche, Porsche à droite. Fit patiner l'embrayage, tendit les avant-bras, partit le premier, doubla le premier, arriva le premier. La place était vide. Il en fit deux fois le tour en dérapage contrôlé, dit « Merde, qu'est-ce qu'elle vire bien ! », s'offrit une petite séance supplémentaire histoire d'entendre crisser les pneus sur l'asphalte gris et s'engagea, le premier, dans la rue de la Procession. Manqua d'écrabouiller un piéton, jura contre une conne qu'a eu son permis de conduire dans une pochette-surprise, contrôla voltmètre, pression d'huile, température d'eau, altimètre et poussa une pointe jusqu'à quatre-vingts. Il pelota le Klaxon – italien deux tons –, titilla le lave-glace, enlaça le volant, glissa le long de la manette des clignotants jusqu'au pommeau du levier de vitesse qu'il recouvrit de sa paume, remonta contre le tableau de bord, écarta les bords du cendrier, chercha le bouton du frein à main, s'enfonça dans une file étroite, freina, repartit, freina, repartit, embrassa sauvagement l'avenue, vira quasiment sur place dans une ruelle, stoppa dans les soupirs des suspensions et flatta tendrement le volant : « Putain de bordel, c'est comme l'amour ! »

Apolline riait, riait, riait…

Ils reprirent les quais jusqu'à la Maison de la Radio. La jeune fille avait déjà appris, en vrac, que Bernard déteste les à-peu-près, se chauffe tout électrique, joue au tennis le dimanche matin, n'aime rien tant que le foot et le rugby…

Entre le début et la fin de l'avenue de Versailles, elle sut que les vins n'ont pas plus de secret pour lui que les femmes, qu'il apprécie plutôt les brunes, que sa santé ne le préoccupe pas car il entretient son corps, que son esprit l'encombre beaucoup en raison des efforts qu'il doit faire sans cesse et en toute occasion pour se mettre au niveau de ses interlocuteurs, enfin qu'il aime à se définir comme jovial, brillant, subtil, curieux.

Feu rouge. « Et vous ? demande-t-il en se tournant vers sa passagère.

– Oh, moi !… »

Apolline se laisse griser par la vitesse. Le vent soulève ses cheveux et emporte les paroles de Bernard qui, pour se faire mieux entendre, parle, le corps penché vers sa compagne. Car depuis longtemps, il a compris que la persévérance mène à tout jusques et y compris au succès. Son père avait déjà ça dans le sang et son grand-père également, fondateur de l'entreprise dont il a pris la direction après que son frère eut opté pour une retraite anticipée qui lui laisse les mains entièrement libres…

« … De conduire ? » interroge Apolline. Mais il n'entend pas. Et comme quatre appels de phares ne viennent pas à bout du véhicule qui précède, il déboîte sur la droite et se rabat en freinant brutalement : la queue de poisson est la seule arme des voitures rapides contre les veaux ligués contre elles, il faudrait des autoroutes dont les files seraient murées par paires, d'un côté les neuf chevaux et moins, de l'autre les dix et plus.

« Combien en avez-vous ? demande Apolline.

– Onze, répond Bernard en accélérant.

– Vous êtes un veinard… »

Il admet.

« Un jeune loup ? »

Non. Une main de fer dans un gant de velours.

« Vous êtes aussi rasoir », dit Apolline, provoquant subséquemment une embardée sur la droite, un concert de Klaxons et, espère-t-elle, des carambolages chez les dix chevaux et plus.

Elle se demandait quand, enfin, il poserait sa main sur sa cuisse, comme elle supposait qu'on devait faire en pareille occasion. Elle espérait seulement qu'il ne la prendrait pas sur les banquettes de sa onze chevaux, certainement aussi rudes que les coussins d'une caravane.

Ils pénétrèrent dans une cour sablonneuse. « Nous y sommes », dit Bernard en coupant le contact.

Il ouvrit galamment la portière et l'aida à sortir. Puis, après avoir scruté le ciel : « Orage possible, je referme. » Le spider retrouva son chapeau, et eux, une table à l'écart, pourvue de couverts étincelants et de verres en cristal.

« Qu'avez-vous fait dans la vie ? demanda Bernard.

– Rien.

– Quels sont vos projets ?

– Je n'en ai aucun.

– Êtes-vous heureuse ?

– Je ne sais pas. »

Il se troubla.

Elle sourit.

Geste un : il approche sa chaise. Geste deux : il effleure sa main. Apolline attend (va-t-il m'embrasser maintenant ?) et le regarde : sa cravate de tricot lui va bien, elle aime sa montre extra-plate, dorée. Pas d'alliance.

« Buvez-vous ?

– Non. »

Ils se dévisagent, elle narquoise, lui très sûr de soi. Il consulte la carte puis, enfin, pose sa paume sur le bras de son invitée. Leurs lèvres se rencontrent et leurs dents se choquent, sa langue recule tandis que la sienne avance, ça chatouille le palais, il tourne il tourne et elle entrouvre les paupières pour voir si ses yeux sont fermés (ils sont), décide d'interrompre la première – referme les lèvres et s'écarte : ils se sont embrassés.

« Depuis votre première visite, déclare-t-il, je souhaitais vous aimer. » Son regard est mouillé, sa main mobile. « Moi, répond Apolline, je ne voulais pas. Maintenant, peut-être...

– Quand avez-vous décidé de... ?

– Entre-temps. »

Il rit, propose un kir champagne et Apolline se demande si quelque chose a changé entre le moment d'avant et celui-ci. Dans les faits, certainement : il ose maintenant promener sa main le long de son cou et parler de ses sentiments. Pour le reste, nenni : un baiser ne l'a pas rendu plus proche. « Je ne suis pas rasoir », explique-t-il en trempant ses lèvres dans le kir champagne après avoir choqué leurs verres en disant « À nous ». Puis : « Je choisis pour vous ?

– Si vous voulez... »

Feuilleté au roquefort, cailles, cahors, frais s'il vous plaît.

Nouveau baiser, semblable au précédent. Il explique que les étreintes varient, s'amplifient, se transforment, qu'on peut y mettre du désir ou de la tendresse, selon.

« Pour vous, c'était du désir ou de la tendresse ?

– Les deux, répond-il en touchant ses ongles. Je suis incapable d'embrasser une femme sans éprouver pour elle du désir et de la tendresse... Votre feuilleté est bon ? »

Et sans attendre la réponse, il affirme qu'il l'aurait parié, provoquant un hoquet de son invitée qui repousse le plat en disant : « Je n'aime pas. »

Il est navré.

« Promener des chiens à Neuilly ne doit pas être une sinécure, lance-t-il. Mais il n'y a pas de sots métiers, savez-vous comment j'ai commencé ? » Suit une narration qui les entraîne jusqu'à la moitié des cailles, puis une seconde relative à ses goûts vestimentaires variant selon les saisons, enfin le récit du petit gars ramassé dans la rue dont il aurait fait son secrétaire particulier si cet ingrat n'avait dégoisé sur son compte auprès de collaborateurs fidèles qui le lui rapportèrent, entraînant le renvoi de ce petit salaud qui en plus, mais on ne le sut que plus tard, piquait dans la caisse.

Profiterolles au chocolat. « J'ai un cœur gros comme ça, vous savez, mais je ne supporte pas qu'on raconte des salades sur mon compte.

– Moi non plus, dit Apolline pour dire quelque chose.

– Ah ! s'exclame-t-il, nous sommes pareils ! »

Baiser. Addition.

« C'était bon ? demanda-t-il lorsqu'ils se retrouvèrent devant le spider.

– Convenable. »

Forêt. Pont. Autoroute. Cent quarante à l'heure. Main au ménisque, cent trente. Sur la cuisse, cent dix, « Enlevez votre main, s'il vous plaît.

– Allons, ma chérie…

– Apolline. Apolline et rien d'autre.

– Bon », dit-il en appuyant sur la gauche.

Cent cinquante.

« Où voulez-vous aller ?

– Où ça vous chante.

– J'ai une garçonnière…

– Si ça vous chante. »

Deux cents.

Elle devint sa maîtresse. Au début, étonnée de se retrouver allongée sur un lit où n'était pas Estibal, où aucun homme ne la prenait de force, elle s'absorbait dans la contemplation de leurs corps. Il ne lui était pas odieux ; elle l'acceptait sans amour : on pouvait donc coucher sans viol ni communion. Elle ne subit pas plus l'étreinte qu'elle ne s'y donna. Le poids de son amant (oui, son amant) sur son ventre ne lui pesa guère. Elle toucha sa poitrine et accepta ses baisers sans dégoût.

Ils se revirent. Elle appréciait Bernard pour la gentillesse dont il faisait preuve à son égard, pour les dîners au grand air qu'il lui offrait, enfin pour l'ambiance tranquille et dépourvue de drames dont il l'entourait.

Elle le voyait comme on mange et lui concédait son corps aussi facilement que sa main à l'épicier. Ce n'était ni rien ni beaucoup, pas plus trop que pas assez : c'était agréablement plat. Souvent, elle l'appelait ainsi : l'Agréablement plat.

Lulu s'offusquait : « Tu restes avec un neutre ? » Othello parlait de « nature à laisser faire », d'« assouvissements essentiels », et Apolline riait : « D'abord il ne me gêne pas, s'excusait-elle. Et puis il est si gentil…

– Un gentil neutre, rétorquait l'historien : ce sont les pires.

– Au moins te plaît-il ? demandait Othello.

– Normalement. »

Lulu en bafouillait : « Il t'offre des cadeaux ?

– Jamais.

– Côté bas, insinuait clairement le bibliophage, ça marche ?

– Je pense que oui.

– Je ne comprends rien, s'entêtait l'historien. Si je suis avec Maryse, c'est parce qu'elle me plaît au point que je lui offre des cadeaux ; parce que côté bas ça marche, et parce que je l'attire autant qu'elle m'attire. Entre nous, il y a du désir, de la passion et de la tendresse. Je reste avec elle par amour, uniquement par amour. Mais toi ?

– Je reste, je reste… », concluait Apolline en souriant.

Elle restait « pour voir » et pour nulle autre raison. « Précise », exigeaient les deux hommes.

Elle ne le pouvait pas. « Alors montre-le-nous. »

Un jour que l'épouse n'était pas à Neuilly, elle présenta l'Agréablement plat à ses amis.

« Lulu et Othello », fit-elle, « Enchantés », firent-ils, « Buvons un verre », proposa Bernard en approchant une table roulante chargée de bouteilles. Il offrit punch, Daïquiri, pastis, Martini ou scotch, se fendit de glaçons et de tranches de citron, s'assit, sourit, déglutit.

Lulu le regardait : « Qu'a-t-il de si exceptionnel ? »

Othello le regardait : « Qu'a-t-il de plus que moi ? » « Rien dans le visage, rien dans la corpulence, songeait l'historien, peut-être dans le cerveau. » Il testa : « Croyez-vous en Dieu ? » L'autre le considéra, stupéfait, et refusa de s'engager au-delà d'un « oui » hésitant. Puis leva son verre à la santé d'Apolline, qui comprimait difficilement un fou rire naissant. « Politiquement, vous êtes d'un côté plutôt que de l'autre ? reprit Lulu.

– Tes amis sont bien curieux, dit Bernard à la jeune fille, cherchant une complicité qu'Apolline lui refusa en détournant le regard.

– La curiosité est la nourriture des sceptiques, dit Othello.

– À condition qu'elle soit finement exprimée », répondit l'Agréablement plat. Lulu en frissonnait. Il vida son Daïquiri, en réclama un second, dit que les francs-maçons étaient sans doute passés par Neuilly pour aller porte Maillot déposer leurs banderoles favorables aux communards… L'autre ne savait pas que les Loges avaient appuyé la Commune. « Si fait », dit Lulu, « C'est étrange », murmura poliment Bernard, et Othello prit un livre sur une table basse tandis qu'Apolline changeait de position, car des fourmis grimpaient dans ses mollets. L'historien goûta au pastis arrosé de sirop d'orgeat, admira l'épaisseur de la moquette et la richesse du bar. « Ouaf ! » fit le bibliophage en découvrant un volume de Paul Géraldy. « Mes amis habitent Belleville, dit Apolline pour dire quelque chose.

– Belleville ? Je ne connais pas… »

Lulu se fit offrir un guignolet kirsch, puis examina Bernard, frêle de carrure, gras du bide, un pif comme c'est pas permis, où a-t-elle déniché un zozo pareil ?

« Je préfère le Daïquiri au guignolet church, dit-il.

– Kirsch, rectifia l'autre.

– Un Daïquiri, s'il vous plaît.

– Tu seras bientôt ivre », marmonna le bibliophage en prenant sa plume.

« Boire dans un espace pareil, dit l'historien en touchant la moquette, ça vaut le coup. » Puis, après avoir effleuré le tapis : « Je vous sers. » Il emplit les verres, une fois, deux fois, et à quinze heures, sur proposition d'Apolline, Bernard ouvrait une bouteille de champagne. À seize heures, ils étaient tous fin saouls. Lulu comptait les poils du tapis, Othello ficelait des alexandrins, l'Agréablement plat éructait doucement. À dix-huit heures, il fallut décamper car l'Agréablement plate approchait. Bernard les ramena passage Vilin dans son spider. Avant de le quitter, Apolline l'informa que désormais, elle ne promènerait plus le chien.

Ils entendirent rugir le moteur du spider jusqu'au bas de la rue Vilin.

« Voilà ce que le facteur a apporté », dit Lulu.

Il exhibait une lettre qu'on avait glissée sous la porte.

« Je lis : *Monsieur, suite à là visite de M. Daimeuse, nous avons le plaisir de vous rappeler l'offre faite par notre société en vue du rachat de votre appartement. À défaut d'une réponse claire et rapide, nous serons contraints d'utiliser contre les occupants des deuxième et troisième étages les moyens mis à notre disposition par la loi. Nous vous rappelons en effet que les trois premiers étages nous appartiennent.*

– Mauvais, fit Apolline en grimaçant.

– On va leur répondre. »

L'historien tira un crayon noir de sa poche. « Penche-toi », commanda-t-il à Othello.

S'appuyant sur le dos du bibliophage, il raya de deux traits la lettre envoyée par la Béconier. Puis, au dos, il écrivit :

Ems, le 13 juillet. J'emmerde la maréchaussée.

« Ce qui signifie ? demanda Apolline.

– Que je leur envoie ma dépêche d'Ems.

– Alors ce sera la guerre.

– Oui, répondit l'historien : ce sera la guerre. »

Quelques jours plus tard, Apolline crut apercevoir Guénelon au bas de la rue Ramponeau. Elle s'interrogea sur l'existence d'une relation possible entre un personnage venu déclarer la guerre et un autre qui en avait déjà gagné deux. Mais rien ne justifiant la visite de Guénelon dans le quartier – sinon un invraisemblable hasard –, la jeune fille finit par se persuader de l'erreur : l'homme qu'elle avait vu au bas de la rue Ramponeau n'était pas, ne pouvait être Guénelon.

Lulu invita Maryse dans ses appartements. Elle essaya les sifflets à roulette, s'esclaffa en découvrant la collection de tracts, proposa qu'on fît une descente de lit des drapeaux cloués aux fenêtres. Lulu ne moufta point. Rien ne pouvait refroidir l'amour qu'il lui portait. Il l'aimait. De très loin et presque plus charnellement depuis que sa déesse avait enfin accepté de venir passage Vilin. « C'est simple, lui avait-elle dit : ou nous devenons amis, ou tu restes un client. Je n'accepterai aucun billet d'un ami que je ne saurais considérer comme un client. Choisis. »

Lulu y avait longuement réfléchi. Il ne souhaitait pas plus devenir un client vaguement ami qu'un ami vaguement client. Non plus que seulement client ou seulement ami. Beaucoup d'amitié pour un petit rapport client, voilà ce qui lui convenait. Encore qu'à y bien penser, il s'était découvert incapable d'entretenir avec Maryse des rapports mitigés, faits d'une profonde tendresse parsemée de deux billets de cent. Quant à ne jamais la serrer dans ses bras, il n'en était pas question.

Après quelques discussions savamment menées, il avait obtenu d'être considéré comme un ami auquel ne seraient pas toujours refusées certaines faveurs dispensées à la clientèle : l'ami ne viendrait pas rue Pasquier comme client, mais si la jeune femme avait envie de s'offrir l'ami comme elle s'offrait le client, ils feraient l'amour sans que Lulu eût à débourser. Ce qui n'arriva que très exceptionnellement.

Après les rares occasions que lui accordait la jeune femme, l'historien rentrait chez lui, où il sciait, taillait et varlopait avec un entrain qui tenait plus de l'hommage et de la reconnaissance que de la simple activité professionnelle. Il travaillait la bruyère jusqu'à ce qu'elle se pliât exactement à toutes ses exigences, et lorsqu'il avait enfin fabriqué le regard pointu qu'il lui avait remarqué, l'expression sensuelle qui l'avait troublé, il rangeait la pipe dans une boîte à chaussures où étaient déjà rassemblées la Maryse offerte du mois précédent, la Maryse gouailleuse de l'avant-veille et tous les modèles trop véridiques pour être confiés à des mains étrangères. Il alla jusqu'à fabriquer une Maryse/Marianne minuscule qu'il accrocha à son porte-clés, et une autre, plus volumineuse, qu'il disposa sur une étagère, au-dessus des *Casseurs de pierre*. Ainsi, d'un seul coup d'œil, lorgnait-il le visage de la femme aimée et la toile symbolique.

Quand Maryse venait, il se faisait un devoir de lui présenter ses derniers modèles. Elle y jetait un simple coup d'œil. « Les mêmes », affirmait-elle sans remarquer que sur celle-ci, le sourire était plus accentué que sur celle-là, que la troisième différait de la quatrième dont le regard n'avait rien à voir avec celui de la cinquième. Désespéré, Lulu rangeait ses ébauchons et s'employait à cuisiner tandis que ses hôtes devisaient dans l'Atelier. Un jour, espérait-il, Maryse viendrait vivre avec eux. Et, tout en servant, il imaginait les transformations qu'il ferait subir à son appartement pour y accueillir la jeune femme, Othello et Apolline. Ainsi demeurerait-il le maître de ce logement historique où, en plus des fanions et de la canne de Libertad, il retrouverait les trois personnes auxquelles il tenait le plus au monde.

En août, Paris se vida. Les frontières s'élargirent : Belleville s'étendit jusqu'à Ménilmontant et l'on put dépasser la rue des Couronnes sans craindre l'abrutissement. Apolline obligea ses deux amis à quitter leurs vêtements d'hiver. Avec le premier argent récolté grâce aux chiens, elle les emmena dans un grand magasin. Emplettes : Lulu voulut un polo noir – qui lui fut refusé –, un rouge qui ne lui allait pas. On proposa du blanc qu'il écarta énergiquement, du bleu pâle qui lui rappelait trop la chambre bleu horizon, du jaune dont il n'était pas question. On finit par acheter deux chemisettes à manches courtes – marron pour Lulu, bleu marine pour Othello –, deux pantalons de toile et des espadrilles.

« On a l'air malin », grommela l'historien en sortant du magasin revêtu de ses nouveaux habits. Apolline riait : les deux hommes avaient boutonné leur liquette jusqu'au cou et leurs bras, aussi blancs que les manches d'un Pierrot, semblaient sortir de la farine. Ils trébuchaient dans leurs espadrilles. « D'abord on dégrafe les deux boutons du haut, dit-elle, ensuite on se fait bronzer.

– Les deux boutons du haut ?! » L'impudeur frisait l'incongruité. Il ne manquait plus que cela : montrer son torse !

Le soir, Apolline ôta les deux boutons et le lendemain, poitrine au vent, ils partirent en promenade. Lulu voulut vérifier que sa nouvelle tenue ne choquait pas Maryse et, après un détour rue Pasquier – où la jeune femme ne remarqua rien d'extraordinaire –, il consentit à exhiber ses poils. Othello, lui, était très fier et tout à fait heureux : son sang circulait mieux, une femme, peut-être, remarquerait sa virilité partiellement exposée…

Aux Buttes-Chaumont, entrée nord pelouse principale, ils goûtèrent aux bains de soleil. « On s'allonge, recommanda Apolline, et on attend. »

Othello jugeait l'exposition inefficace, Lulu stérile. L'un et l'autre craignaient d'en ressortir écarlates, bons pour la foire. La jeune fille insistant, ils acceptèrent de s'étendre sur le dos d'abord, puis sur le ventre. Othello demanda ce qu'on attendait et Lulu râla parce que les rayons de soleil l'empêchaient de dormir. « Garde tes yeux ouverts conseilla le bibliophage : ça bronzera tes pupilles… Apolline, s'il te plaît, à quoi sert ton truc ?

– À bonifier l'épiderme.

– Quand mon estomac sera calciné, jura Lulu, j'arrêterai.

– Regarde ma poitrine, s'écria Othello : ça fait joli ! » Ils se penchèrent sur le ventre du bibliophage, admirant l'entrelacement des poils. « On dirait des brins follets poussant sur une terre ocre, s'émerveilla Othello. Mon ventre ressemble au Maghreb ! »

Outre les modifications d'épiderme, l'été apportait un goût de trêve : aucun personnage suspect ne s'aventura dans le passage. Du coup, on en oublia les menaces pesant sur la maison, et l'argent gagné à Neuilly, à Montreuil et au Père-Lachaise servit à s'alimenter en glaces et pastis.

Le 27 août au matin, alors qu'ils déjeunaient chez l'historien, ils entendirent un appel, lancé depuis le passage.

« Tiens, dit Lulu, ça doit être pour nous.

– Je descends, proposa Apolline.

– Prépare-toi d'abord, dit Othello en désignant sa chemise de nuit. J'y vais. »

La jeune fille s'enferma dans la cuisine-salle de bains. D'abord les dents, puis… On frappa à la porte. « C'est pour toi », annonça le bibliophage. Elle s'habilla à la hâte, vaguement inquiète : qui pouvait venir la chercher jusqu'ici ? Le temps d'enfiler un pantalon et une chemise, elle avait fait le tour des possibilités. Sans trouver.

Comme elle s'apprêtait à sortir, elle entendit une voix, une voix qu'elle aurait reconnue entre mille autres. Elle referma brusquement le battant et s'appuya au chambranle. Elle s'assit sur le bord du lavabo, retenant son souffle. On gratta à la porte. Lulu entra.

« C'est..., commença-t-il.

– Je sais, répondit Apolline. J'ai reconnu. Est-il seul ?

– Non.

– Dis que j'arrive dans un instant. » Et comme l'historien la dévisageait avec inquiétude, elle le poussa dehors, répétant : « Dis que j'arrive. »

Elle se redressa. Son cœur battait trop vite. Attendre un peu.

Elle respira un grand coup, recula jusqu'au fond de la pièce et, d'un pas ferme, avança, ouvrit la porte, pénétra dans l'Atelier – où ils n'étaient pas – puis dans le Cabinet.

Lulu, Othello, son père et sa mère.

« Bonjour », dit-elle maladroitement. Elle fit un pas, s'arrêta, mais sa mère s'approcha et, comme jadis, lui tendit la joue. « Et moi, tu ne m'embrasses pas ? » demanda son père. Elle le considéra : il avait un costume neuf, vareuse de gros drap et pantalon en Tergal ; rasé de près et empestant ce parfum à la menthe qu'elle connaissait pour l'avoir respiré pendant des années, avant la messe.

Ils restèrent face à face, gênés. Othello toussa. Apolline fit les présentations : « Lulu et Othello, mes amis, mon père et ma mère. » L'historien et le bibliophage s'inclinèrent en même temps, offrant chacun sa main puis la retirant aussi vite car on ne l'avait pas prise. Une minute s'écoula, pesante. On échangea des soupirs et des raclements de gorge. Lulu proposa des cafés, acceptés en chœur. L'historien disparut dans la cuisine, suivi presque aussitôt par Othello. La famille resta seule. « Ça te fait tout drôle, hein, de nous voir ici ! s'exclama le père.

– Oui, reconnut la jeune fille. Comment avez-vous eu mon adresse ?

– Tu nous l'as envoyée, pardi ! »

Elle ne se souvenait plus. Ils s'assirent, et la mère

expliqua qu'ayant voulu revoir leur fille, ils avaient pris le premier train du matin.

« C'est gentil…

– Tu es notre seule fille, tout de même !…

– … Mais pas notre seul enfant », ajouta le père avec un sourire finaud.

Apolline fronça les sourcils. « Dis-lui », demanda la mère. Il se redressa. « Nous attendons un bébé pour le mois de mars… Il est là, ajouta-t-il en tapotant le ventre de son épouse, et ce sera un garçon.

– Un garçon ? interrogea Apolline, intriguée.

– Oui. Nous avons fait tout ce qu'il fallait pour. Ce sera un garçon, sans aucun doute.

– Mais qui vous l'a dit ? »

La mère dressa fièrement l'index : « Personne, mais nous le savons. Les livres, tu comprends…

– Ah oui, acquiesça Apolline. Bien sûr…

– Tu seras la marraine, dit le père. Nous sommes aussi venus pour t'annoncer cette nouvelle. »

Elle les regardait, abasourdie : ils n'avaient donc rien compris ? Rien compris, ces parents qui la fixaient attentivement, elle inclinée et lui hilare, attendant l'un et l'autre le cri de reconnaissance qui ne venait pas car la gorge de la marraine s'était bloquée… « L'émotion », dit le père en lui pressant la main. Puis : « Tu habites ici ?

– En quelque sorte, articula Apolline.

– Et les deux hurluberlus, c'est qui ?

– Je vous l'ai dit : des amis.

– Ce bazar, ça leur sert de chambre à coucher ?

– Et de salle de travail. »

Elle se remettait peu à peu et, instinctivement, retira sa main que recouvrait celle de son père.

« Tes amis font quoi ? demanda la mère en tirant sa jupe.

– L'un vend des pipes, l'autre des livres. »

Le père fronça les sourcils : « Tu as un métier ?

– Oui : je promène des chiens à Neuilly.

– Ça change des vaches ! » lâcha la mère.

Apolline sourit : les hésitations, les toux et les soupirs

de ses parents prouvaient qu'enfin elle était devenue leur égale. Entrèrent Lulu et Othello, casserole et bols à la main. La jeune fille les laissa servir. Le père demanda : « Vous vous occupez de pipes ?

– Oui, répondit Lulu.

– Et vous de livres ?

– Oui », fit Othello.

Silence. Ayant redressé la tête, la mère demanda ce que signifiaient les chiffres inscrits au plafond. « C'est la somme que réclama Thiers à Courbet pour la destruction de la colonne Vendôme », expliqua Apolline. Puis, s'étant levée, elle montra la canne de Libertad, les affiches, les drapeaux accrochés aux fenêtres. Lulu l'écoutait, béat. Othello ne soufflait mot. « Mais alors, interrogea le père, qui habite ici ?

– Nous habitons ensemble, dit Apolline.

– Tous ensemble ?

– Chacun à un étage.

– Ah bon !

– On pourrait peut-être aller chez toi, suggéra la mère.

– On pourrait... »

Ainsi, à son tour, elle demandait ! Apolline adressa un clin d'œil à Lulu et à Othello, qui ne bronchaient pas.

« Finissons notre café, nous irons ensuite.

– Au fait, demanda le père, ton bac t'a servi à quelque chose ?

– À m'affranchir », répondit la jeune fille sans hésiter.

Il n'insista pas – d'ailleurs, avait-il compris la réponse ?

« Allons-y », proposa Apolline. Elle précéda ses parents, repoussa gentiment Lulu et Othello : « Je ne vais pas vous imposer ça ! » murmura-t-elle en ouvrant la porte.

Chez elle, père et mère observèrent le matelas et les coussins, convenant que ce n'était pas si mal. S'assirent et poussèrent leur couplet : « On a beaucoup pleuré ton départ, un stylo comme mot d'adieu, ce n'est pas très gentil, tu n'as donc pas été heureuse...

– Non », répondit sèchement la jeune fille.

Ils rappelèrent qu'ils s'étaient saignés aux quatre veines pour lui assurer une éducation convenable, l'école, oui, mais aussi l'église et les bonnes manières. Même, ils lui avaient cherché un mari… « Au fond, hasarda la mère, si tu es à Paris, c'est grâce à nous : après tout, nous t'avons toujours laissée à peu près libre de faire ce que tu voulais… » Apolline gardait le silence. Qu'ils s'expliquent si tel était leur désir. Elle n'en pensait pas moins, n'en penserait jamais moins. De toute façon, elle avait autre chose à faire.

Ils lui donnèrent des nouvelles du Fayet (Jean-Marcel s'était marié l'hiver précédent), s'étendirent sur les projets d'aménagement qu'ils comptaient entreprendre dans la maison afin d'y loger le futur héritier. Puis son père dit que tout de même, elle avait perdu beaucoup de temps à suivre des études qui ne lui avaient servi à rien. Il la regardait, victorieux, et, durant un court instant, la jeune fille pensa qu'ils n'étaient pas venus à Paris pour la voir mais pour s'assurer qu'ils avaient raison, qu'ils avaient toujours eu raison…

« Vas-tu au moins te marier ? » demanda la mère.

Elle répondit que non. Le père se racla la gorge, bâilla et s'étira avant de lâcher : « Nous sommes venus ici pour te ramener chez nous. » Interloquée, Apolline ne songea même pas à répondre immédiatement par la négative. Elle demanda des explications. Elles étaient simples : une fille aînée serait d'un grand secours dans l'élevage (c'est le terme qu'employa son père) de l'enfant qui allait naître. Tout simplement. On s'était lavé, poudré, habillé, on avait pris le train et le métro pour cette seule raison. « C'est absurde, bredouilla Apolline.

– Pas du tout, répondit la mère. Tu serais mieux chez nous qu'ici. Une jeune fille de ton âge ne peut vivre seule à la ville. Surtout quand elle n'est pas mariée. et que ses amis sont très douteux.

– Douteux ?

– Parfaitement. Le plus grand ne pense qu'à coucher avec toi et l'autre attend la première occasion pour te voler, voilà, fais ce que tu veux, j'ai dit ce que j'avais à dire…

– Ta mère a raison, renchérit le père. Reviens chez

nous et tu auras de l'argent de poche. À vingt ans, c'est normal.

– Vous n'y allez pas par quatre chemins ! » s'exclama Apolline. Dans le regard de son père, elle vit passer la lueur qui, moins de deux ans auparavant, signait la montée de la colère. Aujourd'hui cependant, il ne la frapperait pas.

« Je ne reviendrai pas, lâcha simplement Apolline.

– Allons... », susurra la mère.

Son père se raidit et ordonna : « Étant notre fille, tu dois nous obéir. » Elle tenta d'éviter le drame et, se contraignant, parvint à sourire. « Essayez de comprendre... » On la coupa : « Il n'y a rien à comprendre. Tu retournes au Fayet sans discuter.

– Je suis majeure. Vous ne pouvez rien contre moi.

– Pourquoi dis-tu "contre" ? roucoula la mère. Comme si nous...

– Suffit, interrompit le père. On ne va pas discutailler pendant cent sept ans. Apolline, prends tes affaires et suis-nous.

– Il n'en est pas question. »

Il se leva. Blême, Apolline le regardait approcher. Quand il fut à moins d'un mètre, elle dit : « Si tu me touches, tu ne me reverras jamais de ta vie. » Et comme il avançait encore : « Si tu me touches, je te fais jeter dehors par mes amis. » Il leva la main. Elle esquiva la gifle. « On ne parle pas comme ça à son père ! glapit la mère. Excuse-toi immédiatement.

– Je ne m'excuserai pas, siffla Apolline. En deux ans, je n'ai reçu qu'une gifle et je me suis juré que c'était la dernière. Personne ne m'en donnera jamais aucune autre...

– Morveuse, cracha le père.

– Et je vais vous dire pourquoi on m'a frappée, poursuivit la jeune fille en reculant vers la porte. Écoutez bien et criez-le partout au Fayet : on m'a giflée parce que j'avais volé. Maintenant, partez d'ici. » Elle ouvrit la porte, qui cogna contre le mur.

« Partez, répéta-t-elle.

– Tu n'es plus notre fille », gronda le paysan en poussant sa femme devant lui.

« Je ne l'ai jamais été », répliqua froidement Apolline.

Et elle claqua la porte sur l'ombre des familles.

Le 1er septembre, la rue Vilin fut investie par des ouvriers. Le choc fut brutal : on avait oublié la réalité. De la rue des Couronnes, arrivèrent des camions qui déchargèrent des sacs de ciment et des machines à béton. « C'est la guerre, dit Lulu, je vous l'avais bien dit. Mais ils n'ont eu que Bazaine. »

Hélas, Mac-Mahon aussi avait sombré. Semblable à la cuvette de Sedan, le périmètre compris entre les rues Julien-Lacroix, Piat et Ramponeau était occupé par des poids lourds et des grues que des ouvriers commençaient à monter. « Cent mille hommes encerclés par deux cent mille Prussiens ! fulminait l'historien. Et Napoléon III abdique… » Les autres essayèrent vainement de le calmer. Lulu les entraîna rue des Envierges, sur les vestiges de la villa Faucheur, rue Botha, rue du Transvaal. Partout, des ruines et des immeubles vides, des façades noircies, des objets épars. Sans compter les cahutes d'ouvriers et les bennes à ordures. On achevait Belleville, les vacances étaient bien terminées.

Au cours de leurs promenades, Apolline, Lulu et Othello recensèrent les quelques signes, tous mauvais présages, annonçant les démolitions. On cassait déjà plus au nord, et des bruits sourds parvenaient jusqu'à la maison du passage.

Le 4 septembre, Lulu emprunta le Caddie du bibliophage qu'il chargea de trois sacs de ciment entreposés au bas du passage Julien-Lacroix. Et comme les autres le considéraient bouche bée, l'historien expliqua que le 4 septembre 1870, la foule avait envahi le Palais-Bourbon, tiré, poussé les députés de la gauche jusqu'à l'Hôtel de Ville où la République avait été proclamée. « Nous sommes en République, s'exclama Lulu, et nous la défendrons…

– Nous ne pouvons guère nous occuper que de la maison, risqua Apolline. Le reste ne nous appartient pas !

– Le reste, c'est Paris ! Le même Paris qu'ont défendu blanquistes, proudhoniens et internationaux. Je n'abandonnerai jamais la ville aux démolisseurs ! »

Othello haussa les épaules et la jeune fille redescendit chez elle, espérant que la colère de l'historien se tarirait d'elle-même.

Elle redoubla. Voulant honorer la déclaration que les républicains adressèrent au peuple allemand, Lulu aborda des ouvriers qui travaillaient dans la rue de Belleville. « Faites grève, leur conseilla-t-il. Renoncez à détruire ce quartier historique. » Le soir même, il réunit Apolline et Othello chez lui. « Nous créons le comité de vigilance qui va élire le Comité des vingt arrondissements, déclara-t-il. Comme en 1871, nous contrôlerons l'activité des maires. » Apolline fit la grimace. « Lulu, dit-elle, tu exagères.

– Je ne vois pas en quoi. La ville est menacée, défendons-la.

– Calme-toi, reprit la jeune fille. Tu ne peux rien contre les architectes et les entrepreneurs des Halles, de Montparnasse et d'ailleurs. Laisse tomber. » Othello affirma que toute action serait vouée à l'échec et que mieux valait renoncer. Sans résultat : Lulu n'en démordait pas. À minuit, il fallut élire un comité qui, à défaut de couvrir tous les arrondissements de Paris, ne s'occuperait que du XXe. L'historien fut nommé à sa tête ; le bibliophage et la jeune fille se retrouvèrent dans ses instances supérieures, membres consultants sans droit de vote puisqu'ils s'opposaient à toute action d'envergure.

Dans la nuit du 14 au 15 septembre, sous la dictée de Lulu, Othello rédigea une « Affiche rouge » qui réclamait l'armement du peuple, la liberté de presse et de rassemblement, la dissolution des forces de police. Recopié sur une feuille de papier Kraft, le texte fut apposé sur la façade de la maison, au quatrième étage pour que l'ennemi ne pût l'arracher. Ensuite, l'historien décida de s'occuper des finances : « Il nous faut un trésor de guerre. Comme il est inutile d'attendre des bénéfices considérables de la vente des pipes et des livres, nous prospecterons à Neuilly.

– Nous avons visité tous les appartements possibles, objecta Apolline.

– Essayons les chats.

– Et les tourterelles, enchaîna Othello en riant.

– Les tortues ? demanda Apolline.

– À partir de demain, décréta Lulu, nous promenons chats, chiens, tortues et oiseaux six heures par jour, en laisse, sur les avenues de Neuilly. Désormais, nous travaillerons ensemble. Nous essaierons aussi les enfants en bas âge. Il suffira de mettre un matelas dans le Caddie pour faire une poussette…

– Tu ne crois tout de même pas que je vais trimballer mon Caddie à Neuilly tous les jours ! » s'écria le bibliophage en recouvrant son sérieux.

« On le laissera là-bas. Il suffira de l'attacher à un arbre.

– Et la pluie ?

– On achètera une bâche.

– Ce n'est pas suffisant !

– Alors nous louerons un parking.

– Avec quoi le paierons-nous ? demanda Apolline.

– On le volera.

– Voler un parking ! » pouffa la jeune fille.

Délaissant les chiens, ils prospectèrent si bien qu'un chat et deux marmots se joignirent à la meute. Durant trois jours, les deux hommes s'efforcèrent de découvrir des affinités entre les chiens. Le fox fut présenté au basset, qui montra les dents ; puis au griffon, dont la physionomie s'éclaira de ce qu'Othello s'entêta à appeler un sourire. Il fut donc décidé que ces deux bêtes marcheraient ensemble. Le griffon irait aussi avec le berger, et le dalmatien avec le boxer. On réservait le chat au landau, et le setter à Apolline. Lulu commencerait avec les chiens fougueux, que prendrait ensuite Othello.

Le cinquième jour, l'organisation était parfaitement au point. À quatorze heures, Apolline allait chercher le landau, qu'elle remettait au bibliophage. À quatorze heures cinq, l'historien recevait le berger ; et Othello le basset cinq minutes plus tard. À quatorze heures quinze, Lulu se chargeait du griffon, que rejoignait le fox à quatorze heures vingt. À quatorze heures vingt-cinq, Apolline revenait avec le chat, hostile à tous les quadrupèdes exception faite du basset ; la jeune fille prenait le landau des mains du bibliophage, qui se chargeait de l'épagneul. Pendant un moment, les trois amis marchaient ensemble, tentant de calmer le félin qui bavait de rage sitôt qu'un chien approchait, ou de retenir le berger, pressé d'en découdre avec les autres. « Ça drague chez les quadrupèdes », rigolait Othello.

À seize heures, ils se retrouvaient dans le métro où, assis sur un banc, ils évaluaient leur fortune : à raison de dix francs par chien, de quinze francs par enfant et de huit francs pour le chat, ils gagnaient cent dix-huit francs par jour.

Le 19 septembre, résolu à célébrer l'anniversaire du début du siège de Paris, l'historien descendit dans la rue Vilin où il chargea deux nouveaux sacs de ciment dans le Caddie du bibliophage. Après avoir entreposé son larcin au premier étage de la maison, l'historien inscrivit « À bas Guillaume » sur le premier sac et « Paris résistera » sur le second.

Apolline haussa les épaules : « Ce sont des enfantillages, dit-elle en considérant les sacs. Tu n'arriveras à rien ainsi.

– Propose autre chose, riposta Lulu, mauvais.

– Utilisons les moyens légaux. »

L'historien secoua énergiquement la tête : il n'en était pas question. Les communards s'en remirent-ils une seule fois à l'autorité de Versailles ?

Le 20, un nouveau sac rejoignit ceux de la veille. « Jules Favre, traître », écrivit l'historien sur l'enveloppe, maudissant le ministre des Affaires étrangères, accusé d'avoir rencontré Bismarck à Ferrières.

Au quatrième sac (« Pour Toul et Strasbourg »), Othello interdit l'usage de sa bécane à des fins malhonnêtes, et Apolline décida de réagir. « Je me désolidarise de tes actions, annonça-t-elle à Lulu comme ils finissaient de dîner. Désormais, je m'occupe moi-même de mon appartement. »

L'historien la regarda, goguenard. « Étant propriétaire, poursuivit la jeune fille, tu ne risques rien. Pour Othello et pour moi, c'est une autre histoire.

– C'est la même.

– Absolument pas. À partir de demain, je me débrouille seule.

– Très bien, répondit sèchement Lulu. Othello, quel camp choisis-tu ?

– Celui d'Apolline.

– Parfait. » L'historien inspira fortement et reprit : « Puisque vous décidez de vous soumettre, je vous prie de sortir de chez moi. » Apolline éclata de rire. Othello s'efforça de calmer l'historien, qui renouvela son ordre. « Arrête, conseilla le bibliophage. Tu deviens stupide.

– Stupide ou non, je vous prie de me laisser.

– D'accord », fit Apolline.

Elle se leva, jeta sa serviette sur la table et sortit en claquant la porte.

« Remonte », lui dit Othello quelques minutes plus tard. « Lulu ne sait plus ce qu'il dit. » La jeune fille refusa de céder : « Il m'a flanquée dehors, un point c'est tout. Et puis j'en ai assez de ses délires… »

Le lendemain, l'historien l'éveilla. « Viens voir », dit-il.

Elle s'habilla sans broncher. Ils descendirent jusqu'au bas de la rue Vilin, où des ouvriers arrimaient une benne sur ses cales. « Ils attaquent la rue Vilin, maugréa l'historien.

– Ils n'attaquent pas, répondit la jeune fille. Ils travaillent. » Elle questionna l'un des hommes : par quoi commenceraient-ils ? Où s'achèveraient les démolitions ? L'autre n'en savait rien. Il était payé pour déposer la benne ; le reste ne le regardait pas. La jeune fille remercia. Comme elle remontait vers la maison, Lulu la tira par la manche.

– Bon. On fait la paix ?

– C'est toi qui m'as priée de déguerpir de chez toi.

– D'accord, reconnut Lulu. Mais si je t'y invite à nouveau ?

– On verra. »

Chaque soir, Lulu prit l'habitude d'effectuer des rondes dans la rue Vilin. La nuit, le moindre bruit l'éveillait. Dressé sur son matelas, il maudissait alors les Adversaires, tous liés à la Béconier : Daimeuse était le Grand Adversaire, Mlle Goujon, l'adversaire en second, et les ingénieurs, contremaîtres et architectes, autant de petits adversaires que Lulu attendait de pied ferme.

À Neuilly, il découvrit une poussette de poupée, abandonnée devant une entrée de garage. « Ça sera mieux que ton véhicule de luxe », lança-t-il à Othello. Il emporta l'engin dans le métro et le rangea près du Caddie.

Quelques jours plus tard, Apolline se rendit au commissariat du quartier où, bien que son affaire fût illégale, on lui conseilla de s'adresser directement à la Préfecture, où, bien que son affaire fût illégale, on la dirigea sur la mairie du XVIIIe, où, bien que son affaire fût illégale, on la renvoya vers les services du logement du XXe arrondissement, où on lui conseilla l'office d'HLM. Enfin, grâce à un habitué du café du Savoyard, elle obtint l'adresse d'un cabinet d'avocats situé rue de Boulainvilliers. Elle s'y rendit. Me Gontrie lui apprit que de référé-délai en référé-délai, elle atteindrait facilement la période d'hiver, au terme de laquelle on obtiendrait bien quelques mois supplémentaires. Avec de la chance, elle était dans le passage pour une année encore…

Le 27 octobre au matin, la poussette emporta un nouveau sac de ciment, aligné auprès des autres et marqué d'un « Bazaine à l'arène » vengeur. Le soir, de retour de Neuilly, Apolline, Lulu et Othello s'arrêtèrent devant le premier immeuble de la rue Vilin. Bouche bée, l'historien considéra la façade. Pressentant un éclat, la jeune fille tira son ami par le bras :

« Rentrons, dit-elle, ça ne signifie rien. »

Lulu s'enferma au quatrième. Il ne dîna pas et refusa d'ouvrir sa porte. Après avoir longuement considéré le tableau de Courbet, il sortit une masse de derrière le rideau. L'outil avait appartenu à un Arménien qui s'en était servi contre les cavaliers perses coupables d'avoir massacré la population arménienne de Zangezur et de Jebrail, le 13 septembre 1905. La date était inscrite sur le manche. À l'aide d'un poinçon, Lulu en inscrivit une seconde : 28 octobre. Puis il s'assit sur son matelas et attendit.

À minuit, il se leva, l'outil dans la main ; descendit silencieusement l'escalier, ouvrit la porte, marcha dans le passage. Il était de ces Parisiens qui, en octobre, exigeaient la levée en masse. Ami de Flourens et de Blanqui, il venait de prendre la parole dans un club. Cette nuit était celle de la Prusse, qui avait conquis Bagneux, Châtillon et la Malmaison, mais qui perdrait – temporairement – Le Bourget.

Lulu longeait les façades noires. Plus de vitres, plus de poutres, plus de toit. Les murs, seulement les murs, un vague perron qu'il traversa. Risques nuls puisque tous avaient déserté. Il balança un coup de pied dans une porte qui s'effondra sous la poussée. Tendit les mains, heurta les cloisons. Grimpa un escalier, sans voir. Parvint à l'étage. Il faisait froid. « C'était bien inutile ! lança-t-il, puisque l'Arménie vous réduira en miettes. » Il assura sa prise, approcha, deux pas en arrière, élan, la masse tourna trois fois au-dessus de sa tête, encore un tour et, dans la nuit du 27 au 28 octobre, Lulu abattit les premiers parpaings posés par les démolisseurs.

Novembre fut froid, décembre glacé. Trois semaines avant Noël, Apolline tomba malade. « Grippe », diagnostiqua Lulu. « Angine », rétorqua Othello. La jeune fille se laissa bercer par les deux hommes, chacun d'eux se relayant pour qu'elle ne fût pas seule. Ils lui confectionnèrent des tisanes, lurent à voix haute les livres qu'elle réclamait, chauffèrent sa chambre à l'aide d'un vieux radiateur à huile récupéré sur le marché aux Puces. En quinze jours, elle se rétablit et quand, encore chancelante, elle retourna à Neuilly afin d'y retrouver les chiens, la plupart des portes se refermèrent sur elle : tomber malade, d'accord, mais au moins faire prévenir. Personne n'y ayant songé, il fallut chercher d'autres sources de revenus. On réduisit le train de vie. Patates et pâtes revinrent deux fois par semaine et on se gava d'œufs. De temps en temps, Maryse prêtait un billet qu'on lui rendait en plusieurs fois.

Un matin, Apolline décida de recourir aux petites annonces. Elle acheta *Le Figaro* et se rendit dans un bistrot de la rue des Couronnes. Dès qu'elle fut assise, apparurent des visions cauchemardesques qui lui rappelèrent celles de l'année passée. Elle régla et sortit.

Quand ils n'allaient ni à Montreuil ni au Père-Lachaise, les trois habitants du passage restaient chez eux. Deux matinées par semaine, ils fouillaient les maisons abandonnées à la recherche de morceaux de bois qu'ils empilaient sur le Caddie avant de les entreposer au premier, à côté des sacs de ciment. Parfois, il fallait débiter des portes ou des restes d'anciennes tables. On plaçait les planches devant la maison, sur les débris de vieux parpaings et, à tour de rôle, chacun cognait avec la masse de l'Arménien. Après avoir monté le bois chez Lulu, ils grignotaient une banane. S'ils se plaignaient de la faim, l'historien rappelait qu'en décembre 1871, les Parisiens rongeaient du chien, du chat et même du rat. Othello haussait les épaules.

Grâce à une affichette placardée dans une boulangerie de Belleville, Apolline trouva un emploi de modèle. À Montparnasse. Othello fut troublé : « Qu'est-ce que c'est encore que ça ? » Elle espéra trouver plus de sollicitude auprès de l'historien. Mais, assis auprès du poêle, il l'écouta à peine. Il lui dit : « Sais-tu qui j'ai vu dans le passage ?

– Non.

– Daimeuse. »

Elle soupira : « Mangeons. Nous verrons après. »

Mlle Yolande Pneu, directrice de l'Institut artistique du Montparnasse, l'accueillit dans ses bureaux. Le galbe de la poitrine étant plastique, et harmonieux l'arrondi des fesses, Apolline fut engagée comme modèle. « Vingt francs de l'heure, cinq heures par jour, annonça la directrice. Suivez-moi. » Elle conduisit sa nouvelle recrue dans une salle aux murs tapissés de dessins au fusain. Une table recouverte d'un drap noir faisait face aux sièges sur lesquels s'asseyaient les étudiants. « Vous vous mettrez là, nue.

– Nue ? »

L'autre rit. C'était sans commentaire.

Apolline s'efforçait de trouver ça drôle et s'enorgueillissait d'avoir connu les petits métiers les plus minuscules : bonne à tout faire, vendeuse, promeneuse de chiens et, enfin, modèle. De la bourgeoisie du XVIe arrondissement, elle avait atterri sur le papier Canson de la jeunesse dorée. Désormais, à quatorze heures chaque jour, elle se rendait à son nouveau travail. Elle se déshabillait dans une pièce contiguë à la salle principale, puis grimpait sur la table où elle prenait la pose. Son public : des jeunes gens de bonne famille, elles en jupes longues, eux en blazers bleu marine. Les parents payaient fort cher pour assurer à leur descendance une vocation artistique. Apolline servait de cobaye.

Au cours de la première heure, elle devait changer de position toutes les cinq minutes. Mlle Pneu remplissait la fonction pendulaire : à son retentissant « c'est l'heure ! », la jeune fille levait un bras ou une jambe jusqu'à ce que les élèves eussent achevé la seconde esquisse. Après douze séances de ce genre, le modèle pouvait se reposer. Un quart d'heure. Ensuite, Mlle Pneu ayant choisi une attitude d'après les essais antérieurs, Apolline devait tenir la pose durant cinquante minutes. On répétait les opérations lorsqu'une deuxième classe remplaçait la première, et à dix-neuf heures, la jeune fille était libre.

Le troisième jour, elle voulut abandonner. Mais Lulu s'étant inquiété de l'apparition d'un chariot élévateur dans la rue des Couronnes, elle retourna à Port-Royal : et si on avait besoin d'argent ?

Elle subit. Les « C'est l'heure ! » de Mlle Pneu, la difficulté d'avoir à abaisser la jambe droite, ouvrant son sexe au regard, et les crampes, la douleur, l'impossibilité de bouger, le coup d'œil d'autrui sur son corps nu... Tout lui était odieux. Elle essayait d'adopter des positions repliées mais au bout de la troisième ou de la quatrième gymnastique, Mlle Pneu lui tapotait le bras en disant « Étendez donc ce bras » – ou la cuisse, ou le dos, et elle finissait toujours allongée sur le côté, le coude soutenant la tête, le ventre offert aux crayons-mine de la jeunesse muette.

Lulu lui donna un truc : « Lève le poing en pensant à Rosa Luxemburg. » « Pas de ça ici ! » gronda le Pneu. Elle essaya « La liberté guidant le peuple » et l'« Infante Marguerite » sans que la douleur disparût pour autant. « Pense à tes pensées », conseilla Othello. Mais ses pensées se rejoignaient toujours à l'extrémité du coude, où ça fait mal, sur la bouche de Yolande Pneu, qui jubilait en faisant remarquer à son modèle l'affaissement de sa voûte plantaire. « Faites-le donc ! » risqua Apolline, un jour qu'elle ne supportait plus les glapissements de la directrice. « Que croyez-vous donc que j'aie fait dans ma jeunesse ? », répondit l'autre en prenant la salle à témoin.

Le plus difficile, c'était de garder la pose. Mais rien n'était plus humiliant que de sortir de la cabine de déshabillage, de monter sur la table et d'attendre les premiers coups de crayon. Yolande Pneu se montrait toujours rigoureuse et rigide. Elle rappelait à Apolline ses institutrices de la communale, animaux à sang froid, inapprivoisables. Et les coups de baguette assenés sur une jambe ou un bras rebelles lui étaient aussi insupportables que les coups de règle reçus naguère sur ses ongles d'écolière. Un jour, s'étant approchée de son modèle, Mlle Pneu lui dit : « Si vous acceptiez de travailler sur votre corps, vous auriez un bel avenir devant vous !

– L'avenir, c'est du passé », répondit simplement la jeune fille.

Tous les soirs, elle participait aux rondes organisées par l'historien autour de la maison. Ils fouillaient les chantiers, notaient l'activité des ouvriers, comptaient les grues et les camions. Chaque information était soigneusement reportée sur un carnet que Lulu portait toujours sur lui. On allait jusqu'à mesurer la hauteur des tas de sable et celle des gravats accumulés dans les bacs métalliques rangés le long des trottoirs. Puis, les rondes achevées et les plans tracés sur des comètes imaginaires, chacun gagnait sa chambre, attentif aux bruits bizarres, aux mouvements inhabituels. Et l'on dormait, Othello rêvant de son œuvre, Lulu de Maryse et Apolline de Yolande Pneu, qu'elle reverrait le lendemain.

On ne fêta pas Noël. L'épicier de la rue des Couronnes lui ayant fait crédit, Apolline acheta simplement deux bouteilles de champagne qui furent rapidement vidées. Le réveillon du Nouvel An donna lieu à une sinistre cérémonie : Courbet étant mort un 31 décembre et Lulu l'ayant oublié l'année précédente, il refusa de quitter l'appartement et *Les Casseurs de pierre*, qu'il considéra de longues heures sans presque ouvrir la bouche. Par solidarité, Apolline et Othello demeurèrent auprès de lui. Personne n'osait parler de crainte d'indisposer l'historien qui, les yeux mi-clos, rêvassait. Il imaginait que le vieillard représenté sur la toile se levait et l'appelait. « Viens, disait-il, viens. » Et l'historien ne bougeait pas, appuyé contre le mur, renonçant à tendre la main à cet homme qui déjà levait sa pioche en un geste presque incantatoire. Le plus jeune ne soufflait mot, terrorisé. « Viens, reprenait le vieil homme, viens… » « Je n'irai pas », songeait Lulu qui se retenait au matelas pour résister à l'appel. L'ouvrier cependant continuait de soulever son outil dont on ne percevait pas le mouvement, aussi inexorable que la ronde d'une grande aiguille – on n'en sait que la position, inutile de la fixer, et tourne et tourne l'heure tandis que la pioche se soulève, de seconde en seconde, tout sautera quand elle atteindra le chiffre douze.

À moins cinq, l'historien secoua sa torpeur et dit : « J'ai cauchemardé. » Il se leva et toucha le tableau. « Ça ne va pas ? demanda Apolline.

– Si, répondit l'historien en enfournant trois morceaux de bois dans le poêle : j'ai simplement fait un rêve prémonitoire. »

Fin janvier, des arpenteurs approchèrent du passage. Un matin, l'un d'eux aborda Apolline :

« Où allez-vous ?

– Travailler.

– Où ?

– Montparnasse.

– Je connais bien Montparnasse… »

Elle poursuivit son chemin, mais l'autre la rattrapa et se campa devant elle : « Vous habitez dans la rue ?

– Plus haut.

– Peut-être que nous pourrions… »

Elle le bouscula : « Laissez-moi passer.

– Faites donc », fit-il en s'inclinant cérémonieusement. Un second arpenteur rejoignit le premier, et elle les entendit rire dans son dos.

Le lendemain, ils l'abordèrent à nouveau. « Je travaille à Montparnasse, dit-elle, narquoise, vous connaissez aussi bien que moi. Et puis j'habite plus haut. Au revoir.

– Eh là ! » fit-on. Un homme lui bloqua le passage. « À moi, on ne parle pas comme ça !

– Et à moi on ne parle pas du tout ! »

Elle dut le pousser pour avancer.

Vinrent d'autres hommes, aux activités indéfinissables : ils regardaient les immeubles, se reportaient à des plans, guettaient la jeune fille. « Bonjour, mademoiselle, est-on aujourd'hui plus aimable qu'hier ? » Elle haussait les épaules et marchait sans ralentir, anxieuse.

Ils vécurent les mois de janvier et de février dans un ostracisme presque complet. Seule Maryse les visitait parfois et, hormis les séances bihebdomadaires à Montreuil et la journée que Lulu passait au Père-Lachaise, les deux hommes ne sortaient jamais. L'historien avait l'impression de monter la garde. Othello l'assistait. Quand elle rentrait de Port-Royal, Apolline se joignait à ses amis de la même manière qu'un archer retrouve d'autres sentinelles sur une tour de guet.

Le 15 février, Lulu reçut une lettre de Daimeuse le conviant à un rendez-vous pour le 27. « L'adversaire se manifeste, gronda-t-il après avoir lu la missive à voix haute.

– Enfin ! » s'écria Apolline.

L'invitation donna lieu à un débat qui dura trois jours. Si Lulu se refusait à rencontrer le Grand Adversaire, les deux autres le poussaient au contraire à y aller. « Au moins, nous saurons à quoi nous en tenir, disait Apolline.

– Je ne m'appelle pas Félix Faure, rétorquait l'historien, je ne signerai aucun armistice.

– Il ne s'agit pas d'armistice ! s'écriait le bibliophage. Simplement d'une possibilité de recueillir des informations. Voilà deux mois que nous attendons quelque chose qui ne se produit pas... »

Lulu s'entêtait : « Je boycotte Daimeuse.

– Le boycottage n'est pas une arme, objectait Apolline.

– Le boycottage est une arme comme une autre.

– Fais ce que tu veux. Moi, j'irai voir Daimeuse.

– C'est bon, grommela enfin l'historien. Je t'accompagnerai. Mais pas le 27.

– Quand ?

– Le 1er mars. Les Prussiens devaient entrer dans Paris le 27 février 1871. Ils n'y vinrent que le 1er. Nous ferons comme eux. »

Au café du Savoyard, Apolline tentait de rallier les habitants du quartier. Elle s'accoudait au bar, bavardait avec le patron avant de poser quelques questions anodines : « Vous avez vu les camions ?

– Où ? demandait-on.

– Partout : rue Vilin, rue des Couronnes, rue Piat…

– Ce sont des camions, rien d'autre !

– Et les bennes ?

– Allons, allons ! Buvez donc une grenadine… »

On la prenait pour une enfant. « Un café, demanda-t-elle un jour. Avec du calva, s'il vous plaît.

– Du calva ? » Le patron s'esclaffa. Puis, prenant la salle à témoin : « Regardez la fillette, elle prend du calva ! » Apolline avala d'un trait le contenu de sa tasse, rougissant, le feu dans la gorge, s'obligeant, ensuite, à ne pas tousser. Si on ne l'en respecta pas davantage, du moins prit-on le temps de l'écouter. Certains consommateurs admirent la possibilité de quelques destructions. Mais le quartier en serait assaini, des immeubles modernes, cela ne serait pas si mal… « Et que deviendrez-vous ? Se désolait la jeune fille.

– Bah, on nous relogera, ça fera du changement ! »

Abandonnant le café du Savoyard, la jeune fille rendit visite aux commerçants. Mais l'épicier ne croyait pas au danger, le quincaillier haussa les épaules en souriant, le marchand de journaux se fichait de l'avenir du quartier. La boulangère quant à elle fut encore plus nette : « Passage Vilin ? Là où habitent les deux hurluberlus que je vois souvent avec vous ?

– Les deux hommes, rectifia Apolline.

– Appelez-les comme vous voulez. Moi, en tout cas, je les verrais bien à l'hospice !

– Pardon ?

– À l'hospice, je dis. » Apolline rendit ses deux baguettes et, d'une voix blanche, demanda son argent. « Mais enfin…

– Mon argent ! » La boulangère ouvrit son tiroir-caisse et dit : « Si on ne peut même plus s'amuser ! » Apolline prit les pièces et tourna les talons. Avant de quitter le magasin, elle lança : « Vous comprendrez que ni les deux hurluberlus dont vous parliez ni moi-même, qui suis leur amie, ne remettrons plus les pieds chez vous. Bonjour, madame. »

La jeune fille craignait tant l'acte insensé que commettrait Lulu durant son absence qu'elle le chapitrait avant de partir pour Port-Royal : « Tu ne fais rien, disait-elle, sinon des promenades de vérification. Inutile de voler des sacs ou de démolir des parpaings. S'il se passe quelque chose, tu m'attends avant d'entreprendre quoi que ce soit. D'accord ?

– D'accord », acquiesçait l'historien en jetant un coup d'œil sur le bibliophage qui ne soufflait mot, fier de la nouvelle responsabilité qui lui était octroyée : surveiller Lulu.

Le soir, Apolline se hâtait afin de regagner au plus tôt la maison du passage. L'historien ou le bibliophage l'attendait à la sortie du métro. « Alors ? » demandait-elle. Rien. Elle poussait un « ouf » et, accompagnée de son mentor, rentrait chez elle. Devant le poêle, Lulu sortait son carnet, lisait ses notes, annonçait les changements remarqués au cours de ses rondes de l'après-midi. Et, invariablement, revenait la même question : comment s'y prendraient-ils ?

À défaut de savoir comment, ils apprirent, le 1er mars, quand viendraient les démolisseurs.

Tout en se rendant au rendez-vous que lui-même, par l'intermédiaire d'Othello, avait fixé au Grand Adversaire, Lulu songeait qu'il l'avait rencontré pour la première fois un an auparavant, le 2 mars exactement. « Rappelez-vous, dit-il : il y a un an, nous restions seuls dans le passage… » Il se souvenait de la boue d'alors, la même que celle d'aujourd'hui. Mais aujourd'hui, la boue ne compte pas. L'historien ne se soucie pas de la pluie qui les inonde. Othello ne souffle mot : il pense à la dépêche qu'ils envoyèrent huit mois plus tôt à l'homme qui les attend : « Ems, le 13 juillet : j'emmerde la maréchaussée. »

« Nous devrions arriver en retard, dit-il.

– Pas question, rétorque brutalement Lulu : nous serons aussi exacts que les Prussiens. »

La veille, Maryse les a assurés de son soutien. C'est même elle qui leur a indiqué le plus court chemin pour se rendre au 106, rue de Miromesnil, siège de la Béconier. Car un jour pareil, on ne prend pas le métro. La marche détend les nerfs et laisse le temps d'élaborer mille et une stratégies.

Ils imaginent les tournures que prendra l'entretien. Lulu, qui a accepté de rencontrer Daimeuse uniquement pour complaire à ses camarades, prévoit une issue fatale. Apolline souhaite négocier. Prudent, Othello refuse de se prononcer. « Et s'il nous proposait un arrangement ? interroge la jeune fille.

– Nous ne l'accepterons pas, répond sèchement l'historien.

– Peut-être ne nous recevra-t-il pas, suggère Othello. Ou alors, il nous proposera la paix… »

Lulu s'imagine faisant irruption dans un vaste bureau où il y aura une photo du président de la République, des sièges en moleskine et une double porte en cuir – faisant irruption là-dedans comme Flourens à l'Hôtel de Ville, puis empoignant la canaille par le cou, l'obligeant à signer un papier qui l'exproprie lui, le marchand de biens, de la maison du passage. Grisé par cette perspective, il pénètre sous le porche du 106, monte au cinquième étage. Il s'est trompé : la société Béconier est au troisième. « Ici, c'est seulement l'annexe », lui dit-on. « À toi », fait-il au bibliophage qui pousse la porte avant de s'annoncer, lui et ses deux amis. « M. Daimeuse vous attend », déclare gentiment la secrétaire. Et ils entrent dans un bureau où il n'y a pas plus de photo du président de la République que de sièges en moleskine.

« Chers amis ! » s'exclame le Grand Adversaire en se levant de son siège. Je vois que nous sommes venus en petit comité ! Ah, ah, ah ! » Il s'approche d'eux, main tendue. « Prends-la », souffle Apolline à l'historien. « Installez-vous, voyons, nous sommes entre gens de bonne compagnie ! » Ils s'assoient dans des fauteuils de velours disposés face au bureau. Daimeuse gagne son siège. Devant lui, un dossier : *Passage Vilin, lot N° 47 402 ;* un arsenal de stylos ; des clichés sous pochette de Skaï représentant, imagine Othello, Monsieur, Madame et Descendance.

« Ah ! la, la ! fait Daimeuse en se frottant les mains, frisquet, non ? Heureusement que l'été sera chaud ! Au fait… » Il s'interrompt, décroche un téléphone pour demander qu'on lui prépare des contrats. « Voilà. Tranquilles et entre nous. Alors. Oui. Où en étions-nous ? » Il se gratte la tête, sourit en faisant « ts-ts », puis : « C'est bête, ne trouvez-vous pas, de s'envoyer des lettres discourtoises ? » Ouvre son dossier, exhibe la dépêche d'Ems qu'il agite devant lui en secouant la tête, commence à rire doucement, dit : « Serions-nous encore un peu galopins ? », enfin replace la lettre dans la chemise, fait Ah, ah, ah en bougeant les mains puis, soudain, ferme la bouche, pose pouce sur pouce et plisse les paupières. Le téléphone sonne. Il décroche tandis qu'Apolline se penche vers l'historien : « Je ne veux pas que tu parles, dit-elle. N'ouvre pas la bouche et laisse-moi faire. » Daimeuse raccroche. « Bien, allons-y. Une cigarette ? » Il tend un paquet auquel personne ne touche. « Ah ! la, la ! quelle chance vous avez de ne pas fumer ! Bon. À qui dois-je m'adresser ?

– À tout le monde », répond Apolline. Il semble surpris. « Parfait. Or donc, chers amis, j'ai cru comprendre que vous ne vouliez pas me vendre votre maison ?

– En effet », répond hargneusement l'historien.

Apolline le pince dans le bas du dos tout en lui jetant un regard en coin. « C'est normal, reprend Daimeuse. Tout à fait normal. Nous sommes tous attachés à nos petites affaires, n'est-il pas vrai ? Vous aux vôtres, et moi aux miennes, hein ?

– Absolument, répond Apolline.

– Il n'empêche qu'on trouve toujours des arrangements. Tenez (il sort un briquet de sa poche). À supposer que vous vouliez ce briquet. J'y tiens beaucoup : il me vient de ma mère. Bon. Si vous me le demandez comme ça, je refuserai de vous le donner. En revanche, si vous me proposez de l'échanger contre autre chose… Je ne sais pas moi, un papillon, par exemple. J'adore les papillons, c'est pourquoi je prends l'exemple des papillons. Si vous me dites : je vous échange votre briquet contre un Bombyx du mûrier, je refuse aussitôt : j'en ai déjà trois. En revanche, si vous me proposez une Pyrale des pommes, il se peut que j'accepte : je n'en ai aucune. Cela dit, si vous mettez dans la balance une Pyrale des pommes ET un Hyponomeute, alors là vous gagnez à tous les coups : je vous cède mon briquet (il le balance sur la table). Tenez. Je vous l'échange contre une Pyrale des pommes et un Hyponomeute… Seulement, évidemment, vous ne possédez aucun de ces papillons. Donc, je reprends mon briquet. »

Satisfait de sa démonstration, Daimeuse s'enfonce dans

son siège. Et poursuit : « Bon. Moi, j'ai quelque chose à vous proposer (il tend le bras et attrape un dossier). Je vous ai, ah, ah, ah, concocté quelque chose de tout à fait splendide. Voyez cela. » Et, sous trois paires d'yeux ahuris, il sort des plans et des photographies qu'il montre à ses vis-à-vis. « Puisque vous ne voulez pas vendre, peut-être accepterez-vous d'échanger votre demeure contre celle-ci. Voyons : deux pièces dans le XVe, sur le front de Seine avec vue imprenable sur le fleuve...

– Non, répond Apolline.

– Regardez avant de trancher ! Vous êtes terriblement impulsive, mademoiselle. » Il montre d'autres clichés, auxquels personne ne s'intéresse.

« Bon. Et ça ? Trois pièces dans un immeuble coquet du XIVe...

– Non, répond Apolline.

– Avec cave...

– Non », répond Apolline.

Il ramasse ses photos, s'enfonce dans son siège, claque des doigts et soudain s'écrie : « Suis-je bête, ah, ah, ah, suis-je bête. Sans doute préférez-vous la rive droite ! La rive droite, hein, c'est quelque chose ! On part de l'Étoile, on arrive à la Concorde, hop à gauche et c'est la Madeleine puis Saint-Lazare et Clichy, un petit coup à gauche et voilà Barbès. Bon. Un trois-pièces du côté de Clignancourt, ça vous dit ?

– Non, répond Apolline.

– Attendez-moi une seconde : je reviens », dit Daimeuse.

Sitôt qu'il a tourné les talons, Lulu se lève : « On s'en va.

– On reste, réplique Apolline. Il faut savoir ce qu'il cherche.

– Assieds-toi », recommande Othello. Et comme l'historien se dirige vers la porte, il le rattrape et le pousse sur son siège.

« Je ne veux pas que tu partes, dit Apolline. Mais tu te tais. S'il te plaît, pas d'esclandre. »

Daimeuse revient, plusieurs dossiers sous le bras. S'assied et dit : « L'avantage des grosses sociétés, c'est qu'elles ont de la ressource, hein ? Je vous propose, au choix, un trois-pièces mignonnet en diable porte Champerret ou un quatre-pièces dans la banlieue, près de Courbevoie. Avouez qu'en comparaison, votre appartement ne pèse pas bien lourd. Qu'en pensez-vous ?

– Rien, répond Apolline.

– J'ai également un cinq-pièces dans un vieil immeuble de la rue Bergère. Ou bien un quatre-pièces dans le XIIe que je veux bien troquer contre un studio près des Champs-Élysées. Petit mais pas mal. Et je vous laisse même une cave…

– Non, répond Apolline.

– Mais enfin ! s'écrie le Grand Adversaire. Voyez donc la chance que je vous offre ! » Puis, il change de registre : « Vous tenez à votre maison, n'est-ce pas ?

– Oui, répond Apolline.

– Bon. Moi aussi, figurez-vous. Mais si vous ne me le vendez pas, tout l'immeuble sera détruit. Ah, ah, ah, vous en ferez une bobine ! »

Il écarte ses mains en un geste fataliste, appréciant le résultat de ses paroles.

Résultat nul : personne ne bronche.

« Je vais être clair. Dans la rue Vilin, passage compris, aucun immeuble ne peut être rénové. Sauf le vôtre. Nous voulons le transformer en hôtel particulier d'époque. Dans ces conditions, c'est presque faire œuvre de mécénat que de nous le céder.

– Nous ne partirons jamais, dit Apolline. Un point c'est tout.

– Non, ce n'est pas tout, dit le Grand Adversaire. Voulez-vous que je vous explique ?

– Nous sommes venus pour cela.

– Alors accrochez-vous, car vous allez enfin comprendre. L'immeuble ne m'intéresse que dans sa totalité. J'en ai racheté des parts pensant les avoir toutes. Savais pas que j'aurais affaire à des zozos comme vous. » Il sourit méchamment. « Maintenant que je suis informé, je vais prendre des mesures. Gentil quand il s'agit de traiter, je deviens dur lorsqu'on ne veut pas m'entendre.

Or vous ne voulez pas m'entendre. » Il regarde Apolline : « Hein, vous ne voulez pas m'entendre ?

– Nous vous écoutons, répond sèchement la jeune fille.

– C'est ça. On écoute sans entendre. Donc je vais devenir dur. Comme ceci. » Schlak : son poing tombe sur la table. « Je ne ferai rien avant le 15 mars parce que jusqu'à cette date, nous sommes en période d'hiver. L'hiver est une bonne saison pour les pauvres : des lois les protègent. Après, revient le temps des riches. Alors là, ah, ah, ah, ça va valser. Comme ça. » Schlak : une nouvelle fois, sa main frappe le bureau. « Ma société compte une branche spécialisée dans l'éjection des clients têtus. On ne va pas en arriver là. Hein ?

– Poursuivez, dit Apolline d'une voix blanche.

– Les clients têtus, c'est l'affaire de mon beau-frère. À partir du 15 mars, il se débrouillera pour que l'immeuble périsse de lui-même. C'est la méthode. Deux mois plus tard, votre baraque sera déclarée en état d'insalubrité. Ça marche toujours. Ensuite, M. le maire se chargera lui-même de faire place nette. La police, vous ne l'ignorez pas, ah ah ah, c'est encore ce qu'on a trouvé de plus efficace pour ce genre d'opération.

– Et ensuite ? demande Apolline.

– Ensuite, nous reconstruirons ce que nous aurons démoli. Ça ne coûtera pas beaucoup plus cher que le prix de votre appartement. Et au moins nous l'aurons ! »

La jeune fille pince Lulu et le retient par la manche. Puis se lève et dit : « Vous n'avez rien d'autre à nous proposer ?

– Si. Un trois-pièces à Ménilmontant.

– Cela ne nous intéresse pas. Au revoir, monsieur.

– Au 15 mars, répond le Grand Adversaire.

– Au 18, rétorque sourdement Lulu. Relisez vos manuels. »

Apolline refusa les heures supplémentaires que lui proposa Yolande Pneu : « Je ne pourrai pas tenir…

– Tenir quoi ?

– Mais la pose, voyons !

– Vous n'aimez donc pas votre travail ?

– Non.

– Alors pourquoi le faites-vous ?

– Pour vivre.

– Chez nous, lui dit Mlle Pneu en la regardant sévèrement, il faut y croire. »

Elle n'y croyait pas ; et se demandait même s'il n'eût pas mieux valu abandonner l'Institut pour rester avec les deux hommes dans la maison du passage. Allongée sur la table, les membres gourds, elle attendait le « C'est l'heure » qui balisait ses poses. Et, devant les visages studieux fixés tantôt sur le papier, tantôt sur elle-même, Apolline pensait au 15 mars, un vendredi – peut-être qu'ils ne viendront que le lundi, premier jour d'une autre semaine. Tendait un bras ou roulait le dos lorsque Mlle Pneu passait commande, et son esprit battait la campagne au-delà des jours à venir. Il ne restait plus qu'une semaine, c'était comme quand Estibal… Elle se reprenait à compter le temps, se souvenait des week-ends découpés en tranches horaires et relevait la tête, c'est l'heure et je suis là, c'est l'heure et j'y suis toujours, c'est l'heure, dans moins de quarante-cinq minutes je descendrai de cette table, m'attendront-ils à la sortie du métro ?

Lulu reconstituait parfois l'arbre généalogique de sa famille spirituelle, et il lui semblait alors que l'Espagne de 36 ou l'Allemagne de 19 pesaient d'un poids terrible sur ses propres résolutions. Pour l'heure, il ne décidait rien, mais s'interrogeait sur les choix qu'eût faits l'Ancien. Une épreuve redoutable l'attendait : protéger ce lieu. Comment le ferait-il ? Bien sûr, Daimeuse n'avait rien d'un Noske. Mais lorsqu'il se le représentait, l'historien le voyait bardé d'armes inconnues, dangereux, terriblement dangereux. Il n'était pas un monstre mais le soldat du capital, l'instrument d'un destin noir.

Il en parlait beaucoup à Apolline et à Othello, qui ne cherchaient même plus à le rassurer : eux aussi s'inquiétaient. Liés les uns aux autres dans une sinistre mélasse, ils partageaient leurs peurs et leurs interrogations. Jusqu'au 15 mars, toutes leurs soirées furent occupées par l'examen d'une triple question : Qui ? Quoi ? Comment ?

Maryse n'y échappa point. Comme les autres jours, on parlait des événements le mardi soir. Bien que n'y comprenant rien, la jeune femme se mêla aux conversations communes : elle se voulait totalement solidaire. Un soir, elle avoua à Apolline son bonheur d'avoir trouvé des amis. Et comme la jeune fille lui demandait si elle n'en avait aucun autre, Maryse répondit que non, que seul l'homme auquel elle était attachée paraissait s'intéresser à elle. « Hélas, je ne le vois pas beaucoup », ajouta-t-elle amèrement. Lulu approchant, Apolline changea de conversation. Mais elle fut bouleversée quelques heures plus tard par une phrase en anglais que prononça la jeune femme en se redressant – une phrase déjà entendue, deux fois, bien longtemps auparavant. Sonnant aussi rudement qu'une mauvaise injonction, ces quelques mots la plongèrent tout d'abord dans un effroi très certainement lié au rapport qui pouvait exister entre l'homme dont venait de parler Maryse et les mots entendus. Puis Apolline ricana, prêtant au seul hasard une correspondance impossible entre cet événement et un autre, de trop peu de poids pour se reproduire en un lieu si éloigné. Enfin, songeant qu'un hasard plus un hasard font une bien étrange coïncidence, elle s'efforça de bien se souvenir. Et c'est ainsi que, née de la rencontre entre une mémoire, une présence possible et un détail reproduit, l'idée apparut, énorme et improbable. Présente cependant.

Rien ne se produisit le 15 mars. Et rien le 16. « Je l'avais prédit, assura Lulu. Attendons lundi. » Ils ne sortirent pas du week-end. Apolline trompa le temps en dormant et en relisant certains passages de *L'Idiot ;* Othello et Lulu se livrèrent des batailles navales aux règles revues et corrigées par l'historien : point de cuirassiers ou de vedettes, mais des canots, des felouques, des barques ; qu'on ne touchait ni ne coulait, mais que l'adversaire entrevoyait, apercevait, contemplait. Les plus grands voyeurs gagnaient la partie.

Entre un cargo entrevu et un chalutier considéré, les deux hommes échangeaient des regards sombres chaque fois qu'ils entendaient un bruit. Ils abandonnaient alors les océans et descendaient au rez-de-chaussée afin de s'assurer que personne n'avait poussé la porte de la maison. De retour au quatrième, ils s'asseyaient devant le poêle, s'interrogeant sur les événements avant de reprendre le jeu interrompu.

« E2, faisait le bibliophage.

– Eaux sereines, répondait l'historien. A6 ?

– Chaloupe entrevue. B1 ?

– Cargo distingué. A7 ?

– Chaloupe avisée. C1 ?

– Eaux sereines. »

Et ainsi de suite jusqu'à un nouveau bruit.

Ils craignaient même le silence : quand au bout d'un quart d'heure aucun son n'avait suspendu la partie, ils se regardaient en hochant la tête. Puis l'un des deux se levait, marchait sur la pointe des pieds jusqu'à la porte qu'il ouvrait brutalement en questionnant : « Qui va là ? » D'autres fois, Lulu déposait son crayon et demandait : « N'as-tu rien entendu ? » Othello tendait l'oreille. « Non, disait-il.

– Écoute bien. »

C'était Apolline qui montait.

Un soir, elle dit : « Demain, nous serons le 18 mars. Il faut nous y préparer : barricadons l'entrée de l'immeuble.

– Avec quoi ?

– Ce que nous trouverons dans les maisons voisines. Venez. »

Ils descendirent, visitèrent les immeubles de la rue Vilin où ils découvrirent une armoire délabrée et deux anciennes tables de cuisine. « On dispose tout ça dans l'entrée, proposa l'historien, entre la porte et le mur. En espérant que la longueur conviendra... » Ils alignèrent les deux tables bout à bout puis l'armoire contre le mur, coincèrent deux parpaings dans l'espace resté libre et, enfin, testèrent leur installation : la porte résistait.

« Ça tiendra ce que ça tiendra, dit Apolline. En tout cas, c'est mieux que rien. » L'historien la regarda, curieux. « Peux-tu m'expliquer, demanda-t-il, pourquoi tu agis désormais comme moi ? Entre mes sacs de ciment et ta barricade, il n'y a guère de différence !

– Il y en a deux : premièrement, notre échafaudage est plus utile que ta collection de sacs de ciment. Deuxièmement... » Elle se tut. « Deuxièmement ? insista le bibliophage.

– Rien, répondit Apolline. Peut-être n'y a-t-il pas de deuxièmement. Nous verrons bien. »

Ce soir-là, ils se couchèrent de bonne heure.

Le lendemain, très tôt, Lulu était debout, fébrile. 18 mars 1871 : à l'aube, les troupes gouvernementales occupent Montmartre, Belleville, les Buttes-Chaumont, la Bastille et le Luxembourg. À huit heures, les premiers canons sont attelés. Paris s'éveille. Femmes, enfants et gardes nationaux fraternisent avec la troupe. Le général Lecomte est arrêté. On reprend les pièces du Moulin de la Galette, celles des Buttes-Chaumont et du Luxembourg. L'armée se replie sur le Champ-de-Mars ; Thiers se réfugie à Versailles.

« Réveillez-vous ! crie l'historien depuis le quatrième. Nous sommes le 18 mars ! » Quatre à quatre, il descend au rez-de-chaussée, vérifie que la porte est bien coincée. Apolline et Othello le rejoignent. « On déjeune, puis chacun à une fenêtre, commande la jeune fille. De là, nous surveillerons le passage. »

À huit heures, personne ne s'est présenté. Ni à dix. Et Lulu, qui ne quitte pas sa fenêtre, songe que si rien ne se produit aujourd'hui, rien ne se produira jamais. Que plus d'un siècle après le premier jour de la Commune, trois jours après la date fatidique du 15 mars, quelque chose peut arriver. Ensuite, il sera trop tard. Il en persuade Apolline qui, à treize heures, quitte la maison pour Montparnasse. « Ne bougez pas d'ici », dit-elle aux deux hommes occupés à dégager l'entrée. « Compte sur nous », répond Lulu. Il coince la porte et regagne son perchoir. Devant, le talus. Plus haut, les immeubles de la rue Piat. À droite, le terrain vague. À gauche, l'escalier.

Une heure, deux heures, trois heures : rien. « Ça semble bon ! » crie le bibliophage en relevant la tête vers l'historien qui, de son étage, désigne une femme chargée d'un cabas : « Où va-t-elle ? » Mais la ménagère s'enfonce dans la rue du Transvaal et de toute façon, remarque Othello, qu'aurait-elle pu entreprendre contre la maison ? L'historien hausse les épaules : sait-on jamais. Il s'assoupit. « Eh ! appelle Othello. Regarde ça ! » Lulu se redresse brusquement. « Quoi ? » bafouille-t-il, honteux d'avoir cédé au sommeil. « À gauche ! » Deux hommes en bleu de travail descendent l'escalier de la rue Piat. « Merde ! » s'exclame Lulu. Il tend la tête. Les deux hommes s'arrêtent un bref instant, puis poursuivent leur chemin, en contrebas. « Fausse alerte, déclare Lulu. On a eu chaud. »

Quatre heures : rien. « Je fatigue, dit le bibliophage en rentrant la tête.

– Dans deux heures on arrête », répond Lulu. Sa poitrine s'allège ; il fredonne une *Internationale* à la mémoire des généraux Lecomte et Thomas. Cinq heures : rien. « Je crois qu'ils ne viendront pas », dit Lulu à Othello.

Le bibliophage, qui vient de reprendre son poste, exulte. « Attends encore un peu », conseille l'historien.

Six heures : rien. « Vive la Sociale ! hurle Lulu. Allons annoncer la bonne nouvelle à Apolline. »

Ils descendent la rue Vilin, bras dessus, bras dessous. Non ils ne sont pas venus, Daimeuse a bluffé et ils restent chez eux. « C'est quand même extraordinaire, déclare Othello, qu'il ait fait tout ce cirque pour rien.

– Ce n'est pas pour rien : il va démolir le quartier sans toucher au passage.

– Es-tu certain qu'ils ne viendront pas demain ? interroge le bibliophage comme ils descendent dans le métro.

– Ils avaient trois jours pour se manifester, et ils n'ont rien fait. On a gagné.

– Et s'ils venaient pendant notre absence ?

– Impossible, rétorque Lulu : on ne commence jamais un nouveau chantier après dix-huit heures.

– Tu vas voir la bobine d'Apolline quand on lui annoncera la nouvelle », murmure Othello avec un large sourire.

La bobine fut terrible. Abandonner la maison un jour pareil ! Déserter !

« Mais c'était pour te prévenir ! s'écria Lulu.

– D'accord. Et que diras-tu si la porte est enfoncée ?

– Elle ne le sera pas.

– On parie ? »

Ils ne parièrent pas. Mais remontèrent la rue Vilin en courant. La porte n'avait pas bougé. « J'ai eu peur », avoua la jeune fille.

Ils allumèrent la bougie de l'entrée, gravirent l'escalier. « Rien ! s'écria l'historien ; il n'y a rien ! » Les marches tenaient, et la rampe aussi. Personne n'avait forcé le premier étage ; ni le deuxième ; ni le troisième. Lulu poussa sa porte, souffla la bougie, abaissa l'interrupteur. Et sans même s'interroger sur la possibilité d'une panne ou d'un incident, il sut qu'on avait coupé l'électricité.

À partir du 18 mars, on vécut à la bougie. Les ombres, le soir, s'allongeaient jusqu'aux arêtes des murs. Une odeur de cire et de mèche brûlée se coula sur le sol et contre les parois. Cette ambiance nouvelle leur rappelait le provisoire d'une situation à laquelle ils goûtaient tout en sachant qu'elle ne durerait pas. Ils y goûtaient car les lueurs vacillantes des chandelles favorisaient une sorte de quiétude qui les prenait le soir : certains qu'aucun adversaire ne se présenterait durant la nuit, ils regardaient les nitescences, écoutaient le grésillement des mèches, oubliant pour un temps la veille comme le lendemain. Soucieux de coller parfaitement à cette ambiance lénifiante, ils parlaient à voix basse et s'interdisaient tout geste brusque qui eût rompu le charme. Othello suggéra bien de faire rétablir l'électricité, mais l'historien s'y opposa : outre que Daimeuse la couperait de nouveau, ils perdraient ce moment paisible, le seul qui fût agréable de toute la journée.

Les bougies plaisaient beaucoup à Maryse, qui y voyait comme un appel à se souvenir de son adolescence, quand elle était cheftaine d'une tribu de jeannettes. Et lorsqu'on leur coupa le gaz, vers le 25 mars, elle apprit à ses amis à cuisiner sur le poêle à bois et à goûter aux pommes de terre cuites sous la cendre.

L'historien reconnaissait à Daimeuse le mérite d'avoir amené sa bien-aimée à dormir chez lui puisque, une fois par semaine, la jeune femme acceptait de reconstituer l'ambiance des camps en plein air dans un soixante mètres carrés. Tous les mardis soir, on jouait aux ombres chinoises, on chantait des chansons de marche devant un poêle devenu feu de camp, et on s'endormait, roulés dans des couvertures figurant des sacs de couchage.

Lulu courtisait sa pasionaria avec la candeur d'un louveteau, persuadé – pour les besoins de la cause – que son appartement s'était transmué en une clairière de la forêt de Fontainebleau. Gêné par un petit froid sec, il se glissait contre la cheftaine qu'il touchait un peu, frôlement d'abord, puis caresse hésitante, caresse osée, caresse adulte enfin, qui lui valait une claque sur la main assortie d'une réprimande invariable : « À cette heure, les petits louveteaux doivent dormir ! » Il se tournait alors de l'autre côté, attendait que le souffle de sa compagne ressemblât à celui d'un vent mugissant et, quand la tempête faisait rage, il affectait le rêve le plus tendre, posait sa paume sur la hanche, montait jusqu'à l'épaule, stationnait près de la clavicule pour descendre enfin sur le sein où il mesurait sa capacité de grande personne à la croissance du mamelon. Éveillée en sursaut, la cheftaine sommait son protégé d'entretenir le feu et de retourner à sa place. Après quoi, sensible à sa détresse, elle l'autorisait à poser sa main sur sa hanche. De là, Lulu passait au nombril, s'aventurait en contrebas, recevait une claque, alimentait l'âtre, se tournait vers la fenêtre, plongeait dans des rêves tous plus doux et plus sensuels les uns que les autres jusqu'à ce que, vers six heures, Maryse l'autorisât à placer sa paume sur son sein de cheftaine. Mais pas plus.

Un matin, très tôt, Apolline rêva d'un escalier en flammes. Elle sautait les marches quatre à quatre, courait pour échapper à une fumée asphyxiante, et ses chaussures cognaient contre le bois en même temps que les gaz pénétraient ses narines. Elle s'éveilla : des volutes grises s'échappaient du poêle. Des coups résonnaient contre les murs. Elle toussa puis se précipita à la fenêtre qu'elle ouvrit en grand. « Levez-vous ! » cria-t-elle à l'adresse des dormeurs.

Maryse toussa ; Othello toussa ; Lulu toussa. On entendit un premier choc venu du toit, puis un second. Apolline jeta de l'eau sur les braises. « Qu'est-ce que c'est que ce bruit ? » marmonna l'historien en étouffant un bâillement. Ils écoutèrent. « Il y a quelqu'un sur le toit », fit Othello. Lulu rejeta sa couverture, enfila pantalon, chaussettes et chaussures, ouvrit violemment la porte et dévala l'escalier. Grimpé sur le terre-plein, il découvrit deux hommes en mouvement près de la cheminée de l'immeuble. « Hé ! cria-t-il, que faites-vous ? » Ignorant la question, les deux silhouettes se tournèrent de l'autre côté du toit et Lulu les vit jeter des seaux dans le passage Julien-Lacroix. À cet instant, Othello sortit de la maison. Lulu l'appela : « Fais le tour et arrête-les. » Le bibliophage partit en courant, Apolline sur ses talons ; « Dépêchez-vous ! » cria l'historien.

Othello atteignit le bas de l'échelle avant les deux hommes. « Vous ne descendrez pas ! » hurla-t-il. Puis, à Apolline : « Empêchons-les de toucher le sol. » « Qui êtes-vous ? » cria la jeune fille à l'adresse des ouvriers. Ils ne répondirent pas, mais commencèrent de glisser le long de l'échelle. Le bibliophage empoigna les montants. « Laisse, dit Apolline, ça ne sert à rien. » Ils s'écartèrent. Lulu arrivait, essoufflé. « Qui êtes-vous ? » reprit la jeune fille. Les deux hommes sautèrent sur la terre battue. « Pour qui travaillez-vous ? » demanda Apolline sans obtenir de réponse ; les ouvriers se contentèrent de plier consciencieusement leur échelle. L'historien tira l'un d'eux par la manche. L'homme se dégagea. Puis, s'adressant à Apolline : « Retiens tes copains, ma belle, sinon on leur casse la tête. » Elle ne l'avait jamais vu dans le quartier. « Venez, dit-elle à Lulu et à Othello : on ne peut rien contre eux. » Lentement, ils remontèrent vers la maison. « Vous savez ce qu'ils ont fait ? demanda l'historien furieux.

– Ils ont bouché la cheminée », répondit froidement la jeune fille.

Maryse les attendait au quatrième. « Je suis désolée, fit-elle.

– Tu n'y es pour rien, dit gentiment Apolline.

– C'est un soufflet », gronda Lulu.

Il se mit à cogner contre le mur. Othello démonta les conduites du poêle. On passa le manche d'un balai dans l'ouverture, puis on sonda : une planche avait été calée en travers de l'orifice, et on avait coulé du ciment par-dessus. « Les bruits que nous avons entendus devaient être ceux des pelletées, dit Apolline en regardant par le trou.

– Nous n'avons plus ni feu ni électricité, constata amèrement le bibliophage : ça va devenir confortable. »

Lulu pestait : « Si j'en tiens un !

– Défendez-vous, dit Maryse. Bloquez toutes les issues de l'immeuble. »

Ce qu'ils firent. Apolline se rendit dans une droguerie, d'où elle rapporta deux gros verrous qui furent (maladroitement) posés, l'un à la porte de l'immeuble, l'autre à l'entrée du quatrième. Il fallut convaincre Lulu, hostile par principe aux cadenas et aux clés. Maryse s'en chargea : « Tu es proprio oui ou non ?

– Je crois que..., hésita l'historien.

– Oui ou non ?

– En quelque sorte, balbutia Lulu.

– Alors fiche-nous la paix. »

Et on verrouilla le quatrième.

Apolline se rendit une nouvelle fois au commissariat. « Je désire déposer une plainte.

– Contre qui ?

– Des hommes qui sabotent mon appartement.

– Racontez-nous ça...

– On a d'abord coupé l'électricité. Ensuite, on a bouché la cheminée.

– Si vous êtes propriétaire de votre logement, vous pouvez agir directement. Si vous êtes locataire, vous avez intérêt à porter plainte conjointement avec votre propriétaire.

– Et si je ne suis ni locataire ni propriétaire ? »

L'autre la considéra avec intérêt. « Pardon ? Là, je ne comprends plus.

– Moi si, hélas », dit Apolline en se levant.

« Lulu, déclara-t-elle le soir même à l'historien, nous devons porter plainte contre la Béconier.

– Auprès des flics ?

– Oui.

– Jamais. »

Elle n'insista pas.

Faute de poêle, il fallut renoncer au chauffage et aux plats mijotés. Avant d'aller chercher Apolline, Othello confectionnait des salades. Ils mangèrent du jambon, du saucisson, quelquefois du poulet froid. Et des bananes à profusion. Lorsqu'il faisait froid, ils s'emmitouflaient dans des couvertures de laine, doublaient les paires de chaussettes et espéraient une belle saison précoce. « En mai fais ce qu'il te plaît, chantonnait Apolline. Plus que deux mois. »

Elle accompagnait parfois Lulu dans ses rondes nocturnes. Ensemble, ils inspectaient soigneusement les entrées des immeubles, puis l'historien laissait la jeune fille devant l'escalier de la rue Piat et descendait la rue Vilin. Là, il se dissimulait derrière une encoignure, guettant d'éventuels adversaires. Après un quart d'heure d'attente, il ouvrait toutes les portes principales, scrutait l'ombre et achevait sa promenade par une visite aux chantiers de la rue Ramponeau.

Jusqu'à minuit, il descendait ainsi toutes les heures, dormait mal, sortait à huit heures du matin et abandonnait à midi. Il lui arriva encore de dérober des sacs de ciment : le 23 mars pour commémorer l'appel de la capitale aux départements, le 26, en l'honneur des élections de l'assemblée municipale de Paris. Ce jour-là, exceptionnellement, le bibliophage vola lui aussi un sac dédié à Jules Vallès, élu dans le XVe arrondissement.

Le 4 avril fut marqué par un événement majeur : l'installation d'une baraque aux armes de la Béconier dans le bas de la rue des Couronnes. Commencée le matin, la construction fut achevée le soir. Le lendemain, à l'aube, Lulu et Apolline l'examinèrent : quatre pans de bois dressés sur une plaque de béton, une grande baie vitrée, deux portes solidement verrouillées.

« Donne-moi une pierre », commanda Apolline. Lulu lui tendit un caillou qu'elle assura dans sa main gauche. Elle recula jusqu'à l'extrémité du trottoir, prit son élan, balança le bras et ouvrit la main. La Béconier perdit une vitrine.

Ils attendirent. Lulu continua de compter les camions et les grues, Othello de s'inquiéter du moindre bruit, Apolline de passer des vitupérations de Yolande Pneu à l'angoisse qu'elle ressentait depuis que Maryse avait proféré cet ordre, ce fameux ordre en anglais.

Ils attendirent longuement, matin et soir, tantôt vautrés sur les matelas à regarder couler les bougies, tantôt énergiques et vengeurs, fouillant les maisons voisines à la recherche des démolisseurs.

Ils attendirent sans rien entreprendre, car si l'adversaire avait le choix des armes, il avait aussi celui des coups. Loin de baisser la tête, ils la relevaient au contraire, éperdument, imaginant et supposant, prêts à répondre à l'estocade. Ils usaient leurs yeux à regarder, à dénombrer, à surveiller, ne cessaient d'inventer des méthodes d'attaque et des techniques de défense, celles-ci demeurant sans fondement puisque personne ne savait prévoir celles-là. Alors ils attendaient.

Un jour de la mi-avril, Othello voulut se laver. Il ouvrit le robinet, reçut le jet entre les mains, puis le jet se tarit, devint filet avant de s'écouler goutte à goutte d'un robinet désormais aussi inutile qu'un lampadaire privé d'ampoule. Il s'en voulut de n'avoir pas prévu cette gifle que leur assenait Daimeuse car oui, après l'électricité, il était normal que l'eau fût coupée. « Lulu, dit-il doucement, on n'a plus d'eau. » Il fallut retenir l'historien, rendu fou par le spectacle de sa maison fichant le camp.

On tira le verrou.

Les deux hommes prirent l'habitude de pousser Caddie et poussette jusqu'à une fontaine publique qui déversait son trop-plein dans trois seaux de dix litres, maladroitement ramenés au quatrième. Ils se lavaient ensuite à tour de rôle, grelottant de froid dans une pièce non chauffée.

Au fil des jours, le danger se rapprochait. Dès les premières heures de la matinée, on entendait les pétarades des marteaux-piqueurs défonçant le sol d'un chantier voisin. Les cafés de la rue des Couronnes étaient envahis par des ouvriers du bâtiment venus y boire un ballon de rouge aux heures de pose. Tout le quartier se mettait peu à peu à vibrer aux accents des démolisseurs, et si personne n'avait encore touché à la rue Vilin, des grues s'élevaient non loin et de nombreux visiteurs s'arrêtaient à la cahute de la Béconier.

Vint le 30 avril. Jour béni pour les Versaillais qui, à l'aube, lancent le 38ᵉ de ligne et un bataillon de chasseurs contre les derniers insurgés lyonnais. On massacre à la Croix-Rousse, on massacre à la Guillotière. Lulu remonte la rue Vilin, un sac de ciment dans son landau. Tourne à droite et stoppe immédiatement : devant la maison, attend quelqu'un. Tiens. Il recouvre la voiture de sa bâche et, à petits pas, avance. Le visiteur se retourne. « Ah ! » s'écrie l'historien.

Il l'a reconnue. Semblable à elle-même dans son tailleur strict, ses breloques et son rouge à lèvres. Et elle lui sourit, bien sûr, Mˡˡᵉ Goujon, la fausse assistante sociale qui ne tenait pas à ce que l'on vît une employée de mairie forniquer avec un marchand de pipes – mais, explique-t-elle, c'était pour obéir à mon patron. « Ouais », fait Lulu en abandonnant sa poussette. Il n'a pas compris qu'elle ne parle pas de « la chose », effectuée par désir-désir et non par désir professionnel, mais de la substitution des rôles, obligatoire dans le métier qui est le sien, métier dans l'exercice duquel elle vient aujourd'hui afin de demander aux squatters des trois premiers étages de bien vouloir déménager pour que l'on puisse procéder aux travaux d'aménagement.

« Mes amis n'occupent que deux étages », dit Lulu en la considérant froidement.

Elle se penche sur le landau, dit que c'est plutôt inusité comme panier à provisions, mais qu'est-ce que vous y mettez ? écarte la bâche, des sacs de ciment, vraiment vous pourriez mieux vous occuper.

« Oubliez cela, dit l'historien en déverrouillant la porte d'entrée… Qu'arrivera-t-il si mes amis ne déménagent pas ?

– Police, mon cher. Si je puis me permettre de vous donner un conseil d'ami… » D'ailleurs elle ne voit pas pourquoi elle ne se le permettrait pas eu égard à leurs relations passées qui furent bonnes somme toute en dépit d'un petit mensonge très légèrement proféré pour les besoins de la cause, n'est-ce pas mon cher ?, elle n'hésite donc pas à dire : n'enfreignez pas la loi.

– Vous en avez trompé beaucoup comme moi ? » demande Lulu, ignorant le conseil.

Il est le seul ou à peu près, et c'est pourquoi elle est venue alors que Daimeuse préférait ne rien dire et lâcher d'abord la première équipe puis celle de son beau-frère que l'historien, du reste, connaît puisqu'il vint ici quelque quinze mois auparavant. « Je m'en moque, répond Lulu. Ils m'ont coupé l'eau et l'électricité, d'accord, mais pour le reste ils peuvent toujours essayer. »

Quoi ! L'eau et l'électricité ! Et le gaz, aussi ? Elle ne peut ni ne veut y croire. Mensonges que tout cela, à d'autres.

« Venez vérifier », propose Lulu en s'effaçant devant elle. Ils montent, elle devant, lui derrière. Son bas droit est filé. Ses talons restent parfois coincés dans les fissures des marches. « Il faudrait refaire l'escalier », dit-elle en se dégageant. Elle demande à voir les autres étages, dit que si c'était chez elle elle abattrait les cloisons des appartements parce que tout de même, une belle pièce vaut mieux que deux petites tu l'auras, et, mon Dieu, ces chambranles de fenêtre qui ne tiennent pas, les planchers sont bien pourris… Elle avoue un certain amour pour les livres, surtout ceux avec des images – quoique trop c'est trop, votre ami ne les a certainement pas tous lus. Ils montent. Lulu respire : elle a oublié le premier étage, où sont entreposés les sacs de ciment.

« C'est joliment aménagé ici, dit-elle en touchant les coussins d'Apolline, on voit tout de suite que le ménage est tenu par une femme. » Elle examine les chambranles, pourris aussi, tiens, il n'y a pas de moulures au plafond, tant mieux parce qu'il faudra certainement le refaire. Et chez vous ?

Lulu l'entraîne au quatrième. Sur le palier, il tire une clé de sa poche et l'introduit dans la serrure. Puis il demande : « Que veut au juste votre patron ?

– Ses appartements.

– Rien d'autre ?

– Pour autant que je sache, et je sais voyez-vous, puisque chez nous la confiance est de mise, pour autant que je sache, donc, mon patron ne veut que ce qu'il demande et que ce à quoi il a droit pourquoi voudriez-vous qu'il triche voyons voyons, ça n'a pas beaucoup changé chez vous depuis la dernière fois… »

Lulu la pousse dans l'entrée. Mais s'il accepte qu'elle regarde la cuisine – où, elle en convient, il n'y a plus d'eau –, puis l'Atelier – où, en effet, il n'y a plus d'électricité –, il la retient quand elle fait mine d'entrer dans le Cabinet. « Là-bas, c'est chez moi ; il n'y a rien à voir. » Et lorsque Mlle Goujon essaie de pousser la porte, il se précipite, lui prend violemment la bouche – et l'étreint avec dégoût, tout comme il eût frappé un homme si Daimeuse était entré.

« Une fois encore ? demande-t-elle alors qu'il s'est écarté.

– Non.

– D'un côté c'est dommage et d'un autre pas dommage, répond-elle en s'assurant du maintien de son chignon qui bouge tout le temps ah ! la la ! j'ai perdu trois épingles, dommage car j'y avais pris du plaisir et pas dommage en raison du peu de temps dont je dispose, au fait, j'ai autre chose à vous dire : M. Daimeuse vous propose un deuxième rendez-vous.

– C'est pour cela qu'il vous a envoyée ? »

Elle se pince le sein droit.

« Inutile donc, de déguiser votre mission en visite de bons offices… »

Elle ignore le contretemps et, rapidement, sans le regarder, lâche :

« Un pavillon dans la banlieue ouest contre votre appartement.

– Vous voulez donc m'éjecter ?

– Pas vous ! rectifie-t-elle. Mais vos amis, oui. Des nouveaux locataires viendront bientôt.

– Dites à votre patron que je préfère les vrais morts aux morts-vivants et que jamais il n'aura ma maison. »

Elle lui lance un regard sec, pourtant dénué d'acrimonie. Puis ferme les boutons de son tailleur et redescend l'escalier en se tenant à la rampe.

Pour Lulu et Othello, on avait gagné : en demandant aux intrus de déménager, Daimeuse renonçait à récupérer le dernier étage. Sinon, il n'eût pas dissocié les deux problèmes, mais lancé une action globale contre tous les habitants de l'immeuble. La visite de Mlle Goujon était comme la dernière tentative d'un général en chef qui s'efforce de marquer un point avant la signature de l'armistice.

« Point accepté, décréta Lulu, armistice proche : on déménage. »

Si elle était d'accord pour vider les appartements des étages inférieurs – après tout, ça prouverait leur bonne foi –, Apolline ne croyait pas que la visite de Mlle Goujon écartait la menace. « Ça cache quelque chose, dit-elle.

– Oui, répliqua Othello : ça cache la défaite de la Béconier. » Et comme la jeune fille secouait négativement la tête, il lui demanda la raison de son scepticisme.

« Quelque chose ne colle pas, dit-elle en réfléchissant. J'en suis sûre.

– Pourquoi ?

– Sais-tu l'anglais ?

– Non.

– Alors tu ne peux pas comprendre, répondit rêveusement Apolline. Mais enfin, déménageons… »

Ils commencèrent par ranger l'appartement de l'historien. Les objets qui encombraient le vestibule furent jetés ou empilés dans la seconde pièce à laquelle on ne toucha pas. Les deux hommes poussèrent la table contre le mur, nettoyèrent le plateau dont une moitié fut attribuée à Othello et l'autre réservée à la fabrication des pipes. On décida de faire place nette aux heures de repas, pris comme d'habitude dans l'ancien Atelier de l'historien, devenu chambre d'Apolline. Le vestibule fut offert au bibliophage, qui y rangea ses volumes les plus rares, les autres demeurant sur le palier en attendant la construction de faux plafonds (promettait Lulu). On monta les matelas et les coussins d'Apolline, déposés sur sa couverture. Enfin, le bureau d'Othello fut provisoirement déposé au rez-de-chaussée, avec le Caddie et la poussette.

Restaient les sacs de ciment, que la jeune fille et le bibliophage descendirent un matin sur le terrain vague. « Brûle-les, recommanda Apolline à l'historien. De toute façon, les futurs locataires les jetteront. »

La mort dans l'âme, Lulu s'exécuta.

Il leur fallut deux jours pour trouver une organisation qui leur permît de vivre ensemble sans trop se gêner. Le premier qui ouvrait l'œil sifflait doucement pour annoncer qu'il ne dormait plus. S'ils étaient réveillés, les deux autres répondaient de la même manière. Personne ne se levait avant d'avoir entendu les trois sifflements : l'appartement était si exigu que le moindre mouvement éveillait toute la maisonnée.

Couchant près du lavabo, Othello se lavait le premier. Lulu lui succédait, puis Apolline, qui aimait paresser au lit. On prenait le petit déjeuner sur la table de l'ancien Atelier, après quoi Lulu troquait les bols contre ses pipes – moitié est – et les feuilles d'Othello – moitié ouest. Le bibliophage faisait la vaisselle tandis que la jeune fille s'habillait dans la pièce du fond. À dix heures, on allait ensemble faire les courses. À onze heures, l'historien fabriquait ses pipes. À midi et demi, on déjeunait. Puis Lulu accompagnait Apolline jusqu'au métro avant d'entamer une promenade qui le conduisait tantôt au Père-Lachaise, tantôt ailleurs. À seize heures, il remplaçait le bibliophage et varlopait jusqu'à dix-neuf heures.

Lorsque Othello revenait avec Apolline, Lulu abandonnait ses bouffardes pour préparer le dîner. Enfin, recommençait la cérémonie de la toilette, prélude à l'extinction des feux. On ne modifiait cette organisation que les mardis soir, lorsque venait Maryse. Alors, les matelas étaient tirés dans la première pièce, transformée en camp scout.

Ils attendaient les futurs locataires sans inquiétude : s'ils étaient sympathiques, on se lierait avec eux ; dans le cas contraire, il suffirait de s'enfermer au dernier étage et de n'en pas sortir.

Le 5 mai au matin, ils furent éveillés par un bruit de moteur. Othello siffla. Lulu siffla. Apolline répondit.

« Ils viennent en voiture ! s'écria l'historien en rejetant ses couvertures. C'est la première fois que j'ai des voisins motorisés. » Cette perspective l'excita : il se voyait déjà donnant un coup de main pour réparer une batterie ou changer un pneu… Il se pencha à la fenêtre en criant « bonjour, bonjour », puis recula, blême.

« Alors, demanda Othello du vestibule, quelle bobine ont-ils ?

– La bobine d'une camionnette de la Béconier », répondit lugubrement Lulu.

Il enfila un pantalon par-dessus son pyjama et, pieds nus, descendit l'escalier, Apolline sur ses talons. Trois hommes entraient dans la maison. La jeune fille les regarda attentivement puis, soulagée, regagna le quatrième. Lulu atteignit le rez-de-chaussée. « Salut », fit-il maladroitement. On lui répondit d'un geste de la main.

« Êtes-vous les nouveaux locataires ?

– Nous venons pour les travaux, répondit l'un des ouvriers. Je suis le chef d'équipe.

– Quels travaux ? » balbutia l'historien en descendant les dernières marches.

« Eh, on va voir ! » répondit l'autre en haussant les épaules.

Il tira un carnet de sa poche, regarda l'historien et dit : « C'est vous l'olibrius du quatrième ?

– C'est moi.

– Très bien. On visite le reste. »

Ils pénétrèrent dans l'appartement du premier, où Lulu voulut les suivre. Le chef d'équipe le repoussa sans ménagement : « C'est à vous, ici ?

– Non.

– Alors décampez... »

L'historien rejoignit les deux autres. Othello lui demanda ce que venaient faire les ouvriers. Personne ne le savait exactement : Apolline supposait qu'ils allaient remettre à neuf les logements avant de les louer ; Othello en doutait : pour lui, Daimeuse envoyait ses maçons et ses peintres afin de transformer les appartements en bureaux où s'installerait certainement la Béconier. Si la jeune fille s'inquiétait de ce nouveau voisinage, le bibliophage tremblait surtout pour le plateau de sa table, qu'il redoutait de trouver rayé au poinçon ou au tournevis.

« Tu n'as rien à craindre, le rassura Apolline. Ils ne sont pas venus pour cela. Crois-moi, ils ont bien d'autres choses à faire ! »

Ils avaient à démolir. Bientôt, les murs vibrèrent aux coups des marteaux, et l'immeuble résonna de bruits multiples. Ça commençait à neuf heures pour s'achever en fin d'après-midi. Ne pouvant se concentrer sur son travail, Othello écumait de rage. Quant à Lulu, il dérapait sur sa bruyère lorsqu'un coup de masse plus violent que les autres rompait un rythme auquel, après une demi-heure d'efforts, il s'était habitué. Des gravats encombrèrent bientôt l'entrée. Un soir qu'Othello était descendu pour déplacer son bureau, il le trouva renversé. Deux pieds avaient été brisés ; un pan de plâtre avait démoli le plateau. « C'est dégueulasse », fit-il en ramassant les restes de sa table. Il les examina : on ne pouvait plus rien en faire. Alors il pénétra dans l'appartement du premier étage, dont deux cloisons avaient été abattues. Une brique traînait sur le sol. Le bibliophage la ramassa et, méticuleusement, réduisit en miettes toutes les fenêtres du logement. Calmé, il demanda à Lulu de l'aider à hisser le Caddie dans l'escalier. On l'attacha à la rampe, entre le troisième et le quatrième étage. La poussette fut sacrifiée.

Ils suivaient la progression des travaux en visitant l'appartement sitôt que les maçons l'avaient quitté. Lorsque les trois cloisons furent descendues, ils soufflèrent : maintenant, ils allaient certainement repeindre…

Il n'en fut rien. Après les murs, les ouvriers s'attaquèrent aux chambranles des fenêtres, démolis, puis au plancher, défoncé. De nouveaux gravats s'accumulèrent dans l'entrée et au bas de l'escalier. Enfin, quatre jours après avoir fait irruption dans l'ancien logement de l'employé du gaz, les maçons passèrent au deuxième. Ayant remarqué que le chef d'équipe déposait ses hommes le matin pour revenir les chercher le soir, l'historien voulut profiter de son absence pour en savoir plus. Un après-midi, deux bouteilles de bière à la main, il descendit. Les maçons avalèrent les canettes et acceptèrent de s'expliquer. Longuement. En espagnol. Lulu n'y comprit rien.

Les débris – pierre, ciment, plâtre – s'accumulèrent. Il devint de plus en plus difficile de hisser les seaux d'eau jusqu'au quatrième. Les courants d'air provoquaient l'extinction des bougies allumées dans l'escalier. Apolline manqua plusieurs fois de s'étaler sur le palier du premier. L'immeuble ressembla bientôt à un vaste chantier dont on mesura les transformations au cri que poussa Maryse lorsqu'elle revint, moins d'une semaine après l'arrivée du chef et de son équipe. Elle eut beau affirmer que « ç'allait être épatant », personne n'y crut réellement. Ce soir-là, on se demanda même pourquoi tout allait si vite, pourquoi les maçons se souciaient plus de démolir que de reconstruire, pourquoi les gravats n'étaient jamais déblayés, bref, à quoi jouaient les employés de la Béconier. Le plus étrange venait de ce qu'aucun autre immeuble de la rue ou du passage Vilin n'avait été investi de la sorte. Seule leur maison vibrait au raffut des travaux. Quand cela s'achèverait-il ?

Le 10 mai, les ouvriers abandonnèrent le deuxième étage pour le troisième. Bruits et ébranlements se rapprochèrent au point qu'Othello et Lulu renoncèrent à travailler : le tintamarre empêchait le premier de se concentrer, et les pipes du second tremblaient sur la table, quand elles ne glissaient pas au sol.

Le 16, une seconde équipe arriva, qui s'occupa de la toiture. Des échelles furent alignées contre la façade. À une question que lui posa Lulu, le chef d'équipe lui assura que toutes les tuiles étant fendues ou poreuses, il fallait les changer.

« Mais s'il pleut ? demanda l'historien.

– Eh bien il pleuvra, que voulez-vous que je vous dise ? »

Rien. Évidemment rien. L'immeuble était pris d'assaut : à l'intérieur, par des hommes qui détruisaient à une allure vertigineuse ; à l'extérieur, par des charpentiers ; plus loin, beaucoup plus loin, par un homme froid qui semblait avoir tenu parole.

Se décomposant au fil des jours, le bâtiment devenait aussi obscène qu'une caravelle privée de ses voiles. Et il y avait désormais du mouvement dans le passage : le matin, une première camionnette déposait les ouvriers employés à l'aménagement des pièces ; une seconde survenait l'après-midi, qui amenait les hommes chargés de la réfection du toit. Et ceux du haut sifflotaient tandis que ceux du bas cognaient, créant un fond sonore où le vacarme alternait avec les trilles, jusqu'au soir et même après puisque, dans leur sommeil, Apolline, Lulu et Othello les entendaient encore.

Ce qu'ils craignaient par-dessus tout, c'était la pluie. Entre le ciel et l'appartement de l'historien, il ne restait qu'une mince couche de plâtre que l'averse aurait tôt fait de transpercer. Ne cessant d'espérer, Lulu attendait l'arrivée de camions chargés de tuiles neuves. Mais il n'en vint jamais. Et jamais non plus on n'apporta de sacs de ciment, de vitres, de lattes pour refaire les appartements saccagés.

Un matin, Apolline entendit le chef d'équipe dire à l'un des ouvriers que dans moins d'une semaine, lorsque le toit serait achevé, ils partiraient tous. Le « groupe spécial », responsable de la suite des travaux, prendrait la relève. Le soir, Maryse vint. Apolline attendit qu'ils eussent dîné pour se lever. Alors, elle dit : « Je vais me coucher, *let's go,* demain je travaille. »

Maryse sursauta.

Apolline décida immédiatement de quitter l'Institut artistique : on aurait besoin d'elle passage Vilin…

Le jour où les ouvriers s'attaquèrent au plafond du troisième étage, elle prit l'offensive contre Yolande Pneu : elle démissionna. À Lulu qui l'attendait à Couronnes, elle dit : « Je n'ai plus de travail.

– Et moi plus de plancher, répondit l'historien, sinistre. Ils ont crevé le plafond du troisième. »

Au quatrième, Apolline constata qu'un trou de soixante centimètres béait dans la seconde pièce. Et qu'il leur restait quatre cent seize francs soixante pour vivre.

Lulu n'y croit plus. Il s'endormirait bien dans un coin du terrain vague, loin de cette maison qu'ils finiront, évidemment, par envahir. Sans pour autant l'avoir. C'est là l'ultime résolution à laquelle s'attache l'historien depuis que le reste s'est lézardé. On a remplacé les ampoules par des bougies, renoncé au poêle, tiré l'eau des fontaines et disposé des planches sur le trou de la seconde pièce. Quand ils en auront terminé avec la toiture, les ouvriers briseront les murs extérieurs, et le plafond s'effondrera. À quoi bon imaginer d'autres issues que celle, prévue depuis longtemps, de l'éjection ? Chaque jour, Apolline s'emploie à déblayer l'escalier de ses gravats, mais Lulu s'en moque. Elle a décroché les drapeaux des fenêtres pour les étendre sur la brèche du plancher sans qu'il s'y oppose. « Faisons quelque chose ! scande sans cesse Othello.

– Quoi ?

– Appelle la police. »

Il ne s'y résoudra jamais. Il méprise autant les agents que les communards se défiaient des sergents de ville. Chaque tuile se brisant au sol lui inflige de violents élancements ; de voir ainsi saccager cette maison dont il n'a jamais dévoilé le secret lui fait mal. Mais il ne frappera pas à la porte d'un commissariat pour demander de l'aide. Aucun des habitants précédents ne l'a fait, il ne sera pas le premier. C'est sur lui que tombera l'ultime mission et il ne s'y dérobera pas : après tout, Jacob l'avait bien prévu. La chaîne se brise. Encore quelques jours, seulement quelques jours, et pour ce répit, il se battra encore. Il est un communard. Son fusil, c'est le tableau de Courbet ; son pays, la maison du passage. Rien avant le 28 mai : aucun traité, aucun accord.

28 mai, onze heures du matin : fin de la Commune.

Il plut. La première ondée ne causa aucun dommage. La seconde gonfla le plâtre du plafond. Avec angoisse, ils attendirent la troisième. « Il faudra bien s'en aller un jour, dit Othello en examinant les boursouflures.

– Pas maintenant », répondit Apolline avec une énergie qui surprit l'historien.

Dans la nuit du 19 au 20, l'eau transperça une cloison de l'Atelier. Les gouttes éveillèrent Apolline, qui appela les deux autres. On alluma une bougie. Ce fut la consternation : complètement imbibé d'eau, le plâtre s'effritait.

Ils vérifièrent toutes les parois. Des cloques apparaissaient çà et là, quelques rigoles se formaient. À la prochaine averse, le toit céderait. « On doit tenir encore huit jours, fit Lulu, immédiatement approuvé par Apolline. Huit jours au moins. S'il reste une chance, je la saisirai. Mais s'il n'en subsiste aucune, je casserai tout ici.

– Pourquoi tout casser ? demanda doucement Apolline.

– Parce que avant de succomber à Letino, le communard a demandé à son compagnon de protéger le quatrième étage du 18 passage Vilin – ici – où il avait entreposé une partie des archives de la Première Internationale. Et qu'à quelques heures de sa mort, en 1902, le premier souscripteur de l'endroit a exigé des Travailleurs de la Nuit qu'ils lui fassent le serment de ne jamais laisser cet appartement tomber dans d'autres mains que celles choisies par le dernier occupant du lieu. Tel est le premier secret de cette maison, transmis de père spirituel en fils spirituel jusqu'à moi, Louis Soixante-et-Onze »

Othello montra les drapeaux, les photos, les dossiers et l'armoire, puis demanda : « Que feras-tu des objets ?

– Je laisserai tout ici. Libertad lui-même y a apporté sa canne, et Jacob, son rossignol. Ils les ont déposés là et pas ailleurs ; ça restera donc.

– Tu y mettras le feu ? »

Lulu ne répondit pas.

Le lendemain, il s'assit sur la butte, face à la maison. D'abord, il regarda les charpentiers jeter les tuiles dans le vide. Puis il s'intéressa à Mlle Goujon. Elle venait de tourner dans le passage, et se hâtait vers la maison. Elle s'arrêta devant la porte, hésitant à entrer. Il jeta un caillou qui ricocha contre le mur. Mlle Goujon se retourna, lança un salut amical en disant : « Je vous cherchais justement. J'observe les travaux et je vous rejoins, cinq petites minutes. » Elle releva le bas de ses jupes et poussa précautionneusement la porte de l'immeuble. Considéra les cloisons abattues de l'appartement du premier, tout cela est vraiment bien, et ce plancher démoli, tout ce qu'il y a de parfait, monta au deuxième, tiens, ils en sont déjà là, au troisième, où ce plafond démoli va très bien avec l'ensemble – puis, le cœur battant, le rouge aux joues, regarda par la fenêtre : l'abruti du quatrième n'a pas quitté le terre-plein donc je peux y aller, ah ! la, la ! quel risque, mon Dieu !

Elle entreprit de gravir les marches sur la pointe des pieds et se retrouva devant la porte du dernier appartement. Elle entra. Repoussa le battant, s'épongea le front et avança prudemment dans la première pièce puis dans la seconde. Où Apolline l'attendait. « Ah ! c'est trop pour moi ! » fit Mlle Goujon en apercevant la jeune fille.

« Qui êtes-vous ?

– Envoyée par la mairie… Assistante sociale. Chargée de vérifier si votre appartement est suffisamment propre et confortable pour qu'on ne tente pas de vous…

– J'ai compris, coupa Apolline. C'est vous la mère Goujon.

– Mademoiselle ! rectifia l'autre.

– Alors, mademoiselle Goujon, on fouille ? » reprit la jeune fille en se levant de son tabouret.

La vieille fille ébaucha un geste de dénégation, expliquant, vous savez comme c'est, on monte, on monte sans plus savoir où l'on se trouve…

« Dehors ! siffla Apolline.

– Bon, bon, grommela l'intruse en promenant son regard du côté du plafond, je me lève (elle repéra), c'est devenu coquet chez vous… » Et comme elle se redressait lentement, Apolline la prit par le coude et la tira à elle. « On ne touche pas Goujon, glapit l'employée de la Béconier.

– On descend, et rapidement », ordonna Apolline, mauvaise. Elle la poussa jusqu'au palier, où Mlle Goujon se retourna, le souffle court : « Vous n'allez tout de même pas soutenir un vulgaire fabricant de pipes ! »

La jeune fille ne répondit pas. Mlle Goujon descendit en criant qu'on verrait bien ce qu'on verrait à propos du dernier mot qui resterait à la Béconier, tout l'immeuble, avec deux, trois, quatre étages, dehors les malotrus ! Reprit sa respiration au rez-de-chaussée puis sortit et lança à Lulu : « Pouvez-vous descendre de votre terre-plein, j'ai quelque chose à vous dire !

– Montez vous-même », répondit méchamment l'historien.

Elle gravit maladroitement le talus et reprocha à Lulu de l'accueillir ainsi, sans même prendre le temps de descendre de son perchoir, mais enfin elle a un message à transmettre et n'étant venue ici que pour s'acquitter de sa mission, elle ne va tout de même pas perdre son temps en salamalecs inutiles vu la goujaterie avec laquelle… « Venez au fait, dit Lulu en haussant les épaules.

– Partez. Vous ne gagnerez rien en restant ici. » Elle désigna le toit. « Vous en êtes là. Comment peut-on vivre sans toit, sans électricité et sans eau ?

– On peut.

– Savez-vous, demanda Mlle Goujon avec un sourire aigre, savez-vous pourquoi les ouvriers n'ont pas touché aux autres immeubles ? » Et comme l'historien ne répondait pas, elle s'approcha de lui et dit qu'on n'avait pas touché aux autres immeubles parce qu'ils seraient rasés, oui rasés, et que seul le numéro 18 serait rénové ; c'est pourquoi d'ailleurs, pour peu qu'il ait un peu de cervelle et un certain sens de l'observation, le fabricant de pipes aura remarqué qu'on s'est occupé des tuiles, à changer, des cloisons, à remonter, des fenêtres, à refaire, du plancher, à cimenter. Et tout est son œuvre…

« C'est à vous que je dois le trou dans mon plancher ? demanda brusquement Lulu.

– Non pas à moi mais aux ouvriers… Il est vrai que j'avais fait observer le mauvais état du plafond du troisième et qu'entre le plafond du troisième et le plancher du quatrième l'espace est si ténu qu'un coup de pioche, ma foi, peut défoncer l'un tout en crevant l'autre mais ce n'est pas ce que je voulais dire, ce que je voulais dire c'est qu'au cours de ma dernière visite, j'ai fait un petit tour dans l'immeuble afin de renseigner M. Daimeuse, mon patron…

– Quand l'immeuble sera-t-il rénové ?

– Quand vous serez parti, mon cher. Pas avant. M. Daimeuse a tout son temps.

– Je ne partirai pas.

– Si vous ne le faites pas, la Béconier, ah, ah, ah, portera plainte pour vol de matériel industriel. C'est ainsi qu'on appelle le ciment chez nous. » Lulu demanda ce qui permettait à Daimeuse de l'accuser d'avoir volé du ciment. « Moi. Que traîniez-vous dans votre landau le jour où vous m'avez si mal reçue ?

– Des grenades. »

Mlle Goujon buta contre un caillou puis trébucha. L'historien ne fit pas mine de la soutenir. Elle souffla « Vous êtes un goujat ». Puis, retrouvant son aplomb : « Si je n'obtiens pas votre accord, M. Daimeuse fera ouvrir les canalisations – que j'ai repérées. Vous serez inondés. Et d'une. Puis il enverra son équipe spéciale. Et de deux.

– Qu'il envoie, répondit Lulu en pensant que le lendemain, un mardi, Maryse dormirait à ses côtés.

– Il l'enverra demain.

– Pourquoi demain ? »

Elle siffla : « Parce que sur votre conseil, M. Daimeuse a relu ses manuels. Il a alors noté que le 21 mai était le premier jour de la Semaine sanglante. Demain.

– Bonsoir », dit Lulu. Et, la plantant là, il descendit de la butte. En face, les charpentiers quittaient le toit : il ne restait plus aucune tuile.

Il y eut un vacarme, qui éveilla Maryse. Puis un silence et un ordre : « *Let's go.* » La jeune femme tressaillit. Les autres se redressèrent. Maryse était blanche. Apolline la regarda et dit : « Oui, c'est lui. »

Il y eut un vacarme, un silence et un ordre : « *Let's go.* »

« Quand je l'ai connu, il m'avait indiqué que son beau-frère l'emploierait à éjecter les locataires récalcitrants. » Lulu se levait. « Laisse-moi poursuivre, nous irons après. » Mais l'historien s'habillait. « Il m'avait également proposé de travailler rue Pasquier, ajouta Apolline à l'oreille de Maryse. C'est Guénelon. » Il y eut un vacarme, un silence et un ordre. Ainsi, il n'y avait pas de hasard. Elle l'avait bien vu dans le bas de la rue Ramponeau. Elle l'avait bien entendu dire « *Let's go* » – comme Maryse. Maintenant, il était là, en bas, occupé à défoncer un autre mur. Daimeuse et Guénelon : beaux-frères. « Tu es sûre… », commença Maryse en soulevant ses couvertures.

Apolline la retint par le coude. « Certaine. Mais n'y va pas.

– Je reconnais sa voix », murmura la jeune femme.

Lulu ouvrit brutalement la porte et descendit quelques marches. Plus bas, trois hommes commandés par un quatrième démolissaient l'escalier. « Arrêtez ! » hurla l'historien.

Le vacarme cessa, il y eut un silence. « Je vous connais, poursuivit l'historien en désignant le quidam à la casquette. Que venez-vous faire chez moi ? Décampez ! »

Guénelon abaissa son marteau. « Nous ne sommes pas chez vous. *Let's go.* »

Trois masses s'abattirent sur le ciment.

« Cognez », entendit Guénelon.

Il leva la tête et reconnut Apolline. Tout sourire, elle descendait l'escalier. « Mais c'est la petite du Grand Magasin ! s'exclama-t-il en s'appuyant à la rampe.

– Et du bazar. Ne l'oubliez pas.

– Partez, gronda l'historien.

– Bonjour, monsieur Guénelon. Je m'adresse au flic, au démolisseur ou au souteneur ?

– Eh là !

– Aux trois sans doute.

– Fichez le camp d'ici, tonna Lulu.

– Dehors ! » reprit Othello qui venait de sortir de l'appartement. Maryse ne se montra pas.

« Flic, démolisseur et souteneur, reprit Apolline : au moins, vous avez la vocation !

– Comment savez-vous ? » bredouilla Guénelon, interdit. Apolline descendit encore. « Envoie la canne de Libertad ! » cria Lulu à Othello.

« Je vous ai vu il n'y a pas si longtemps rue Ramponeau, et nous nous sommes sans doute croisés rue Pasquier, où vous avez des intérêts, il me semble. Ici aussi, d'ailleurs. »

Il la regardait, stupéfait. Elle descendit quelques marches pour s'approcher plus près de cet homme dont le visage avait pâli. « Vous devenez blême, monsieur Guénelon… »

Elle était très calme et parfaitement déterminée. La plus grande difficulté venait de l'effort qu'elle devait accomplir sur elle-même pour ne pas laisser éclater sa colère. Elle chuchotait alors qu'elle eût voulu crier, mais la présence de Lulu, derrière, l'obligeait aux confidences.

Elle observa le parka verdâtre de Guénelon, violeur, flic et videur, sourit méchamment tout en assurant sa main sur la rampe. Il esquissa une grimace. « Vous aimez tant la guerre que vous ne cessez jamais de la faire », poursuivit Apolline en le regardant droit dans les yeux. Othello envoya la canne, que Lulu attrapa au vol. « Vous souvenez-vous, monsieur Guénelon, de la caravane où vous m'avez entraînée un soir ? Et de la gifle du bazar ?

– Ah, la gifle ! fit Guénelon en retrouvant sa superbe. Oui, oui, la gifle », répéta-t-il en se tournant vers ses acolytes.

Il glissa, se raccrocha au bras de la jeune fille, qui ferma son poing gauche. « En effet, je t'ai giflée », ricana-t-il.

Cette main sur son poignet, ce tutoiement qui lui en rappelait un autre provoquèrent un tourbillon chez Apolline. Elle chancela. « Pas bien forte la petite », dit Guénelon en lui touchant la jambe. Sans se retourner, elle gravit une marche, enfonça ses ongles dans sa paume et, brusquement, abattit son poing sur la pommette de Guénelon. Il lâcha son marteau et dressa la main. « Ne la touchez pas ! hurla Lulu, la canne brandie. Je vous assomme ! » Apolline fit trois pas en arrière. L'historien la tira par le bras. « Remonte. » Il la poussa vers le bibliophage qui l'entraîna sur le palier du quatrième. Pas à pas, sans cesser de regarder Guénelon et ses hommes, Lulu gravit à son tour l'escalier.

Il y eut un silence, puis un ordre.

Le vacarme dura six jours. Maryse ne revint pas. Guénelon non plus. Il se contenta d'envoyer sa troupe, qu'il fut impossible de déloger car l'eau ayant été rétablie et les canalisations percées au-dessus du quatrième, il fallut contenir le flot et éponger. Apolline dissimula à l'historien l'identité exacte du flic-souteneur : elle reconnut en lui l'homme qui l'avait fait renvoyer du bazar, sans préciser qu'il était aussi l'ami de Maryse. Et, s'il se rappelait l'avoir vu une première fois chez lui plusieurs mois auparavant, Lulu oublia qu'il l'avait également croisé rue Pasquier.

Chaque matin, à l'aube, « quelqu'un » ouvrait les vannes. L'eau coulait dans l'appartement. Peu après, arrivaient les démolisseurs, qui décampaient deux heures plus tard en même temps que se tarissait l'eau des conduites. Afin de protéger l'endroit de l'humidité, Lulu revêtit d'une toile cirée le tableau de Courbet. Une fois, le 22 ou le 23, il tenta de s'opposer aux hommes de la Béconier. Mais contre eux trois, Lulu et Othello ne pesaient pas bien lourd.

Ils verrouillèrent la porte du rez-de-chaussée ; qui fut enfoncée le lendemain. Des brèches apparurent dans l'escalier. On les combla avec des planches, dont les pioches eurent vite raison. Une marche céda. On l'enjamba. Il plut et le faux plafond, poreux depuis les inondations, s'effondra davantage. En s'endormant, Othello comptait les étoiles. Et Lulu les jours. « Partons », proposa Apolline.

« Pas avant le 28 », répondit l'historien.

Lorsqu'une deuxième marche fut brisée, il devint impossible de monter les seaux d'eau. L'un servit à recueillir la pluie. Les deux autres furent disposés sous les ouvertures du plafond. Accroché à la rampe entre le troisième et le quatrième étage, le Caddie rouilla sans qu'Othello s'en émût particulièrement. Tout fichait le camp : les livres collaient les uns aux autres, grotesques, empilés comme des mille-feuilles superposés dont la pâte eût coulé – et les tranches se réduisaient, les pages se gondolaient, des auréoles humides marquaient les couvertures. Gorgée d'eau, la bruyère devint inutilisable. Il fallait sans cesse éponger le sol, trempé par le flot de canalisations impossibles à atteindre, personne ne voulant détruire les restes du plafond, seule protection contre le vent et la pluie. Et chaque jour, entre sept et neuf heures, venaient les membres de l'équipe spéciale. Ils brisaient systématiquement les marches, une au troisième, une au deuxième, et seule la rampe que par chance ils n'avaient pas songé à détruire, empêchait l'escalier de s'affaisser. On décida de ne plus sortir le soir, la lueur des bougies ne permettant pas de bien distinguer les trous et les fissures. L'immeuble devint dangereux.

Abandonnant le vestibule, Othello partagea le matelas de l'historien. Il s'enrhuma. Le 26, Apolline tenta une dernière démarche auprès des commerçants du quartier. Aucun n'accepta de la soutenir : « S'ils démolissent, c'est parce que votre domicile est insalubre. – Pas du tout, puisque ensuite ils reconstruiront ! – Ah, ensuite... » Espérant que Maryse leur prêterait un peu d'argent, Lulu s'en fut rue Pasquier. La jeune femme n'y était pas. Personne ne l'avait revue depuis le 21 mai. On mangea des pommes, des poires et des bananes. On but l'eau recueillie dans les seaux.

Le 27 au matin, les démolisseurs abattirent deux marches entre le deuxième et le troisième étage. « Dans trois jours, nous ne pourrons plus descendre, fit observer la jeune fille. Il faut partir.

– Demain », répliqua Lulu.

Le soir, il y eut un orage. Le plafond de l'atelier creva. Puis celui de la seconde pièce. Othello toussait, Apolline grelottait. Ils se réfugièrent sur le palier, encore protégé, et, dans l'ombre, écoutèrent la pluie tomber sur le plancher.

« Partons maintenant, dit Othello.

– Dans deux heures, répondit Lulu. Attendez-moi. »

Il sécha les mèches des bougies, gratta une allumette et descendit. Dehors, il grimpa sur la butte et considéra la maison, noire et luisante.

Bientôt, il n'en resterait rien. La pluie frappant la façade est comme un gong ordonnant le sacrifice. S'il n'y avait pas eu danger, Lulu eût attendu jusqu'à onze heures du matin. Alors, il eût rejoint le dernier communard en armes, désertant l'ultime barricade de la Commune, le 28 mai, à onze heures du matin. Ce sera le 28 mai, peu après minuit. Ces onze tours d'horloge constituent le seul cadeau que l'historien accepte d'offrir au Grand Adversaire. Et seulement pour éviter la mort d'un ouvrier traînant sur le toit ou d'un passant rôdant dans le passage.

Lentement, il se dirige vers la maison et monte jusqu'au quatrième. « Vous allez voir, dit-il à Apolline et à Othello. Suivez-moi. » Il pousse la porte, la referme et tire le verrou. Puis allume deux bougies qu'il dispose près du tableau de Courbet. « Othello, commande-t-il, retire la toile cirée. » Le bibliophage découvre *Les Casseurs de pierre*. À l'aide d'un tournevis, Lulu ôte les vis cruciformes, une à une et lentement, puis il dégage le cadre qu'il tire à lui avant de le jeter au sol. « À toi,

Apolline. Je veux que tu accomplisses le dernier geste. »

Il s'efface devant la jeune fille. « Marius Jacob a tout prévu. La pioche tenue par le vieillard est mobile. Il faut la tirer à soi, m'a expliqué l'Ancien. Tire, s'il te plaît. » Apolline s'exécute. « Maintenant, tu frappes légèrement la chaussure de l'enfant. »

Le tableau pivote, découvrant une surface plâtrée. « Avant de me donner la maison, poursuit Lulu d'une voix rauque, l'Ancien m'a dit qu'il fallait procéder ainsi pour faire sauter l'endroit s'il devait tomber entre des mains étrangères. Sans remords puisque le dernier communard le voulait et que Jacob a inventé le mécanisme pour répondre à ses vœux. »

Il s'approche du tableau, marteau en main, et cogne légèrement sur la paroi blanche. Lorsque le pan s'effrite, il s'écarte, montrant aux autres l'horloge à globe circulaire qui date de1904. « Voilà ce que m'a confié l'Ancien et que je te confie à mon tour, dit Lulu, s'adressant à Apolline. Après avoir actionné le balancier, tu disposeras de cinq minutes. Quand le couteau monté sur le socle rencontrera le cadran, la tige au bout de laquelle est fixée la masse descendra jusqu'à la fiole fermée sous vide qui contient le phosphore. L'étincelle brûlera la mèche. Celle-ci est reliée à une boîte en zinc, hermétique et goudronnée. Sitôt que la flamme aura pénétré dans le trou pratiqué dans le couvercle supérieur, les vingt kilos de dynamite exploseront. L'immeuble alors s'effondrera. »

Tous, ils regardent le balancier. « Vas-y, fait Lulu. Il est minuit. » Apolline tend le doigt, effleure le balancier. Cinq minutes. D'un coup sec elle fait partir le mouvement. « Descendons » ordonne Othello.

La rue est noire. Ils marchent lentement, s'arrêtent à l'angle de la rue Vilin et du passage Julien-Lacroix. « Deux minutes », marmonne Lulu. À gauche, plus haut, le ciel s'embrase et presque aussitôt, à moins que ce ne soit au même instant, instant parfait et définitif, se produit une explosion, un choc et glisse, glisse la maison tandis que les trois derniers habitants du passage courent vers la rue des Couronnes.

« Un instant », dit Apolline. Ils s'arrêtent, haletants. « La Béconier », murmure-t-elle en ramassant un caillou. Pour la seconde fois, s'écroule la vitre de façade. La jeune fille se faufile entre les fragments de verre ; froisse et rassemble sous une planche montée sur tréteaux les plans d'aménagement du quartier ; y met le feu ; sort en toussant lorsque les flammes attaquent la table.

« Métro », dit-elle simplement.

« Où va-t-on ? » demande le bibliophage en s'asseyant sur un banc.

« Gare Saint-Lazare, salle des pas perdus », propose Lulu.

Apolline plonge ses mains dans ses poches. Une rame passe. Elle regarde les deux hommes et dit : « Je suis restée à Paris près de deux ans. Maintenant, je m'en vais. » Lulu la dévisage en silence. « Je vais au soleil », poursuit la jeune fille. Othello ébauche une question qui meurt sur ses lèvres, Apolline ayant secoué négativement la tête. « Salut, fait-elle en s'approchant. Austerlitz, c'est le quai d'en face. » Elle embrasse Othello, elle embrasse Lulu puis, sans rien ajouter, tourne les talons.

Elle est sur l'autre quai. « Eh ! crie l'historien en souriant. N'oublie pas que moi c'est Lulu. Et lui (il désigne son compagnon), Othello.

– Moi, Apolline.

– Et n'oublie pas ça non plus. »

Il commence, et elle reprend après lui :

> Si tu veux être heureux,
> Nom de Dieu !
> Pends ton propriétaire,
> Coup' les curés en deux, Nom de Dieu !
> Fous les églis' par terre, Sang-Dieu !
> Et l' bon Dieu dans la merde,
> Nom de Dieu !
> Et l' bon Dieu dans la merde.

Du même auteur

Les Calendes grecques
prix du Premier Roman
Calmann-Lévy, 1980
nouvelle édition, Seuil, « Points Roman » n° R 555

Le Petit Livre de l'orchestre et de ses instruments
Mazarine, 1981

La Dame du Soir
Mercure de France, 1984
nouvelle édition, Seuil, « Points » n° P 31

Les Adieux
Flammarion, 1987
Seuil, « Points Roman », n° R 684

Le Cimetière des fous
Flammarion, 1989
Seuil, « Points Roman », n° R 629

La Séparation
prix Renaudot
Seuil, 1991
et « Points Roman », n° R 577

Le Petit Livre des instruments de musique
nouvelle édition, Seuil, 1993
et « Point-Virgule », n° 127

Une jeune fille
Seuil, 1994
et « Points Roman », n° P 210

Tabac
Seuil, 1995

Les Aventures de Boro, reporter-photographe
Tome 1 : La Dame de Berlin
Fayard, 1987
Presses Pocket, 1992

Tome 2 : Le Temps des cerises
Fayard, 1991
Presses Pocket, 1992
Tome 3 : Les Noces de Guernica
Fayard, 1994
Presses Pocket, 1996
Tome 4 : Mademoiselle Chat
Fayard, 1996

RÉALISATION : PAO ÉDITIONS DU SEUIL
IMPRESSION : S.N. FIRMIN-DIDOT AU MESNIL-SUR-L'ESTRÉE
DÉPÔT LÉGAL : MARS 1997. N° 30745 (37758).

Collection Points

DERNIERS TITRES PARUS

P133. La Rivière du sixième jour (Et au milieu coule une rivière)
par Norman Maclean
P134. Mémoires de Melle, *par Michel Chaillou*
P135. Le Testament d'un poète juif assassiné, *par Elie Wiesel*
P136. Jésuites, 1. Les conquérants
par Jean Lacouture
P137. Jésuites, 2. Les revenants
par Jean Lacouture
P138. Soufrières, *par Daniel Maximin*
P139. Les Vacances du fantôme, *par Didier van Cauwelaert*
P140. Absolu, *par l'abbé Pierre et Albert Jacquard*
P141. En attendant la guerre, *par Claude Delarue*
P142. Trésors sanglants, *par Paul Levine*
P143. Le Livre, *par Les Nuls*
P144. Malicorne, *par Hubert Reeves*
P145. Le Boucher, *par Alina Reyes*
P146. Le Voile noir, *par Anny Duperey*
P147. Je vous écris, *par Anny Duperey*
P148. Tierra del fuego, *par Francisco Coloane*
P149. Trente Ans et des poussières, *par Jay McInerney*
P150. Jernigan, *par David Gates*
P151. Lust, *par Elfriede Jelinek*
P152. Voir ci-dessous : Amour, *par David Grossman*
P153. L'Anniversaire, *par Juan José Saer*
P154. Le Maître d'escrime, *par Arturo Pérez-Reverte*
P155. Pas de sang dans la clairière, *par L. R. Wright*
P156. Une si belle image, *par Katherine Pancol*
P157. L'Affaire Ben Barka, *par Bernard Violet*
P158. L'Orange amère, *par Didier Van Cauwelaert*
P159. Une histoire américaine, *par Jacques Godbout*
P160. Jour de silence à Tanger, *par Tahar Ben Jelloun*
P161. La Réclusion solitaire, *par Tahar Ben Jelloun*
P162. Fleurs de ruine, *par Patrick Modiano*
P163. La Mère du printemps (L'Oum-er-Bia)
par Driss Chraïbi
P164. Portrait de groupe avec dame, *par Heinrich Böll*
P165. Nécropolis, *par Herbert Lieberman*
P166. Les Soleils des indépendances, *par Ahmadou Kourouma*
P167. La Bête dans la jungle, *par Henry James*
P168. Journal d'une Parisienne, *par Françoise Giroud*
P169. Ils partiront dans l'ivresse, *par Lucie Aubrac*
P170. Le Divin Enfant, *par Pascal Bruckner*
P171. Les Vigiles, *par Tahar Djaout*

P172. Philippe et les Autres, *par Cees Nooteboom*
P173. Far Tortuga, *par Peter Matthiessen*
P174. Le Dieu manchot, *par José Saramago*
P175. Molière ou la Vie de Jean-Baptiste Poquelin *par Alfred Simon*
P176. Saison violente, *par Emmanuel Roblès*
P177. Lunes de fiel, *par Pascal Bruckner*
P178. Le Voyage à Paimpol, *par Dorothée Letessier*
P179. L'Aube, *par Elie Wiesel*
P180. Le Fils du pauvre, *par Mouloud Feraoun*
P181. Red Fox, *par Anthony Hyde*
P182. Enquête sous la neige, *par Michael Malone*
P183. Cœur de lièvre, *par John Updike*
P184. La Joyeuse Bande d'Atzavara *par Manuel Vázquez Montalbán*
P185. Le Petit Monde de Don Camillo *par Giovanni Guareschi*
P186. Le Temps des Italiens, *par François Maspero*
P187. Petite, *par Geneviève Brisac*
P188. La vie me fait peur, *par Jean-Paul Dubois*
P189. Quelques Minutes de bonheur absolu *par Agnès Desarthe*
P190. La Lyre d'Orphée, *par Robertson Davies*
P191. Pourquoi lire les classiques, *par Italo Calvino*
P192. Franz Kafka ou le Cauchemar de la raison, *par Ernst Pawel*
P193. Nos médecins, *par Hervé Hamon*
P194. La Déroute des sexes, *par Denise Bombardier*
P195. Les Flamboyants, *par Patrick Grainville*
P196. La Crypte des capucins, *par Joseph Roth*
P197. Je vivrai l'amour des autres, *par Jean Cayrol*
P198. Le Crime des pères, *par Michel del Castillo*
P199. Les Cahiers de Malte Laurids Brigge *par Rainer Maria Rilke*
P200. Port-Soudan, *par Olivier Rolin*
P201. Portrait de l'artiste en jeune chien, *par Dylan Thomas*
P202. La Belle Hortense, *par Jacques Roubaud*
P203. Les Anges et les Faucons, *par Patrick Grainville*
P204. Autobiographie de Federico Sánchez, *par Jorge Semprún*
P205. Le Monarque égaré, *par Anne-Marie Garat*
P206. La Guérilla du Che, *par Régis Debray*
P207. Terre-Patrie, *par Edgar Morin et Anne-Brigitte Kern*
P208. L'Occupation américaine, *par Pascal Quignard*
P209. La Comédie de Terracina, *par Frédéric Vitoux*
P210. Une jeune fille, *par Dan Franck*
P211. Nativités, *par Michèle Gazier*
P212. L'Enlèvement d'Hortense, *par Jacques Roubaud*
P213. Les Secrets de Jeffrey Aspern, *par Henry James*
P214. Annam, *par Christophe Bataille*

P261. Remise de peine, *par Patrick Modiano*
P262. L'Honneur perdu de Katharina Blum, *par Heinrich Böll*
P263. Un loup est un loup, *par Michel Folco*
P264. Daddy's Girl, *par Janet Inglis*
P265. Une liaison dangereuse, *par Hella S. Haasse*
P266. Sombre Sentier, *par Dominique Manotti*
P267. Ténèbres sur Jacksonville, *par Brigitte Aubert*
P268. Blackburn, *par Bradley Denton*
P269. La Glace noire, *par Michael Connelly*
P270. La Couette, *par Camille Todd*
P271. Le Petit Mitterrand illustré, *par Plantu*
P272. Le Train vert, *par Herbert Lieberman*
P273. Les Villes invisibles, *par Italo Calvino*
P274. Le Passage, *par Jean Reverzy*
P275. La Couleur du destin, *par Franco Lucentini et Carlo Fruttero*
P276. Gérard Philipe, *par Gérard Bonal*
P277. Petit Dictionnaire pour lutter contre l'extrême droite *par Martine Aubry et Olivier Duhamel*
P278. Le premier amour est toujours le dernier *par Tahar Ben Jelloun*
P279. La Plage noire, *par François Maspero*
P280. Dixie, *par Julien Green*
P281. L'Occasion, *par Juan José Saer*
P282. Le diable t'attend, *par Lawrence Block*
P283. Les cancres n'existent pas, *par Anny Cordié*
P284. Tous les fleuves vont à la mer, *par Elie Wiesel*
P285. Parias, *par Pascal Bruckner*
P286. Le Baiser de la femme-araignée, *par Manuel Puig*
P287. Gargantua, *par François Rabelais*
P288. Pantagruel, *par François Rabelais*
P289. La Cocadrille, *par John Berger*
P290. Senilità, *par Italo Svevo*
P291. Le Bon Vieux et la Belle Enfant, *par Italo Svevo*
P292. Carla's Song, *par Ken Loach*
P293. Hier, *par Agota Kristof*
P294. L'Orgue de Barbarie, *par Bernard Chambaz*
P295. La Jurée, *par George Dawes Green*
P296. Siam, *par Morgan Sportès*
P297. Une saison dans la vie d'Emmanuel *par Marie-Claire Blais*
P298. Smilla et l'Amour de la neige, *par Peter Høeg*
P299. Mal et Modernité, *par Jorge Semprún*
P300. Vidal et les Siens, *par Edgar Morin*
P301. Dieu et nous seuls pouvons, *par Michel Folco*
P302. La Mulâtresse Solitude, *par André Schwarz-Bart*
P303. Les Lycéens, *par François Dubet*
P304. L'Arbre à soleils, *par Henri Gougaud*

P305. L'Homme à la vie inexplicable, *par Henri Gougaud*
P306. Bélibaste, *par Henri Gougaud*
P307. Joue-moi quelque chose, *par John Berger*
P308. Flamme et Lilas, *par John Berger*
P309. Histoires du Bon Dieu, *par Rainer Maria Rilke*
P310. In extremis *suivi de* La Condition, *par Henri James*
P311. Héros et Tombes, *par Ernesto Sábato*
P312. L'Ange des ténèbres, *par Ernesto Sábato*
P313. Acid Test, *par Tom Wolfe*
P314. Un plat de porc aux bananes vertes *par Simone et André Schwarz-Bart*
P315. Prends soin de moi, *par Jean-Paul Dubois*
P316. La Puissance des mouches, *par Lydie Salvayre*
P317. Le Tiers Livre, *par François Rabelais*
P318. Le Quart Livre, *par François Rabelais*
P319. Un enfant de la balle, *par John Irving*
P320. A la merci d'un courant violent, *par Henry Roth*
P321. Tony et Susan, *par Austin Wright*
P322. La Foi du charbonnier, *par Marguerite Gentzbittel*
P323. Les Armes de la nuit *et* La Puissance du jour *par Vercors*
P324. Voltaire le conquérant, *par Pierre Lepape*
P325. Frère François, *par Julien Green*
P326. Manhattan terminus, *par Michel Rio*
P327. En Russie, *par Olivier Rolin*
P328. Tonkinoise..., *par Morgan Sportès*
P329. Peau de lapin, *par Nicolas Kieffer*
P330. Notre jeu, *par John le Carré*
P331. Brésil, *par John Updike*
P332. Fantômes et Cie, *par Robertson Davies*
P333. Sofka, *par Anita Brookner*
P334. Chienne d'année, *par Françoise Giroud*
P335. Nos hommes, *par Denise Bombardier*
P336. Parlez-moi de la France, *par Michel Winock*
P337. Apolline, *par Dan Franck*
P338. Le Lien, *par Patrick Grainville*
P339. Moi, Franco, *par Manuel Vázquez Montalbán*
P340. Ida, *par Gertrude Stein*
P341. Papillon blanc, *par Walter Mosley*
P342. Le Bonheur d'apprendre, *par François de Closets*
P343. Les Écailles du ciel, *par Tierno Monénembo*
P344. Une tempête, *par Aimé Césaire*
P345. Kamouraska, *par Anne Hébert*
P346. La Journée d'un scrutateur, *par Italo Calvino*
P347. Le Tambour, *par Günter Grass*
P348. La Minute nécessaire de monsieur Cyclopède *par Pierre Desproges*
P349. Fort Saganne, *par Louis Gardel*